EDITION SF

Herausgegeben von
Klaus-Dietrich Petersen

Brian Aldiss:

Dr. Moreau's neue Insel

EDITION SF

Hohenheim Verlag 1981

ISBN 3-8147-0012-0

Übersetzung: Heinz Nagel, Vaterstetten
Lektorat: Klaus-Dietrich Petersen, Hamburg
Titelgrafik: Oliviero Berni, Mailand
Umschlaggestaltung: SCOPE Werbeagentur GmbH, Leverkusen
Satzherstellung: Deutscher Ärzte-Verlag GmbH, Köln-Lövenich
Druck und Bindearbeit: May & Co., Darmstadt

Unter die Oberfläche des Ozeans zu sinken, war wie der Eintritt in eine Welt der Geräusche. Ein Großteil der Geräusche entstammte organischen Lebewesen, die allzeit ihre Signale und Bedürfnisse in Harmonien übermittelten, die ihrer Umgebung angemessen waren, angefangen bei einem schrillen, schnellen Quieken bis zu einem tiefen Grunzen. Kein Ohr in jenem weiten Element vermochte die Spanne aller Frequenzen zu umfassen.
In der Nähe der Oberfläche des Ozeans waren die Geräusche leicht und vielfältig, und die Organismen, die sie aussandten, ähnlich vielfältig und klein. Weiter unten, wo größere Fische schwammen, war der Klang tiefer. Und noch weiter unten noch tiefer. Und in dem Maße, wie das Licht verblaßte, wie der Druck zunahm, den versunkenen Tälern und Hügeln des Meeresbettes zu, wurden die Geräusche unregelmäßig und nahmen einen kummervollen Klang an, der ihrer Umgebung gemäß war.
Und dann gab es noch eine andere Familie von Geräuschen. Sie entstammte einer völlig anderen Existenzart: dem Anorganischen, dem Wassermantel, der unablässig über die versunkenen Landschaften seines Reiches dahinfloß. Diese kehligen Kadenzen waren fast seit dem Anbeginn der Zeiten zu hören gewesen, jedenfalls lange, bevor sich irgendein Leben geregt hatte. Strömungen, Wellen, Gezeiten, versunkene Flüsse, versunkene Seen und Meere, sie alle dienten wie eine ruhelose Atmosphäre einer Welt fern der fühlenden Geschöpfe, deren Existenzen auf frei liegende Territorien beschränkt waren, die über die planetarischen Wasser hinausstiegen.
Dieser Ozean war von beträchtlicher Tiefe. Seine Dimensionen dehnten sich Tausende von Meilen nach allen Richtungen aus. Er bedeckte ein Drittel der Oberfläche des Planeten, bedeckte eine Fläche, die größer war als die allen freiliegenden Landes zusammengenommen. Ein philosophischer Beobachter hätte ihn als das Unterbewußtsein der Welt betrachten können und ihn in Gegensatz zu der freilie-

genden Landfäche stellen können, die man — im Lichte dieser etwas verspielten Überlegung — vielleicht als den Sitz eines launenhaften Bewußtseins betrachten konnte.
In dem wässerigen Unterbewußtsein des Planeten war alles wie gewöhnlich, war alles so, wie es seit Jahrmillionen gewesen war. Auf dem Lande, in einem anderen Element, war das Gewimmel individueller Bewußtseinsinhalte der dominanten Spezies mehr aufgewühlt, als dies normal war. Ihre Handlungen waren voll von Geräuschen, voll der Wut. Sie hatten sich gerade auf einen globalen Krieg eingelassen, der drohte, einen großen Teil der Landfläche in Wüste zu verwandeln, ganz davon abgesehen, daß er vielleicht ihre eigene Vernichtung herbeiführen würde.
Doch solch militärischer Lärm durchdrang kaum die Oberfläche des großen Ozeans. Und doch selbst dort — selbst dort konnte man suchen und Gegenindikationen finden, Schmerzsymptome.
Früher einmal hatte man Meteoriten, die aus dem Weltraum durch den Nachthimmel blitzten, als Künder großer Ereignisse betrachtet. Und auch der Ozean hatte seine Verkünder aus einem fremden Element. Wie ein Schauer von meteorischem Schutt verbreitete sich Metall eines sich auflösenden Fahrzeugs über Meilen der See. Langsam sanken die Teile, drehten sich im Wasser, reflektierten immer weniger Licht von oben, je tiefer sie sanken. Sie trieben Gegenden ungeheuren Drucks und permanenten Zwielichts entgegen.
Schließlich kam alles, was von der „Leda" übrig blieb, auf einer kargen Ebene in der Nähe des Äquators zu liegen, und bettete sich im Urschlamm unter sechstausend Meter Ozean ein.

1.

Allein im Pazifik

In Friedenszeiten hätte der Absturz des Raumshuttle *Leda* im Pazifischen Ozean genügend Dramatik geliefert, so daß der größte Teil der Welt bis zum Mittagessen davon gehört hätte. Während der ersten Kriegsmonate im Jahre 1996 erweckte der Zwischenfall nur wenig Aufmerksamkeit, sah man einmal von der Meldung ab, daß ein Under-Secretary of State vermißt wurde.

Es ist nicht meine Absicht, hier in Einzelheiten über den Absturz zu berichten. Er ist kein Teil der schrecklichen Geschichte, die ich zu berichten habe. Es genügt wohl zu sagen, daß mein Secretary und ich die einzigen Passagiere waren, und daß die Mannschaft aus zwei Personen bestand, James Fan Toy und José Galveston. Das Shuttle stürzte in der Nähe des Äquators in den Pazifik, um es genau zu sagen, auf 2 ° südlicher Breite und 178 ° östlicher Länge. Mein Minister wurde beim Aufprall getötet; er sprang in einem Augenblick der Panik auf, kurz bevor wir auf die Wellen aufprallten, und brach sich das Genick.

Die Maschine schwamm lange genug, so daß Fan Toy, Galveston und ich herausklettern und in ein aufblasbares Schlauchboot springen konnten.

Dem Ertrinken zu entgehen, war eine Sache, dem Ozean zu entkommen, eine andere. Der Krieg spielte sich weit von uns entfernt im Norden ab, und wir befanden uns in einem wenig frequentierten Bereich des Ozeans. Wir sahen keine Flugzeuge, keine Schiffe, kein Land. Ein Tag folgte dem anderen, und die furchtbare Macht der Sonne machte sich beständig bemerkbar. Wir hatten nur wenig Schutz vor ihren Strahlen und noch weniger Wasser, das wir auf einen Mundvoll zweimal täglich rationiert hatten. Und je mehr von unseren Lebensenergien weggebrannt wurde, desto mehr gewöhnten wir uns an, uns unter ein aufblasbares Plastikdach zu legen, und nicht mehr zu paddeln, ja nicht einmal mehr den ewig gleichen Horizont, der uns umgab, zu überwachen.

Am achten Tag, frühmorgens, ehe die Sonne hoch genug aufgestiegen war, um uns zu rösten, stieß Fan Toy einen Schrei aus und wies auf etwas, das in den Wellen trieb. Wir standen da und starrten es an und lehnten uns gegeneinander, um uns zu stützen.

Wie lebhaft ich mich doch an jenen Augenblick erinnere und an den Gestank unserer Körper und das Gummigewebe, aus dem unser Boot bestand, an die unablässige Bewegung der Wellen und die weite Wasserfläche! Im Wasser war ein Delphin, der sich uns langsam näherte.

„Er bringt Hilfe", sagte Fan Toy. Wir hatten einen Radioruf um Hilfe ausgeschickt, als die *Leda* wieder in die Erdatmosphäre eintrat. Möglicherweise war dies ein Delphin der Marine, der uns zu einem in der Nähe patroullierenden Unterseeboot lotsen würde — diese Hoffnung zumindest löste sein Anblick in uns aus.

„Ich wäre nicht zu sicher, daß er auf unserer Seite ist", sagte Galveston.

Wir tauchten die Hände ins Wasser und bespritzen uns die blasigen Gesichter und Augenhöhlen, um deutlicher sehen zu können.

„Ja, er ist einer von den unseren", stellte Fan Toy fest. „Da, das Sternenbanner an seinem Schwanz."

Ich hatte die Augen zusammengekniffen und konnte das Hoheitszeichen erkennen.

„Er bewegt sich ganz langsam. Vielleicht ist er verletzt", sagte ich.

Es herrschte nur ganz leichte Dünung, aber der Delphin schien Mühe zu haben, seine Richtung einzuhalten, und wurde hin- und hergeworfen.

Galveston holte ein Paddel heraus. „Mir gefällt das Vieh gar nicht. Weg da!" Er schlug nach dem Delphin, als der in Reichweite kam.

„Sei doch kein Narr", schrie Fan Toy und versuchte, Galveston das Paddel aus der Hand zu schlagen. Die zwei Männer rangen schwächlich miteinander.

Meine Aufmerksamkeit wurde einen Augenblick lang von etwas anderem angezogen. Eine Schule fliegender Fische — erst die zweite, die wir gesehen hatten, seit wir das Rettungsboot bestiegen hatten — zog hinter uns vorbei und wühlte die Wellen auf. Einer von ihnen, der etwas von den anderen abgekommen war, landete hinter uns im Schlauchboot.

Das war Nahrung. Während ich mich bückte, um den Fisch zu packen, fiel mein Blick auf etwas am Horizont. Ich konnte nicht sagen, was es war — möglicherweise der Mast eines Schiffes, der in der Sonne glitzerte. Ich bückte mich, um den sich windenden Fisch festzuhalten.

Gut, daß ich das tat. In dem Augenblick kam die Explosion. Sie traf mich wie eine Mauer und warf mich in die See. Ich tauchte auf, halb betäubt, und würgend. Das Wasser rings um mich kochte. Das Schlauchboot war verschwunden. Ebenso Fan Toy und Galveston. Ich rief ihre Namen. Rings um mich schwammen Fleischfetzen und Stücke von Gliedmaßen im Wasser, und an ihnen hingen rote Fäden, die sich zwischen den Wellen verteilten. Sie waren buchstäblich in Stücke gerissen worden, ebenso wie der Delphin und das Schlauchboot. Der einzige Gegenstand, der noch schwamm und glücklicherweise intakt war, war das aufblasbare Sonnendach. Ich brachte es irgendwie zuwege, hinaufzuklettern, das Wasser mit den Händen auszuschöpfen und damit eine Art von Stabilität zu erzielen. Ich schaffte es auch, einen Paddel zu bergen.

Dann lag ich, wo ich war, benommen, während langsam mein Gehör zurückkehrte: aber nicht meine Gefährten.

Ich war wieder gerettet worden, aus welchem Grund auch immer. Triumphierend sagte ich mir — ich flüsterte die Worte sogar laut mit aufgesprungenen Lippen —, daß meine Liebe zu Gott und Vaterland mich sicher durch alle Gefahren zum Sieg tragen würde. Ich hatte keine Zweifel, daß die *Leda* von subversiven Elementen im Mondstützpunkt sabotiert worden war, und daß diese Sabotage mir gegolten hatte. Und dennoch hatte ich überlebt. Und würde fortfahren zu überleben.

Vielleicht waren Fan Toy und Galveston in den Verrat verwickelt gewesen, denn in einem globalen Krieg kann man niemandem vertrauen. Sie waren vernichtet worden. Ich lebte.

Jetzt verfügte ich über ein improvisiertes Boot. Zuerst war ich zu benommen, um paddeln zu können. Aber dann erfaßte eine leichte Brise das Sonnendach und trug mich dahin und vergrößerte langsam die Distanz zwischen mir und dem Blutbad. Und das war ganz gut ... zwei Haie begannen, die Stelle zu umkreisen. Dann kam ein dritter, und dann noch einer. Bald beobachtete ich viele dreieckige Flossen, die mit hoher Geschwindigkeit die blutige Stelle umkreisten. Ich hatte nur wenig Zweifel an dem, was geschehen war. Der Delphin war von der Marine ausgebildet worden. Er mußte sich auf einer Selbstmordmission befunden haben, mit Explosivladung ausgestattet, vielleicht sogar einer Nuklearladung, und für irgendein bestimmtes Ziel programmiert. Die feindlichen Verteidigungseinrichtungen hatten ihn verwundet. Halb von Sinnen war er weitergeschwommen, wer weiß, wie weit. Als er dann unser Floß sah, hatte er Kurs auf uns genommen, wahrscheinlich, um Hilfe zu holen. Galveston schlug mit seinem Paddel nach ihm, worauf die Explosivladung detoniert war.

Die Art und Weise, wie wir den Delphin alleine schwimmend angetroffen hatten, bestätigte diese Theorie. Ein gewöhnlicher Delphin holt sich, wenn er verwundet ist, Hilfe von seinesgleichen, die ihn Hunderte von Meilen begleiten wür-

den, wenn es nötig sein würde, bis an irgendeinen sicheren Ort, wo er sich erholen kann. Unser Freund mit seiner tödlichen Ladung hatte bis zum letzten Augenblick alleine reisen müssen.
In dem primitiven Dachhimmel-Boot zu stehen, war unmöglich. Ich schaffte es gerade noch, mich aufzusetzen und um mich zu blicken und den Horizont erneut nach jenem glitzernden Ding abzusuchen. Aber es war nirgends zu sehen.
Meine Kräfte begannen, mich zu verlassen, und die Hoffnung schwand. Die Sonne wurde kräftiger, und ich fand einen Plastikeimer und stülpte ihn mir als Schutz über den Kopf. Dann kauerte ich mich nieder so gut ich konnte, unfähig zu paddeln, da es kein Ziel gab, wohin ich hätte paddeln können.
Sekunden, Minuten, Stunden verstrichen, ehe ich wieder aufblickte. Wer kennt die wirren Gedanken, die durch mein Bewußtsein kreisten?
Als ich schließlich aus meinen Träumen erwachte und mich umsah, war eine Insel in Sicht.
Wie schön sie aussah, wie herrlich positiver, *geschaffener* als das armselige Element, das rings um mich wogte! In meiner Erregung stand ich auf und brachte mein Boot sofort zum Kentern. Als ich es wieder unter Kontrolle hatte, drehte ich mich um, begierig zu sehen, was ich sehen konnte. Auf diese Distanz schien mir das Land wie ein großer oben abgeflachter Felsen. Und auf dieser glatten Fläche hatte man irgend eine Anlage errichtet. Dies war es, was ich gesehen hatte, als ich mich bückte, um den fliegenden Fisch aufzuheben. Obwohl ein solches Zeichen menschlichen Unternehmungsgeistes mich mit Hoffnung erfüllte, war ich von Anfang an reserviert; die Welt war so voll von automatisierten Maschinen verschiedener Art, angefangen bei Raketenwarnsystemen bis hin zu Navigationshilfen.
Der Anblick einer Anlage war daher noch keinerlei Beweis, daß in der Nähe Menschen sein würden. Und doch war

selbst eine verlassene Insel hundertmal willkommener als die offene See. Unter einem Palmenbaum zu sterben, schien mir plötzlich der Himmel.

Die Insel war noch fern, die Strömung trug mich auf sie zu, und so war ich es auf eine Weile zufrieden, mich erschöpft zurückzulehnen und mich treiben zu lassen. Wieder wanderten meine Gedanken halb im Delirium. Ich geriet in komplizierte Situationen mit Leuten, die ich nicht kannte, aber zu erkennen glaubte.

Als ich mich aus meiner Lethargie riß, stand die Sonne tief im Westen und hatte sich mit herrlichen Wolkenschichten umgeben, die ihren Untergang feierten. Die Insel war jetzt beträchtlich nähergerückt. Ich konnte graue Klippenwände ausmachen. Die Anlage war im Lichte des späten Nachmittags verschwunden.

Mein Trinkwasser war völlig aufgebraucht. So erschöpft ich auch war, ich packte das Paddel und versuchte, mein zerbrechliches Fahrzeug zur Insel zu lenken. Mich erfüllte nämlich Furcht, die Meeresströmungen könnten mich in den Stunden der Finsternis an der Zuflucht vorbeitreiben, und sie könnte am Morgen weit achtern liegen. Dann würde ich bestimmt sterben. Jetzt war meine Chance — oder nie wieder.

Ich paddelte immer noch, als die Nacht sich senkte. Es war herrlich und schrecklich zugleich, den schnellen Wechsel der Welt vom Tage zur Nacht mit anzusehen; selbst in meinem ausgepumpten Zustand wurde ich davon bewegt und schickte ein Gebet zu Gott.

Die Brise, die mich vorher westwärts getrieben hatte, machte am Abend kehrt. Mein Boot war fast zum Stillstand gekommen. Ich mühte mich in der Dunkelheit, so lange ich konnte, und brach schließlich in meinem Boot zusammen, wo ich unruhig, halb vom Delirium erfaßt, schlief.

Ich erwachte vor der Morgendämmerung, an allen Gliedern frierend, überzeugt, daß ich sterben würde. Wie ein zerbro-

chenes Bündel lag ich da, hielt mein Paddel an mich gepreßt, hatte den Mund offen und ausgedörrt, während die Erde diesen Teil der Welt wieder zum Lichte erweckte.
Ich schlug die Augen auf und hob den Kopf. Ganz nahe türmten sich hohe Klippen, vom frühen Sonnenlicht beleuchtet. Sie stiegen steil aus den Wellen, ohne daß irgendwo ein Ufer gewesen wäre. Hoch über der Wasserlinie wuchsen Büsche und krönten die Klippen. Vögel kreisten über ihnen. Ich starrte die Vögel verwundert an. Mein Sonnendach schob sich wieder langsam westwärts, höchstens dreihundert Meter von den Klippen entfernt.
Besonders eine Einzelheit fiel mir auf. In die Klippen gehauen, an einer Stelle, die mir völlig unzugänglich erschien, war ein gigantischer Buchstabe zu erkennen. Der Buchstabe beherrschte mich. Ich starrte ihn an, versuchte, ihm einen Sinn abzugewinnen, aber meiner benommenen Vorstellungskraft schien er völlig unabhängig von irgendeiner Bedeutung, so als existierte er nur für sich selbst. Allein schon seine Form deutete auf massive, zweibeinige Unabhängigkeit. Es war ein riesiger Buchstabe M.
Die Klippen blendeten mich mit reflektiertem Licht, aber das M war schwarz. Wer auch immer es aus dem Felsgestein geschlagen hatte, hatte sichergestellt, daß es auch aus der Ferne sichtbar war, indem er seine Tiefen mit Teer oder mit einer anderen schwarzen, pechähnlichen Substanz gefüllt hatte.
Gedanken von unbestimmt religiöser Natur erfüllten meinen Geist. Ich hörte meine eigene Stimme mit brüchigen Lippen sagen ‚Am Anfang war der Buchstabe'. Ich lachte schwach. Dann sank ich wieder ins Boot zurück.
Als ich mich schließlich dazu brachte, wieder hinzusehen, stand das M etwas hinter mir, eine doppelte schwarze Säule. Die näheren Klippen waren weniger steil und lagen im Schatten. Jetzt waren mehr Bäume zu sehen. Ich bildete mir sogar ein, ich hätte zwischen den Bäumen ein Gebäude gesehen, aber dann sank mir der Kopf wieder herunter.

In mir erhob sich der Drang, etwas zu tun, und ich quälte mich wieder in die Höhe. Ich bespritzte mir Kopf und Nacken mit Meerwasser, obwohl mir das Salz die Lippen verbrannte.

Das Boot trieb jetzt an einer nach Südwesten weisenden Klippenwand entlang, die höchstens zweihundert Meter entfernt lag. Unter gewöhnlichen Umständen hätte es mir nichts ausgemacht, an Land zu schwimmen. Aber jetzt war alles, wozu ich imstande war, daß ich die Hände um den Mund legte und um Hilfe rief; aber im Wettbewerb mit meinem Ruf tönte das Geräusch der Brandung, die gegen die Felsen ankämpfte, und mein Hals war von der Trockenheit ausgedörrt.

Ich konnte sehen, daß ich in weniger als einer Stunde das Ende der Insel erreichen und dann wieder ins offene Meer hinausgetragen würde. Die Klippen waren jetzt weniger mächtig. Es würde möglich sein, an der westlichsten Spitze an Land zu klettern. Ich würde mich dort ins Wasser werfen und auf Gott und die Reste meiner Kräfte vertrauen müssen, daß ich das Ufer erreichte.

Während ich mich auf diesen letzten Akt vorbereitete, entdeckte ich, daß ich beobachtet wurde. Drei oder vier Eingeborene standen unter hohen Bäumen zwischen den Büschen und blickten zu mir herüber. Auf diese Distanz konnte ich nicht klar sehen, und doch war da etwas an ihnen — waren es nun ihre Gesichter oder ihre Haltung —, das mir den Eindruck besonderer Bestialität vermittelte. Fast unbeweglich standen sie da und starrten über die Wellen zu mir herüber; dann waren sie verschwunden; die Büsche bewegten sich noch einen Augenblick lang und standen dann wieder still.

Ich wandte meine Aufmerksamkeit dem Ende der Insel zu, von dem jetzt zu erkennen war, daß von ihm ein kleiner Vorsprung ausging, so daß ein schmaler Kanal zwischen Ufer und Landzunge freiblieb. Die Frage schien mir zu sein, ob die Strömung, die mich bewegte, mich von der Insel

weg oder um ihre Spitze herum tragen würde, zwischen Insel und Landzunge; wenn letzteres der Fall war, sollte es nicht schwierig sein, an Land zu gehen.
Während ich noch über diese Frage nachgrübelte, schoß ein schweres Fahrzeug mit donnernder Maschine hinter der Insel hervor. Eine weiße Bugwelle auftürmend, beschrieb es einen Bogen und kam auf mich zu.
Zwei Männer befanden sich in dem Boot. Ich konnte nur den Mann am Steuer klar erkennen. Sein Gesicht war schwarz, und wieder, ebenso wie bei den Beobachtern auf der Klippe, empfing ich den Eindruck von Brutalität.
Das Boot, das er lenkte, war schmutzigbraun gestrichen. Als es auf mich zustrebte und schwerfällig einen Bogen beschrieb, überflutete seine Bugwelle mein primitives Boot. Ich fand mich im Wasser, mit den Wellen kämpfend. Halb ertrunken hörte ich die Flüche der Männer im Boot. Dann packten sie meine Handgelenke und meine Schultern, und ich wurde ziemlich unsanft in das Landungsboot gehievt, wie einer es nannte.
Als sie mich an Deck gelegt hatten, setzte das Boot sich wieder in Bewegung, wobei es heftig schwankte. Man ließ mich auf Deck liegen, wie einen gerade aus dem Wasser gezogenen Thunfisch, und ich hustete und spuckte Seewasser.

Als ich mich etwas erholt hatte, richtete ich mich in sitzende Haltung auf. Das furchterregendste Gesicht, das ich je in meinem Leben gesehen hatte, blickte auf mich herunter. Aus der Nähe betrachtet war die Brutalität, die das Gesicht erfüllte, überwältigend, und einen Augenblick lang hatte ich das Gefühl, ich befände mich wieder im Delirium.
Unter einem weichen Lederhut war keine Stirn zu sehen, nur ein aufgedunsenes, breites Gesicht, das mit Stoppeln bedeckt war. Der Kiefer sprang vor, hatte aber kein Kinn. Der breite Mund war so groß, daß er fast in dem absurden Hut verschwand, und die fleischigen Lippen kaum fleischig

genug, um die riesigen Schneidezähne im Unterkiefer zu verbergen. Über diesem schrecklichen Mund sprang eine schnauzenähnliche Nase vor, die wie die einer Hyäne verzogen war, und darüber zwei fast lidlose Augen. Diese Augen musterten mich jetzt — fixierten mich mit stumpfem, rotem Glanz.

Ich fuhr erschreckt zurück. Trotzdem konnte ich nicht anders, als die Augen anzustarren.

Das Monstrum sah mich mit einem höchst seltsamen Ausdruck an, gleichzeitig aggressiv und vor mir zurückschrekkend, als wäre es im Begriffe, sich entweder auf mich zu werfen oder mir aus dem Wege zu springen.

Nur einen Augenblick lang starrten wir uns einander so an. Nur einen Augenblick lang war zwischen uns jene seltsame Mehrdeutigkeit des Blickes. Dann bekam der seltsame schwarze Mann von seinem Begleiter einen Schlag auf den Rücken, und er brüllte: „Zurück ans Steuer, George! Keinen deiner Tricks!"

Der schwarze George huschte eifrig an seinen Platz zurück, ohne jede Würde. Er war ein massiver, vierschrötiger Bursche mit riesigen Schultern, aber kurzen Beinen. Ein grauer Overall bedeckte ihn von den Schultern bis zu den Knöcheln.

Als ich meine Aufmerksamkeit dem anderen Mann zuwandte, war mein erster Eindruck kaum erfreulicher. Da war ich an einen schönen Ort gelangt! dachte ich. Dieses Exemplar war zwar erkennbar kaukasischer Herkunft und ohne sichtbare Deformationen. Aber auch er war ein irgendwie brutal wirkender Hüne. Sein Gesicht war aufgedunsen und von fahler Farbe und trug einen mürrischen, unfreundlichen Ausdruck. Seine Augen schienen von derselben fahlen Farbe wie seine Haut; sie blickten jetzt gerade in die meinen, nur einen Augenglick lang, dann wandten sie sich ab, und zwar auf so verstohlene Art, daß ich ebenso beunruhigt war, wie von Georges wildem Blick. Er wich stets einem direkten Augenkontakt aus.

Obwohl alles an ihm völlig unerfreulich schien — abgesehen von der Kardinaltatsache, daß er mich aus dem Meer gerettet hatte —, gewann ich den Eindruck, daß er ein intelligenter, ja sogar empfindsamer Mann war, der sich bemühte, irgendein schreckliches Wissen, das er barg, zu vergraben, und daß diese Mühe ihn brutal gemacht hatte.
Sein Haar war von fahlem Gelb und ungepflegt, und er hatte einen struppigen, gelblich-braunen Bart. Er trug eine Maschinenpistole, die über seiner Schulter hing, während in er in der linken Hand eine Flasche hielt.
Als er sah, daß ich ihn beobachtete, hielt er mir die Flasche hin, ohne mich dabei anzusehen, und sagte leicht spöttisch: „Sie sehen aus, als könnten Sie einen Drink gebrauchen, Held!"
Ich antwortete: „Ich brauche Wasser."
Meine Stimme war nur ein Krächzen. Die seine war kehlig, und er hatte einen seltsamen Akzent. Ich brauchte eine Weile, bis ich begriff, daß Englisch nicht seine Muttersprache war.
„Palmenwein für den Morgen. Frische Ernte. Tut Ihnen gut!"
„Ich brauche Wasser."
„Wie Sie meinen? Sie müssen warten, bis wir an Land sind."
George lenkte jetzt das Boot zwischen die Insel und die Landzunge, seltsam wild über das Steuer gebeugt. Dahinter konnte ich einen Streifen Strand sehen. Der Blonde schrie George an, er solle gefälligst vorsichtig sein.
„Wie heißt dieser Ort?" fragte ich.
Wieder musterte mich sein Blick, hin- und hergerissen zwischen Mitleid und Verachtung. Seine Augen tasteten mich ab.
„Willkommen auf Moreau Island, Held", sagte er. Er nahm einen Schluck aus seiner Flasche.

2.

Ich bekomme Gesellschaft

Das Landungsboot bog in eine schmale Meerenge, rechts die Insel, Felsgestein zur Linken. Die freie See vor uns ließ erkennen, daß die Insel, obwohl mehrere Kilometer lang, wesentlich weniger breit war, zumindest an diesem westlichen Ende. Der Strand war ein schmaler Sandstreifen, eingegrenzt von Felsen und Steinen, und teilweise mit Buschwerk bewachsen. George schwang uns zu diesem Streifen, duckte sich ans Steuer und erwartete Instruktionen, während er mich mißtrauisch musterte.

„Sind Sie kräftig genug um zu gehen?" fragte mich der Blonde.

„Ich kann es versuchen", antwortete ich.

„Sie werden's versuchen müssen, Held. Hier ist Endstation! Gibt hier keine Ambulanz. Ich muß mich um die Fischnetze kümmern, und das ist schon genug Arbeit. George wird Sie ins Hauptquartier mitnehmen. Kapiert?"

Ich warf unwillkürlich einen argwöhnischen Blick auf George.

„Der tut Ihnen nicht weh", sagte der Blonde. „Wenn Sie durch die Minenfelder sind, sind Sie vor George sicher."

„Was ist das für ein Ort? Sind hier andere — weiße Männer? Ich kenne nicht einmal Ihren Namen."

Der Blonde blickte aufs Deck und rieb die schmutzigen Turnschuhe aneinander.

„Sie sind hier nicht willkommen, Held, damit sollten Sie sich besser abfinden. Moreau Island ist nicht gerade auf Touristen eingestellt. Aber vielleicht können wir Sie gebrauchen."

„Ich habe anderswo zu tun", erwiderte ich scharf. „Im Augenblick suchen mich bestimmt eine Menge Leute. Das ASASC-Shuttle, in dem ich war, ist im Pazifik abgestürzt.

Mein Name ist Calvert Madle Roberts, und ich bekleide einen wichtigen Posten in der Regierung. Wie ist Ihr Name? Das haben Sie mir immer noch nicht gesagt."

„Geht Sie ja wohl nichts an, oder? Mein Name ist Hans Maastricht, und ich schäme mich meines Namens nicht. Jetzt gehen Sie an Land. Ich habe Arbeit, sonst kriege ich Ärger."

Er wandte sich an George und schlug dabei mit der rechten Hand an die Maschinenpistole, die ihm über der Schulter hing, wie um seinen Worten Nachdruck zu verleihen. „Du schaffst diesen Mann ins Hauptquartier, kapiert? Geh mit ihm zum Meister. Unterwegs nicht anhalten, keinen Ärger machen. Okay? Andere Leute auch keinen Ärger machen, kapiert?"

George sah zuerst ihn, dann mich an, und dann wanderte sein Blick wieder zu dem anderen Mann. Sein Kopf wackelte dabei verwirrt.

„Spricht er Englisch?" fragte ich.

„Das kapiert er am besten", antwortete Maastricht und schlug noch einmal gegen seine Maschinenpistole: „Fix, George. Hilf diesem Mann zum Hauptquartier. Ich komm nach, wenn ich die Fischnetze überprüft habe."

„Kapiert", sagte George. „Mach schnell. Hilf diesem Mann, dann komm zurück, wenn ich Netze prüfen."

„Du schaffst ihn unversehrt zum Hauptquartier", sagte Maastricht und schlug ihm auf die Schultern.

Der ungeschlachte Bursche sprang in das seichte Wasser und streckte die Hand aus, um mir zu helfen. Ich sage Hand — dabei war es ein schwarzes, ledernes, verformtes Ding, das er mir entgegenstreckte. Ich hatte keine andere Wahl, als sie zu ergreifen. Ich mußte hinunterspringen und fiel ihm praktisch in die Arme, lehnte mich einen Augenblick lang gegen seine tonnenförmige Brust. Wieder spürte ich in ihm denselben Ekel, der sich auch in mir regte. Er machte einen Satz nach rückwärts, so daß ich das Gleichgewicht

verlor und im seichten Wasser auf die Hände und Knie fiel.
„Sortiert euch auseinander!“ schrie Maastricht lachend. Er riß die Maschinenpistole hoch und feuerte einen Schuß in die Luft ab, vermutlich als Warnung, und lenkte dann das Landeboot auf eine Stelle zu, wo die Fahrrinne sich ausweitete.
George blickte ihm nach und wandte sich dann fast furchtsam zu mir um. Sein Blick suchte meine Augen, und da er fast keinen Hals hatte, mußte er die Schultern dabei etwas anziehen, als wäre er kurzsichtig. Gleichzeitig streckte er mir seine verstümmelte Hand entgegen. Ich kniete immer noch im Wasser. An der Geste des Burschen war fast etwas Mitleiderregendes. Ich nahm seinen Arm und zog mich in die Höhe.
„Danke, George.“
„Ich George. Du nicht George?“
„Mein Name ist Calvert Roberts — ich bin über deine Hilfe froh.“
„Du haben Vier Glieder Lang. Du froh deiner Hilfe.“ Er griff sich mit der Pranke an den Schädel, als gäbe er sich Mühe, mit Begriffen fertig zu werden, die seine Fähigkeiten überstiegen. „Du froh ich helfen. Froh George helfen.“
„Ja. Ich bin noch etwas wackelig.“
Er deutete auf das offene Meer hinaus. „Du — in Wasser finden, ja?“
Es war, als versuchte er, etwas zu visualisieren, das vor langer Zeit geschehen war.
„Wo geht's zu deinem Hauptquartier, George?“
„Hauptquartier, ja, wir gehen, kein Problem. Nicht anhalten unterwegs. Keinen Ärger machen.“ Seine Stimme klang seltsam gequält.
Wir standen am steinigen Strand, vor uns eine Gruppe Palmen und Büsche, und eine Komödie fehlgeleiteter Absichten entwickelte sich — es hätte eine Komödie sein können, wenn ich die Kraft gehabt hätte, etwas Komisches an der

Situation zu finden. George wußte nicht, ob er hinter mir oder vor mir oder neben mir gehen sollte. Seine schlurfenden Bewegungen ließen erkennen, daß er zögerte, eine der Alternativen zu ergreifen.

Die oberflächliche Freundlichkeit unseres Gesprächs (wenn man es dieses Begriffs würdig finden will), beruhigte die Angst, die ich vor George empfand, in keiner Weise. Er war monströs, und seine physische Nähe wirkte auf mich abstoßend. Irgend etwas an seiner Haltung flößte Mißtrauen ein. Die schakalartige Grimasse in seinem Gesicht schien die ganze Zeit im Widerstreit mit einem wilden Element seines Wesens zu liegen, so daß ich dauernd zweifelte, ob er jetzt kehrt machen und davonrennen oder mich angreifen würde. Ein nervöses Schlurfen in seinem Schritt sorgte dafür, daß diese Zweifel nie in den Hintergrund traten.

„Geh du voraus, ich komme nach, George."

Ich dachte schon, er wäre im Begriff, in die Büsche zu rennen. Ich versuchte es noch einmal.

„Also gut. Ich geh voraus, und du kannst mir folgen."

Ich dachte, er wollte mich angreifen.

„Du mich nicht treiben?"

„Ich will zum Hauptquartier George. Ich muß Wasser haben. Da ist doch keine Gefahr, oder?"

Er schüttelte den großen Schädel hin und her und sagte: „Gefahr, ja. Nein. Unterwegs nicht Halt machen. Keinen Ärger machen. Geh mit ihm zum Meister."

Ich begann zu gehen. Er huschte sofort vor und blieb genau einen Schritt hinter mir, und seine kleinen Schweinsaugen funkelten mich jedesmal an, wenn ich den Kopf wandte. Wenn ich nicht so erschöpft gewesen wäre, wäre ich vielleicht noch ängstlicher oder amüsierter gewesen als ich das war.

In meinem Zustand und in seiner Gesellschaft war mir nicht gerade danach, die Szenerie zu bewundern. Doch einen Eindruck vermittelte sie mir, einen Eindruck, der zugleich schrecklich und stumm war. Unter meinen Füßen war jenes zerbrochene Grenzterritorium, das den Unterschied zwischen Ozean und Land markiert, selbst auf einem so armseligen Landstreifen wie diesem. Genau vor uns waren ausgebleichte Felsen und das satte Grün von Palmen und Dornbüschen. Der Ozean bot sein ruhiges, rastloses Bild, und über uns hing stumm und wartend das Blattwerk und wirkte alles andere als einladend.

Das Unterholz reichte fast bis ans Wasser. Ich sah einen Pfad zwischen den Bäumen und ging darauf zu.

George hatte inzwischen offenbar sein Urteil über mich gebildet, denn er sagte: „Er hat Vier Glieder Lang. Du haben Vier Glieder Lang."

„So ist das mit den Menschen eben", erwiderte ich scharf. George sagte, oder besser gesagt, sang: „Vier Glieder Lang — falscher Gesang!"

„Woher hat du denn die Idee?" fragte ich. Aber ich blieb nicht stehen und wartete auf seine Antwort. Ich schritt auf den schmalen Pfad zu, und er sprang los, um mir auf dem Absatz zu folgen, einen Schritt hinter mir. Es war eine Erleichterung, wieder zwischen Bäumen zu sein, im Schatten. Nach all den Tagen im Boot war mein Schritt unsicher, obwohl ich spürte, wie meine Kräfte langsam zurückkamen. Viele Dinge beschäftigten mich, nicht zuletzt meine Schwäche und die kontrastierende Stärke des schwachsinnigen Tölpels hinter mir. Und dann beschäftigte mich auch das, was Maastricht — den ich für einen Niederländer hielt, sowohl wegen seines Namens als auch seines Akzents — gesagt hatte: ‚Willkommen auf Moreau Island.' Der Name sagte mir etwas, aber ich wußte noch nicht was. Moreau Island? Gab es irgendeinen Skandal, der damit in Verbindung stand?

Trotz dieser Gedanken achtete ich darauf, meine Umgebung nicht aus dem Auge zu lassen, denn in Maastrichts Warnung, die dieser George auferlegt hatte, war etwas Drohendes gewesen. Wer oder was würde sich uns denn in den Weg stellen?

Dieser Streifen der Insel hatte wenig anzubieten, sah man einmal von der Tatsache ab, daß es festes Land war im Gegensatz zum Meer. Die Felsen zu unserer Rechten, zu einer früheren Zeit vom Wasser geformt, beherbergten viele hin- und herhuschenden Geschöpfe, wenn auch wahrscheinlich nichts Exotischeres als Vögel und Echsen. Rings um uns wuchs Bambus, schoß aus Höhlungen im Felsgestein und aus dem Boden, der mit Steinen und großen Muscheln übersät war. Der Bambus wucherte dicht genug, um uns den Weg zu versperren, wenn auch dünn genug, daß uns ein Muster aus Licht und Schatten umgab. Gelegentlich konnten wir durch ein Netz aus Blättern einen Blick auf die See zur Linken werfen.

Einmal wäre ich fast über eine der großen Muscheln gestolpert. Ich stieß sie zur Seite und stellte fest, daß es sich gar nicht um eine Muschel, sondern das weiß gebleichte Gehäuse einer Schildkröte handelte. Wir schienen fast durch einen Schildkrötenfriedhof zu gehen, so dicht häuften sich die Gehäuse; doch nirgends war die Spur eines lebenden Exemplars zu sehen.

Zu beiden Seiten lagen Felsbrocken, manche von ihnen so groß wie wir. Dann mußten wir uns den Weg zwischen ihnen bahnen, und George kam meinem Hals unangenehm nahe. Zwei dieser großen Felsbrocken bildeten buchstäblich einen Torbogen, und dahinter kauerten mehr von Georges unappetitlichen Artgenossen.

Ich sah sie vor uns im Dickicht und blieb unwillkürlich stehen.

Ich drehte mich zu George herum und sagte: „Warum verstecken die sich? Was ist mit denen los?“

Mit einem listigen Blick, der gleichzeitig verstohlen und drohend wirkte, sagte George: „Vier Glieder Lang — falscher Gesang ... Vier Glieder Kurz — richtige Geburt!“

Seine Füße begannen einen seltsamen Tanz im Sand. Seine Augen wichen den meinen aus.

Mit ihm Konversation machen zu wollen, hatte keinen Sinn. Jetzt, da seine Artgenossen so nahe waren, wirkte er noch gefährlicher.

„George, du mich geradewegs zu HQ bringen, kapiert? Du nicht anhalten. Du keinen Ärger machen. Du nicht zulassen, daß andere Ärger machen, okay? Du kapieren?"

Er begann zu hecheln wie ein Hund, die Zunge hing ihm dabei heraus. „Du keinen Karabiner haben, Cal —." Vielleicht strengte er sich an, sich an meinen Familiennamen zu erinnern; wenn ja, so mißlang ihm das, und daß er meinen Vornamen gebrauchte, erweckte ein Gefühl unwillkommener Vertraulichkeit.

Ich erinnerte mich an das, was Maastricht gesagt hatte: *„Meister* hat Karabiner!"

Seine mächtige Schulter schob sich zu mir, und er wandte den Kopf ab und murmelte: „Ja, kapieren, *Meister* hat Karabiner ..."

„Dann komm!" Ich schob mich zwischen den Felsbrocken durch und rief: „Weg da, dort vorne. Wir haben's eilig." Eine erstaunliche Vielfalt von Gesichtern spähte zwischen den Büschen hervor. Man hatte den Eindruck einer gewissen Familienähnlichkeit zwischen ihnen und George, obwohl sie eine Vielfalt von Verwachsungen aufwiesen. Hier gab es Schnauzen, die nach oben gerichtet waren, und Gesichtserker, die sich nach unten bogen, Münder ohne Lippen, Münder mit zackigen Lippen, haarlose Gesichter und solche, die fast ganz mit Haar oder Stoppeln bedeckt waren, Augen die ohne sichtbare Lider funkelten, Augen, die unter schweren Lidern träumten, wie denen von Pferden. Und all diese Gesichter waren mir argwöhnisch zugewandt, Nasen schnupperten in Richtung auf mich, und alle brachten es zuwege, meinem direkten Blick um Haaresbreite auszuweichen.

In einigen der Augen in den tieferen Schatten glaubte ich ein rotes oder grünes Irisieren feststellen zu können, so, als sähe ich mich Tieren irgendeiner albernen Fabel gegenüber.

Tatsächlich erinnerte ich mich an eine Reihe von Zeichnungen von Künstlern wie Charles Le Brun und Thomas Rowlandson, in denen die Physiognomien von Männern und Frauen in einigen Transformationen in die Physiognomien von Tieren übergingen — Bullen, Löwen, Leoparden, Hunden, Ochsen und Schweinen. Es wirkte ebenso lächerlich wie beunruhigend. Ich trat vor, klatschte langsam in die Hände, und sie machten mir langsam Platz.

Aber sie riefen George zu, der mir immer noch folgte.

„Hat er nicht Vier Glieder Lang?"

„Ist er vom Lab'rat'ium?"

„Wo ist der mit der Flasche?"

„Hat er einen Karabiner?"

Und noch andere Dinge, die ich nicht verstehen konnte, denn ich sollte bald erfahren, daß Georges Redeweise unter seinen Freunden ein Wunder der Deutlichkeit war, er gleichsam ein Genie inmitten von Schwachsinnigen.

Er folgte immer noch stur hinter mir und sagte, oder besser gesagt, sang — denn die meisten ihrer Sätze kamen in einem seltsamen Singsang —: „Ihn in großem Wasser finden. Er Vier Glieder Lang. Er Fünf Finger Lang — Nicht weise, nicht stark. Nicht halten. Keinen Ärger machen. Viel schlagen im HQ."

Er sang, und ich taumelte neben ihm her. Sie fielen zurück oder hüpften zurück, ließen uns durch — aber Hände mit verkrüppelten Fingerstummeln, Hände, die mehr wie Pfoten oder Hufe waren, tasteten nach mir und berührten mich. Jetzt bemerkte ich einen kräftigen, sauren Geruch, so wie vielleicht ein Tigerkäfig im Zoo riecht. Die Bäume und Büsche wurden dünner, und die Sonne brannte kräftiger auf mich herab, und wir erreichten das Eingeborenendorf.

In der Nähe der ersten Häuser ragte zu meiner Rechten ein Felsen empor und ging in eine hohe Wand über. Lianen und Schlingpflanzen, einige mit grellbunten Blüten bewachsen, hingen über die Felswand, und zwischen ihnen fiel eine dünne Wasserkaskade, platschte von Felssims zu Felssims. Sie füllte einen kleinen Tümpel, in dem das Wasser mit Schlamm vermischt war.

Aber ich rannte zu dem Felsen und ließ mir das gesegnete Naß direkt ins Gesicht fallen, auf meine Lippen, meine ausgedörrte Zunge, in den Hals!

Ah, dieser Augenblick! In Wahrheit war der Wasserfall nicht mehr als ein Rinnsal, aber in diesem Augenblick hätten mir selbst die Niagarafälle nicht willkommener sein können. Nach einer Weile mußte ich mich benommen gegen die Felsen stützen. Ich ließ mir das Wasser auf den Nacken fallen und konnte hören, wie sich die Eingeborenen verstohlen um mich sammelten. Aber ehe ich mich umwandte, um sie anzusehen, schickte ich ein Dankgebet für meine Rettung zum Himmel.

Ihre ungeschlachten Körper waren von denselben Overalls bedeckt, wie George einen trug; so war manch abstoßende Gestalt vor der Welt verborgen. Ein oder zwei von ihnen trugen Stiefel, die meisten gingen barfuß. Einige hatten barbarische Versuche unternommen, sich mit Muscheln oder Knochenstücken im Haar oder um den Hals zu schmükken. Erst später wurde mir bewußt, daß dies die Frauen dieses wunderbar gemischten Stammes waren.

So fasziniert ich auch von ihnen war, so glaube ich doch, daß sie von mir noch viel faszinierter waren.

„Er leckt Wasser", sagte einer, der sich an mich herangeschoben hatte, und mich ansprach, ohne mir in die Augen zu sehen.

„Ich trinke Wasser ebenso wie ihr das wahrscheinlich müßt", sagte ich. Ich fühlte mich zwischen Neugierde und Vorsicht hin- und hergerissen und wußte nicht, ob ich versu-

chen sollte, eine Verbindung herzustellen oder wegzurennen. Aber zumindest dieses Geschöpf, das auf mich zutrat, wirkte harmlos. George erinnerte an eine seltsame Mischung aus Wildschwein und Hyäne; dieses Geschöpf hingegen sah eher wie ein Hund aus. Er hatte das bettelnde Wesen eines Bastards an sich, das man selbst in glücklicheren Gegenden der Welt gelegentlich auch bei Menschen antrifft.
„Wie heißt du?“ fragte ich und deutete auf ihn, damit er begriff, daß ich ihn meinte.
Er zuckte zurück. „Des Meisters ist die Hand, die trennt. Des Meisters ist der Mund, der nennt...“
„Wie ist dein Name?“ Es berührte demütig seine Brust. „Dein Name Bernie. Guter Mann, guter Junge.“
„Ja, du bist ein guter Mann, Bernie.“ Schwäche und ein Anflug von Hysterie überkamen mich. Hier in diesem armseligen Stück Dschungel auf einem vergessenen Felsen im Pazifik einen Bernie zu finden — einen Bernie, der wie ein räudiger Hund wirkte — war plötzlich unheimlich komisch.
Bernie, dachte ich, wie Bernhardiner! Ich begann hilflos zu lachen und sank gegen den Felsen.
Ich lachte immer noch, als ich mich plötzlich im Schlamm sitzen sah. Als sie sich näher um mich drängten und wie Kühe auf mich herabstarrten, bedeckte ich mein Gesicht und lachte und weinte.
Ich hörte kaum die Pfeife, die schrillte.
Sie hörten es. „Der Meister weiß! Der Meister pfeift!“ Sie drängten sich unruhig im Kreise. Ich blickte auf, hatte Angst, niedergetrampelt zu werden. Dann fing einer zu rennen an, und sie alle folgten ihm, als wären sie eine Herde Vieh. George blieb bis zuletzt stehen und sah mich verwirrt unter seinem Hut an, murmelte halblaut etwas. Dann versuchte auch er zu fliehen.
Doch zu spät. Der Meister nahte. George sank zu Boden und bedeckte mit demütig-sklavischer Geste den Kopf. Eine

Peitsche knallte über seine Schultern, dann ging der Meister an ihm vorbei und schritt auf mich zu.
Ich richtete mich langsam auf und stand mit dem Rücken zum Felsen. Ich war versucht, es den Eingeborenen gleichzutun und zu fliehen.
Der sogenannte Meister war ungeheuer groß: mindestens drei Meter vermutete ich, ungewöhnlich hochgewachsen für ein menschliches Wesen.
Ich konnte ihn zwischen den Bäumen und Hütten sehen, wie er dahin schritt, höchstens fünfzig Meter von mir entfernt. Hinter ihm erblickte ich ruhige Wasser, aber meine ganze Aufmerksamkeit konzentrierte sich auf ihn.
Er trug einen schußbereiten Karabiner, bereit, jederzeit zu schießen. Die Waffe war auf gleichgültige Art auf mich gerichtet. Sein Schritt verriet maßloses Selbstvertrauen; an ihm war etwas Starres und Mechanisches.
Sein Gesicht war unter einem Helm verborgen. Ich konnte seine Augen nicht sehen. Als er näher kam, sah ich, daß seine Arme und Beine aus Metall und Plastik bestanden.
„Mein Gott, ein Roboter!" sagte ich laut.
Dann kam er um den Felsblock herum und konfrontierte mich.
„Wo sind Sie denn entsprungen?" fragte er.

3.

In den Händen des Meisters

Einer der Gründe, weshalb ich an Gott glaube, liegt darin, daß es in meinem Leben Empfindungen und Erkenntnisse gibt, die sich mit wissenschaftlicher Methode nicht ergründen lassen.

Ich kenne ansonsten wissenschaftlich eingestellte Menschen, die an Telepathie glauben und doch Gott leugnen. Für mich gibt es mehr Sinn, an Gott als an Telepathie zu glauben; Telepathie scheint mir ein unwissenschaftlicher Hokuspokus wie Astrologie (obwohl ich Männer kennengelernt habe, die ganz prosaisch auf dem Mond arbeiten und doch in unerschütterlichem Glauben an Astrologie festhalten), während Gott selbst nie unwissenschaftlich sein kann, weil er der Erste Beweger ist, der die Wissenschaft mit all den anderen Wirkungen unseres Universums umfaßt. So zumindest hatte ich es mir zurechtgelegt, und mich damit für den Augenblick zufrieden gegeben. Doch Gott verliert Terrain.

Als ich dem Meister gegenüberstand, fühlte ich einige jener Empfindungen — Sie können sie empathisch nennen, wenn Sie wollen —, die ich vorher als der wissenschaftlichen Methode fremd bezeichnet habe. Kaum sprach er, wußte ich, daß sich in ihm, ebenso wie in seinen Kreaturen, Aggression und Furcht mischten. Gott gab mir Verstehen.

Dies konnte kein Roboter sein. Ich blickte zu ihm auf. Als ich wieder die Gewalt über mich hatte, sah ich, daß der Meister, wenn auch wahrhaft eine furchterweckende Gestalt, bei weitem nicht so groß war, wie ich ihn in meiner Beinahe-Panik eingeschätzt hatte. Er war vielleicht zweieinviertel Meter hoch, also einen guten Kopf größer als ich. Unter seinem Helm war ein bleiches Gesicht, das ebenso schwitzte wie das meine.

„Wer sind Sie, und woher kommen Sie?" wollte er wissen. Ich bin dazu ausgebildet, Menschen zu verstehen, auch durch die Posen hindurch, die sie manchmal einnehmen. Ich kann harte Männer von solchen unterscheiden, die nur eine harte Fassade um sich aufgebaut haben. Trotz der Aggressivität in der Stimme dieses Mannes glaubte ich, Unsicherheit in ihr zu entdecken. Ich trat einen Schritt von dem Felsen vor, an dem ich lehnte.

Er schlurfte schwerfällig mit den Füßen, um mir weiter ins Gesicht sehen zu können, und hob gleichzeitig seinen Karabiner, um damit auf meinen Leib zu zielen. Sobald meine Aufmerksamkeit so auf die Waffe gerichtet war, erkannte ich, daß es sich um den Waffentyp handelte, wie er an die koalliierten Invasions- und Besatzungsstreitkräfte ausgegeben wurde. Es war eine Xiay 25 A, ein billiges Produkt unserer chinesischen Alliierten, für Mehrfacheinsatz geeignet, eine Waffe, die ebenso gewöhnliche Kugeln, CS-Gaskugeln, Nagelbomben und andere ähnliche Projektile verschoß. Der roboterähnliche Mann trug eine Peitsche und einen Revolver im Gürtel. Falls er sich auf seinem Morgenspaziergang befand, war er recht gut bewaffnet.

Er wiederholte seine Frage.

Ich sah ihm gerade ins Gesicht und unterdrückte meine Schwäche.

„Ich bin Amerikaner, und das ist vermutlich mehr, als Sie behaupten können. Mein Name ist Calvert Madle Roberts, und ich bin Under-Secretary of State in der Willson Administration. Ich befand mich auf der Rückkehr von Staatsgeschäften, als mein Flugzeug über dem Pazifik abgeschossen wurde. Ihre Angestellten haben mich an Land gebracht. Ich muß sofort mit Washington in Verbindung treten."

„Meine Angestellten? Sie müssen Maastricht meinen. Was, zum Teufel, hat er sich eigentlich eingebildet, als er Sie hier an Land brachte? Ich führe doch keinen Zirkus. Warum hat er Sie nicht zur Lagune gebracht?"

„Ich treibe seit neun Tagen auf dem Meer. Ich bin ziemlich am Ende und muß schnellstens mit meiner Behörde in Verbindung treten. Okay? Wenn Sie hier die Geschäfte führen, mache ich Sie dafür verantwortlich, daß Sie sich um mich kümmern."
Er gab ein grunzendes Geräusch von sich, das man vielleicht für ein Lachen halten konnte. „Ich führe hier die Geschäfte, das steht fest..., und ich kann Sie nicht gut wieder ins Meer zurückwerfen lassen."
„Äußerst großherzig von Ihnen. Ich habe Ihnen meinen Namen genannt. Roberts. Wie heißen Sie?"
Er verzog den Mund. „Sie können mich Meister nennen, wie die anderen das auch tun." Er machte mit einer ruckartigen Bewegung kehrt und begann, auf dem Weg zurückzuschreiten, auf dem er gekommen war. Ich folgte ihm.
Wir gingen über eine ziemlich primitive Straße, die durch das Eingeborenendorf führte. Die Eingeborenen, die inzwischen wieder allen Mut zusammengenommen hatten, waren zurückgekehrt und staunten uns an. Als ihr *Meister* an ihnen vorbeiging, gaben sie in ihrem Singsang Phrasen von sich, die etwa folgendermaßen klangen:

„Sein ist die Hand, die straft...
Sein ist die Peitsche, die zähmt...
Sein ist der Kopf, der die Schuld gibt..."

Hinter dem kleinen Dorf lag die Lagune. Die Straße schlug einen Bogen um sie, wand sich an ihren sanften, grünen Wassern vorbei zu Gebäuden, die nur undeutlich zwischen den Bäumen sichtbar waren. Und hinter allem lag ein steiler Hügel, dessen graue Klippen über dem Wald hochragten. So übel es hier auch um die Dinge der Menschen stehen mochte, die Natur hatte ihnen Größe hinzugefügt.
Es war unmöglich, mit den langen, mechanischen Schritten des Wesens Schritt zu halten, das sich selbst als *Meister* bezeichnete. Ich blieb immer weiter zurück. Es gab eine

Gruppe von Eingeborenen, die auf der anderen Seite der Lagune arbeitete, wo ich einen fahrbaren Kran entdeckte; sie unterbrachen ihre Arbeit und starrten uns an.
Als ich bergauf ging, wurde mein Blick unsicher. Dort stand eine Art Pallisadenzaun aus hohen, rostigen Metallstangen. Oben war die Pallisade mit Stacheldraht verziert, vielen ineinander verwobenen Drähten.
Der *Meister* blieb an einem schmalen Tor in der Wand stehen und bückte sich unsicher, um es aufzuschließen. Ich hörte das Klicken der Riegel. Er drehte ein Rad, das Tor öffnete sich, und er passierte es. Als ich ihm gefolgt war, drückte er es wieder zu und versperrte es von innen. Schwäche überkam mich. Ich fiel nieder.
„Bella!" rief er und ignorierte mich.
Ich erhob mich wieder, arbeitete mich langsam vor, als eine seltsame Gestalt aus einem Gebäude auf uns zukam. Sie trug ein Kleid. Es — nein, sie, Bella — hatte die kurzen, verformten Beine, die den meisten anderen Inselbewohnern gemeinsam waren. Ihre Haut war von stumpfem Rosa. Ihr Gesicht war ebenso häßlich wie das von George und seinen Artgenossen, wenn auch ihre Augen seltsam — strahlend sagt man dafür wohl — waren. Sie schienen zu leuchten und wirkten orientalisch.
Sie sah mich nicht direkt an, obwohl sie bereitwillig auf uns zukam und sich anhörte, was der *Meister* ihr sagte. Zu meiner Überraschung kam sie geradewegs auf mich zu und versuchte, mich hochzuheben. Ich verspürte einen seltsamen Nervenkitzel, als sie die Arme um mich legte. Dann brach ich zusammen.
Meine Sinne verließen mich nie ganz. Ich nahm fremde Gesichter um mich herum wahr, merkte, daß man mich in einen schattigen Raum trug. Etwas Kühles wurde mir auf die Stirn gelegt. Man goß mir Wasser in den Mund; ich konnte kaum schlucken, dann wurde die Tasse wieder weggenommen. Anschließend verband man mir die Augen. Ich lag reglos da, während erfahrene Hände meinen Körper

betasteten und man mich gründlich untersuchte. All diese Dinge nahm ich zu der Zeit kaum wahr, wenn ich mich auch später daran erinnerte.
Als ich mich am Ende wieder aufrichtete, wurde mir die Binde von den Augen genommen. Ich lag nackt unter einem Laken und fühlte mich erfrischt. Als ich mich auf einen Ellbogen stützte, sah ich, daß man mir auf Brust und Gesicht eine Salbe gestrichen hatte, um die Verbrennungen zu lindern, die mir die Sonne zugefügt hatte. Die Frau namens Bella saß zusammengekauert in einer Ecke des Raumes. Ihre Augen blitzten grün, als sie den Kopf wandte.
„Du — jetzt okay fühlen?"
„Ich denke schon."
„Du Whisky mögen?"
„Danke, aber ich trinke nicht."
„Nicht trinken? Du Wasser trinken."
„Ich meinte, daß ich keinen Whisky trinke."
Sie starrte mich reglos an. Sie hatte kurzes, dunkles Haar. Ich fragte mich, ob es wohl eine Perücke sein mochte. Ihre Nase erinnerte an die Schnauze einer Katze.
„Danke, daß du dich um mich gekümmert hast, Bella. Ich war ziemlich übel dran."
„Ich *Meister* sagen." Sie huschte davon, öffnete die Tür kaum weit genug, um hindurchzukommen und schloß sie gleich wieder hinter sich. Ganz entschieden katzenähnlich. Der Raum nahm neue Proportionen an, als sie gegangen war. Mein Körper fühlte sich äußerst leicht an. Nun, sagte ich mir, so ist das hier auf dem Mond. Du darfst nicht die Wirklichkeit erwarten. Die Wirklichkeit hier ist nur ein Sechstel dessen, was sie auf der Erde ist.
Ohne Mühe stieg ich aus dem Bett und stellte fest, daß es ganz leicht war, auf beiden Füßen zu stehen, wenn ich nur die Arme ausstreckte, um die Balance zu halten. Nackt zu sein, machte alles viel leichter. Ich schwebte zu dem einen unverglasten Fenster hinüber. Kein Glas: Aber natürlich gibt es auf dem Mond keine Mineralien.

„M für Mond“, sagte ich laut zu mir.

Da war Musik, ganz in der Nähe, Musik und die kräftige Hitze eines Tropentages. Haydn, jener Komponist, der all die anderen dominiert hatte, selbst Bach und Beethoven in der letzten Dekade seines Lebens.

Ich glaube, es war seine vierundfünfzigste Symphonie, die da gespielt wurde, Haydn und Hitze ...

Und dann wußte ich plötzlich, wer Moreau war.

Ich blickte auf einen unordentlichen Hof hinaus. Farbkanister standen herum, Stapel von Holz und Blech. Maastricht, der immer noch seine Flasche in der Hand hielt, ging vorbei. Ich hatte vergessen, daß er auf dem Mond war.

Ich hörte, wie der *Meister* ihn anschrie. „Warum, zum Teufel, hast du diesen Politiker dort abgelegt? Ich wollte doch keinen Ärger — das ist doch kein Zirkus! Angenommen, George hätte ...“

„Ich hab mir nicht die Mühe gemacht, ihn zum Hafen herumzubringen, weil ich es eilig hatte, die Fischnetze einzuholen, wie du mir gesagt hattest“, erwiderte Maastrichts Stimme. „Für einen Tag war ich genug angebrüllt worden. George hat ihn doch sicher hergebracht, oder?“

„Ich mußte hinausgehen und ihn retten. Die waren im Begriff, ihn in Stücke zu reißen, nur damit du im Bilde bist.“

„Pah! Das glaub ich nicht. Jedenfalls, was machen wir jetzt mit dem Burschen, wo er jetzt einmal hier ist?“

„Du weißt genau, daß er nicht hier bleiben darf. Überleg doch, Mann. Wenn er sich in den Kopf setzte, sich mit Warren zusammenzutun?“

„Au, Warren solltest du nicht erwähnen... Lassen wir es eine Weile auf sich beruhen, *Meister*. Zeit für mich, einen Drink zu nehmen.“

Da war noch mehr, aber jetzt strahlten seltsame Wellen durch meinen Kopf und brachten Dunkelheit. Ich taumelte zum Bett zurück, schob eine Hand unter das Kissen und fiel in tiefen, unruhigen Schlaf.

Immer wieder wurde ich von den Schrecken meiner Träume halb aufgeweckt, in denen immer wieder als Leitmotiv ein gigantischer Buchstabe M auftauchte. Ein großes, schwarzes M, das manchmal aus dem Felsen und manchmal aus Fleisch gehauen war. Gelegentlich erwachte ich und entdeckte, daß Bella mich versorgte, oder mir ungeschickt die Stirne trocknete.

Da ich auf dem Mond war, waren manche Dinge, die sonst unangenehm gewesen wären, angenehm. In ihrer katzenähnlichen Art preßte Bella sich gegen mich. Ihr Mund mit seinen scharfen Schneidezähnen lag auf dem meinen.

Ich genieße Macht und ihre Ausübung; in jeder Situation, die sich mir ergibt, pflege ich so lange zu manövrieren, bis ich alles unter Kontrolle habe, aber jetzt, da sich Bella gegen mich drückte, unterwürfig, und doch raubtierhaft, genoß ich die Schwäche, in der ich schwebte. So ist das auf Luna.

Dann kam eine Zeit, in der ich mich aufsetzte, und in der in meinem Kopf plötzlich alles ganz klar war. Meine innere Uhr sagte mir, daß ich zwei oder drei Tage im Fieber gelegen hatte. Sauber gebügelte Kleider lagen neben meinem Bett. Ich stieg heraus und stellte mich hin. Meine Schenkel sahen dünner als zuvor aus. Ich erprobte mein Gleichgewicht, und da war immer noch ein leichtes Schwanken, ein Phantom der Tage, die ich in dem Boot auf dem Meer getrieben war, aber ich übernahm die Kontrolle über mich und hatte keine Schwierigkeiten, zum Fenster zu gehen. Da lag die Insel Moreau, sog die tägliche Sonnendosis auf. Und draußen am Horizont wartete der Pazifik wie stets, ein riesiges Gefäß voll Energie. In dem unordentlichen Hof flatterte ein Vogel. Alles andere war reglos. Der Mond war unter meinem psychischen Horizont aufgegangen. Ich kehrte zum Bett zurück und setzte mich.

Etwas später schob sich Bella ins Zimmer.

„Du — besser?“ fragte sie.

Ich winkte sie näher zu mir heran. Sie blieb, wo sie war, eine Hand an der Tür. Während ich sie musterte, ordnete ich die gemischten Gefühle, die ich ihr während meines Fiebers entgegengebracht hatte. Sie trug ein knöchellanges, stumpf goldfarbenes Kleid. Es war zerrissen. Der Riß und ihr allgemeines Verhalten vermittelten einen Eindruck der Armseligkeit. Und doch war in ihrem Blick, in ihrer vorgeschobenen Schulter eine Art Hochmut, die ich bewunderte. Gleichzeitig war sie häßlich genug, und doch hatte sie etwas Animalisches an sich, das durchaus an meine fleischlicheren Instinkte appellierte.

„Ich bin dir für deine Pflege dankbar, Bella", sagte ich. „Jetzt muß ich arbeiten. Wo ist hier die Dusche? Ich könnte eine Dusche gebrauchen."

„Der *Meister* dich sprechen wollen." Vielleicht verstand sie, vielleicht auch nicht.

Sie führte mich über einen kurzen Korridor in ein anderes Zimmer. Musik ertönte — wieder Haydn. Ich hatte erwartet, den *Meister* über mich ausfragen zu sehen, aber er war nicht da. Es war ein recht angenehmes Zimmer, aber fast ohne Möbel. Es gab da ein langes Fenster, das den Blick über die Pallisaden hinaus freigab — fast ein verführerischer Anblick, könnte man sagen, wenn da nicht die unheimliche Natur der Umgebung gewesen wäre.

Ich konnte einen Teil einer beschaulichen Lagune mit fast türkisfarbenem Wasser sehen, durch eine Landzunge vor dem blauen Pazifik dahinter geschützt. Am Ende der Lagune lag ein Hafen mit einem heruntergekommenen Landesteg und einem Boot, das daran vertäut lag. Hohe Palmen lehnten sich über das Wasser und boten einigen Hütten Schatten. Hinter ihnen dehnte sich der Dschungel, kletterte einen Abhang hinauf, dessen Gipfel sich unter dem Gebäude verlor, in dem ich stand.

Es war ein solch typisches Tropenbild, daß ich mich fragte, ob ich es schon einmal gesehen hatte, vielleicht in einer früheren Reinkarnation. Dann erinnerte ich mich, daß dieser Anblick einen der Lieblingsträume des frühen zwanzigsten Jahrhunderts verkörperte, einen jener Träume, die sich mit der Flucht aus der Zivilisation befaßten. Die Zuflucht in der Südsee, wo der Dampfer einmal im Monat aus Europa anlegte, und die Mädchen Grasröcke trugen.

Und dann dachte ich darüber nach, während ich mich umdrehte, um mir den Raum des *Meisters* anzusehen, daß es eine ganze Menge gab, für das ich dankbar sein mußte.

So wie das Leben selbst.

An einer Wand war ein 3V-Schirm: Ich blickte in einen weiten, prunkvollen Saal, vielleicht Teil irgendeines deutschen Palastes, in dem ein Orchester saß und der Seele Joseph Haydns sein Bestes gab. Ich erkannte den Kanal sofort — Welt Drei; er strahlte von Chicago aus vierundzwanzig Stunden täglich Musik aus und war überall auf der Welt per Satellit zu empfangen, selbst an diesem fernen Fleck inmitten des Ozeans. Auch im Mondstützpunkt konnte man ihn empfangen. Das war eines der guten Dinge, die der Krieg bisher noch nicht beendet hatte.

Dann übertönte die Stimme des *Meisters* die Musik. Das Orchester wurde leiser, und er sagte: „Ich komme herein, um mit Ihnen zu sprechen, Roberts. Sind Sie bereit?"

„Sicher. Was nun?"

„Sie werden vielleicht überrascht sein."

Darauf öffnete sich eine Tür in einer Seitenwand, und jemand trat aus dem nächsten Zimmer ein. Maastricht folgte ihm, aber ich nahm ihn kaum wahr.

Ich war ganz und gar damit beschäftigt, die Person anzusehen, die vor ihm ins Zimmer gekommen war.

Es war der *Meister*. Ich erkannte das bleiche Gesicht. Er war etwa fünfunddreißig Jahre alt. Seit ich ihn das letztemal daherstolzieren gesehen hatte, war er ein gutes Stück kleiner geworden. Er kam schnell in einem mechanischen Rollstuhl auf mich zu und hielt vor mir an. Ich trat einen Schritt zurück und setzte mich auf einen Sessel. Er hatte keine

Beine. Ein lose fließendes Kleid bedeckte seinen Körper. „So ist das, Mr. Roberts. Jetzt sehen Sie mich so. Und wir wissen beide, wo wir stehen." Er war voll altmodischer Formulierungen aus dem letzten Jahrzehnt und gebrauchte sie ohne den geringsten Humor. „Jedenfalls kann ich Prothesen in dieser Hitze nicht sehr lange ertragen. Jetzt werden wir beide ein kleines Gespräch miteinander führen, während Bella Ihnen etwas zu essen bringt."

Aus seinem Panzer geschält und in das lose anliegende Kleid gehüllt, wirkte der selbsternannte *Meister* auf den ersten Blick schwach und weiblich. Aber ich sah in seinem bleichen Gesicht mit den durchscheinenden Wangen und dem schmalen, blassen Mund etwas Rücksichtsloses, das jeder in Betracht ziehen mußte: ob er es nun respektierte, oder sich darüber hinwegsetzte.

Während er sich umwandte, um etwas zu dem Holländer zu sagen, der sich ganz in der Nähe hielt, war ich immer noch damit beschäftigt, ihn einzuschätzen.

„Pech, das mit Ihrem Unfall", sagte ich und wies auf den Rollstuhl. „Wie kommt es, daß Sie auf einer Insel in der Pazifik-Kriegszone leben? Sie sind doch Brite, nicht wahr, wenn ich Ihren Akzent richtig eingeordnet habe?"

Er sah mich an, ohne mit der Wimper zu zucken.

„Zufälligerweise bin ich tatsächlich in England geboren. Und? England interessiert mich ebensowenig, wie es sich je für mich interessiert hat. England soll verdammt sein. Ich bin staatenlos — so einfach ist das. Können Sie mir folgen?"

Darauf gab ich keine Antwort. Bella kam herein. Sie schob einen Servierwagen, den sie vor mir anhielt. Auf ihm stand ein Sortiment alkoholischer Getränke, die ich ignorierte, und frischer Limonensaft, den ich gierig trank. Das Essen war koreanisch und befand sich in Tiefkühlbehältern und schmeckte sehr gut, besonders für einen Mann, der seit Tagen nichts in den Magen bekommen hatte.

„Verstehen Sie etwas vom Bau, Mr. Roberts?" fragte Hans.
„Das ist nicht wichtig", unterbrach ihn der *Meister*. „Geh weg, und laß mich allein mit Roberts sprechen. Geh zurück in den Hafen. Warum treibst du dich überhaupt hier herum?"

„Zuerst willst du, daß ich Schilder male, dann willst du, daß ich im Hafen arbeite ..."

„Hans, das ist kein Zirkus. Es gibt Arbeit zu tun. Schau, daß du in den Hafen kommst, wenn ich es dir sage. Du weißt doch, daß dieses Pack ohne dich nicht gut arbeitet."
„Meinst du, das interessiert mich?" erwiderte Maastricht, schob sich aber trotzdem rückwärts aus dem Zimmer und warf dabei Blicke auf den Mann im Rollstuhl.

Als wir alleine waren, sagte der *Meister* geringschätzig: „Ich gebe mir Mühe, hier ein straffes Regiment zu führen. Also, Mr. Calvert Roberts, jetzt können wir uns unterhalten, da Sie schon einmal hier sind, wenn auch unwillkommen."
„Das Essen ist gut ... nach einer guten Woche in einem offenen Boot, kann ich Ihnen sagen, ist man wirklich froh, wenn die Vorsehung einen auf festes Land führt, wo es Wasser, Lebensmittel und menschliche Gesellschaft gibt — und wäre sie noch so unfreundlich."

„Bis jetzt hat noch niemand der Vorsehung dafür gedankt, daß sie ihn auf diesen Felsen gebracht hat."

„Vielleicht hätten sie es versuchen sollen ... ich würde gerne mit Ihnen über das sprechen, was Sie diesen Felsen nennen ..."
Er schüttelte den Kopf. „Ich möchte über *Sie* sprechen. Was Sie wollen, ist unwichtig. Das Wichtige zuerst. Ich habe meine Prioritäten."

„Hören Sie, Freundchen, Sie haben es ja recht eilig. Sie haben sich noch nicht einmal vorgestellt. Vergessen Sie nicht, daß ich nicht Ihr Eigentum bin. Ich habe keine Lust, Sie als *Meister* anzusprechen — wie heißen Sie?"
„*Meister* ist mein Name hier."

„Sie können gar nichts gewinnen, wenn Sie an dieser Haltung festhalten, das verspreche ich Ihnen. Ihre Anwesenheit hier in der Mitte einer Kriegszone widerspricht wahrscheinlich den Militärgesetzen, und darauf stehen schwere Strafen." Ich fuhr fort zu essen, während das Orchester weiterspielte und er schnell im Raum herumrollte.
Dann kehrte er zurück, hielt vor mir an, starrte mich an und sagte: „Wenn es Ihnen so verdammt wichtig ist, mein Name war Dart. Mortimer Dart — obwohl ich jetzt ebenso namenlos bin wie ich staatenlos bin. So wie ich auch formlos bin. Es gibt für Sie keinen Platz auf dieser Insel, sofern Sie sich nicht meiner Autorität unterwerfen."
„Jetzt mal ganz ruhig, Mr. Dart. Ich habe nichts gegen Ihre Autorität, und ich will kein Stück von Ihrer kleinen Insel. Meine Absicht ist es ganz einfach, so schnell wie möglich in die Staaten zurückzukehren. Man braucht mich. ASASC — das ist das Alliierte Space- und Aero-Space Corps, falls Sie es nicht wissen — wird diese ganze Region nach Überlebenden des Shuttleabsturzes absuchen. Ich muß Ihr Radio benützen, um mit dem ASASC Hauptquartier in San Diego in Verbindung zu treten, damit man dem Präsidenten eine Nachricht übermittelt und ihn davon verständigt, daß ich noch am Leben bin, und ihm sagt, wo ich mich befinde. Sie werden für alle Mühen entschädigt werden."
Er musterte mich über seine verwachsene Schulter und preßte die Lippen zusammen.
„Nach Ihren Worten sind Sie ein Under-Secretary of State. Ein Kumpel des Präsidenten, hm? Großer Bonze. Wichtig. Mir kommt das höchst unwahrscheinlich vor — daß Sie hier halbtot an Land gespült werden. Beweisen Sie doch, daß Sie der sind, der Sie zu sein behaupten."
„Meine sämtlichen Papiere sind bei dem Absturz der *Leda* verlorengegangen. Nehmen Sie mit dem ASASC Verbindung auf und fragen Sie, ob Under-Secretary Roberts verschwunden ist. Oder ich kann mit meiner Abteilung über Geheimwelle in Verbindung treten, die werden mich mit

dem größten Vergnügen identifizieren. Sie können auch die Namen der anderen Leute überprüfen, die mit mir abgestürzt sind. Ich kann sie Ihnen geben. An mir stimmt alles. Die Nachricht, die ich für den Präsidenten habe, stimmt auch."

Er musterte mich argwöhnisch. „Welche Nachricht?"

Ich sah auf die Uhr und kalkulierte. Der Krieg bewegte sich schnell, selbst in seinen unechten Eröffnungsstadien. Militärische Bewegungen, die vor zehn Tagen auf dem Mond noch geheim gewesen waren, waren inzwischen sicher auf der Erde allgemein bekannt.

„Verfolgen Sie die Kriegsentwicklung?"

Er deutete auf das Orchester, ohne den ärgerlichen Blick von mir zu wenden. „Ich ziehe das vor. Wenn Menschen einander töten, was soll das schon?"

„Sowjetische Armee, Marine und Luftstreitkräfte sind im Begriff, Hokkaido und benachbarte Inseln in japanischem Hoheitsgebiet zu besetzen. Sie werden auf diese Weise die Kontrolle über das Japanische Meer übernehmen und die Seeverbindungen zwischen den Vereinigten Staaten und China abschneiden. Ich befand mich auf der Rückreise von einer Konferenz auf dem Mond, in der die künftige Kriegsführung auf dem japanischen Kriegsschauplatz entschieden werden sollte; es ist von entscheidender Wichtigkeit, daß ich sofort Meldung erstatte. Es ist bereits viel zu viel Zeit vergeudet worden."

Dart überlegte mürrisch. Dann sprach er mit etwas konzilianterer Stimme. „Ich habe heute morgen eine Meldung gesehen. Soeben haben ungeheure Schläge gegen japanische Städte und Häfen begonnen ... Geben Sie mir ein paar Einzelheiten über sich selbst, um mich ins Bild zu setzen."

Ich umklammerte die Knie mit beiden Händen. Der Alptraum, die abschließende Agonie des Zwanzigsten Jahrhunderts, war dabei, sich zu entwickeln, und ich saß hier und versuchte, einen Wahnsinnigen zu beruhigen. Ich lieferte ihm kurz ein paar Einzelheiten. Auf einer Farm in Connecticut als einziger Sohn geboren. Ehrgeiziger Vater deutscher Herkunft, die Mutter Schottin presbyterianischen Glaubens. Beide Seiten der Familie wohlhabend. Vaters Verbindungen erlaubten es mir, unmittelbar nach der Universität in die Politik einzutreten. Ein unwesentlicher Posten in der Ammader Administration erlaubte es mir, einen Auftrag in Peking zu bekommen, als der russisch-chinesische Krieg am Ussuri aufflammte. Befand mich zur Zeit des Helsinki-Zwischenfalls in Helsinki, jenes Zwischenfalls, der den Beginn der aktiven sowjetischen Expansionspolitik kennzeichnete. Floh aus Finnland und Europa und konnte einige wichtige Datenscheiben vom NAPA Hauptquartier mitnehmen. Erhielt kurz darauf unter Präsident Willson einen Regierungsposten.

Dart hörte sich diesen Bericht interessiert an, den Kopf etwas zur Seite gelegt. Ich spürte, daß er mit der Entscheidung rang, ob er meine Geschichte glauben oder nicht glauben sollte. Was ich sagte, war überzeugend und nahe genug an der Wahrheit.

„Sie haben ein abenteuerliches Leben geführt. Es fertiggebracht, in der Welt herumzureisen, trotz aller Reisebeschränkungen, Osten, Westen, Norden, Süden, all die bürokratischen Schwierigkeiten... Ihre Jahre sind voll Aktivität gewesen, wenn man Sie so hört. Bis zur Neige ausgekostet. Ein wirklicher Gegenwert für das Geld, wenn Sie das nicht alles erfinden." Er seufzte. „Nur der Neugierde halber, wie alt sind Sie, Mr. Roberts?"

Ich paßte auf, meine wachsende Ungeduld nicht zu zeigen. „Ich bin fünfunddreißig, geboren am 24. Mai 1961. Viermal verheiratet, viermal geschieden. Keine Kinder. Sonst noch etwas, das Sie gerne wissen möchten? Ich brauche doch für Moreau Island keinen Paß, denke ich?"

Wieder fuhr er im Kreis im Zimmer herum, und der Rollstuhl schlug einen weiten Bogen, und brachte ihn dann abrupt

vor mir zum Stillstand. Darts Gesicht war grimmig, die Stirne gefurcht.
„Wir sind gleich alt, Mr. Roberts. Am selben Tag des selben Monats geboren. Ist das ein Zufall, ein schlechter Witz, oder irgendein Trick? Während Sie Ihr Leben voll ausgelebt haben — Städte, Frauen, all das —, mußte ich mich auf Krücken durch meine Existenz schleppen, oder in diesem Karren, oder noch schlimmer. Am selben Tag. Ruhm für Sie, Erniedrigung für mich..."
„Ruhm..."
„Nicht einmal die Hälfte davon wissen Sie, Sie viergliedriger Bastard." Er sprach die Worte fast ohne Betonung; das war etwas, das er einfach gewohnheitsmäßig dachte, wenn ihm gewöhnliche Leute gegenüberstanden. Er sah mir dabei in die Augen. Ich ließ den Blick sinken. Darts Gesicht unter all der Aufgedunsenheit war auffällig. Er hatte einen schweren Schädel mit einem kräftigen Kinn und einer ebenso kräftigen Nase und ein paar tiefliegenden, böse blikkenden Augen, mit denen er in die Welt hinausblickte. Sein Haar war dunkel und lag ungeordnet, aber einigermaßen elegant über seiner Stirn. Vielleicht würde er eines Tages fett werden.
„Wie Sie ja vermutlich annehmen, Mr. Dart, fühle ich mich nicht wohl. Unser Leben ist also verschiedene Wege gegangen. Bilden Sie sich bloß ja nicht ein, daß meines nicht auch seine Probleme hatte. Die gibt es in jedem Leben. Sie brauchen mich nicht, um zu erklären, wie geheimnisvoll die Wege Gottes sind, der sich sehr oft durch Leiden mitteilt."
„Gott!" wiederholte er und machte eine lästerliche Bemerkung. Obwohl nicht nur schwache Menschen fluchen, betrachte ich diese Angewohnheit als ein Zeichen von Schwäche. „Das liegt wahrscheinlich an der presbyterianischen Erziehung durch Ihre Mutter ..."
Es war Zeit, das Thema zu wechseln. Das Orchester hatte den letzten Satz von Haydns Symphonie begonnen, und

Bella rollte fast verstohlen den Wagen mit den Speisen weg.
Ich sagte zu Dart: „Ich dachte immer, ich würde die meisten Inseln im Pazifik kennen. Von Moreau Island habe ich noch nicht gehört. Wie kommt das? Wer hat der Insel ihren Namen gegeben?"
Er konterte mit einer Gegenfrage.
„Klingt der Name Moreau nicht irgendwie vertraut?"
Ich rieb mir das Kinn.
„Zufälligerweise ja. Ich war einmal ein großer Bewunderer der wissenschaftlichen Romane von H. G. Wells, der *Die ersten Menschen im Monde* und *Die Zeitmaschine* geschrieben hat. Wells hat auch einen Roman über eine pazifische Insel, ohne Namen, soweit ich mich erinnere, geschrieben, auf der ein Dr. Moreau einige unangenehme Experimente an Tieren verschiedener Art durchführt. Gibt es da eine Verbindung?"
„Sie sind auf Dr. Moreaus Insel. Dies ist eben jene Insel."
Ich lachte — etwas unsicher, muß ich zugeben.
„Kommen Sie, Dart. Die Insel von Moreau ist eine rein fiktive. Wells hat eine Allegorie geschrieben. Ich kann zwischen Wirklichkeit und Phantasie unterscheiden, vielen Dank."
„Unwissende Prahlerei, Mr. Roberts. Mag sein, daß Wells eine Allegorie geschrieben hat, aber seine Insel basierte ganz entschieden auf einer wirklichen Insel — ebenso wie die Insel, auf der Defoes Robinson Crusoe als Schiffbrüchiger lebte, auf einer wirklichen Insel basierte. Kennen Sie Robinson Crusoe? Ebenso wie es im wirklichen Leben ein Äquivalent zu Crusoe gab, hat es auch einen Moreau gegeben. Der wirkliche Moreau war ein bedeutender Mann an der Akademie von Edinburgh, am Lehrstuhl für Chirurgie. Er hieß Mr. Angus McMoreau. Er war ein Schüler von Thomas Huxley — Wells hatte ihn kennengelernt. Sein Leben ist wohl dokumentiert. Wells hat sich nur wenig Mühe gegeben, die wirkliche Situation zu tarnen, nur etwas dramatisch

überzeichnet hat er sie. McMoreau hat sogar einen Prozeß gegen ihn angestrengt."
„Alles das muß mehr als ein Jahrhundert zurückliegen."
Dart beherbergte offensichtlich ein paar gefährliche Illusionen. Ich glaube nichts von dem, was er sagte, hielt es aber für das beste, meine Skepsis zu verbergen.
„Richtig, mehr als ein Jahrhundert ist das her, richtig", sagte Dart und lachte säuerlich. „Welchen Unterschied macht das schon? McMoreaus Experimente sind auch für die heutige Wissenschaft noch durchaus relevant. Er erforschte das Grenzgebiet zwischen der menschlichen und der tierischen Natur, jenen Bereich, wo die Quellen des Verhaltens des modernen Menschen liegen. Territoriale Verhaltensweisen, um nur ein Beispiel zu erwähnen, mit dem Sie vermutlich vertraut sind. Fragen, die die wissenschaftliche Welt heute zu beantworten versucht, indem sie in armselige Disziplinen wie Paläontologie und Archäologie ausweicht. Moreau hat versucht, diese Fragen vermittels der Chirurgie zu lösen. Die Methoden waren primitiv, aber seine Ideen keineswegs. Aber für damalige Verhältnisse galt er natürlich als verrückt.
Nach Moreaus Tod führte ein Assistent, der in Wells Roman nicht erwähnt wurde, seine Arbeit einige Jahre lang fort. Dann verstarb auch er, und die Bewohner der Insel wurden sich selbst überlassen, um, so gut sie konnten, zu überleben. Muß nicht gerade ein Picknick gewesen sein. Wie Sie wissen, waren sie von gemischter Herkunft, aber einige Nachkommen kamen zur Welt und bilden die Grundlage der Bevölkerung, wie Sie sie heute sehen. Sie können ihre Herkunft auf McMoreaus Zeiten zurückverfolgen."
Die Symphonie endete. Das Orchester verbeugte ich.
Dart saß in seinem Stuhl und starrte zur Lagune hinaus, während er seinen Bericht beendete.
„Im Zweiten Weltkrieg eroberten japanische Streitkräfte den größten Teil des Pazifik, darunter auch diese Insel. Hier wurde keine dauernde Besatzungstruppe eingesetzt.

Dann, nach der Kapitulation der Japaner, erfuhren die Amerikaner von der Insel. Ihr Eingeborenenname lautet übrigens Narorana. Das bedeutet privat, abgeschieden. Eine Gruppe von Wissenschaftlern wurde hierhergeschickt, um nähere Erkundigungen anzustellen und ..."

Er hielt inne. Irgend etwas draußen im Hof hatte seine Aufmerksamkeit erweckt. Er rollte ans Fenster. Auch ich ging nachsehen, zu sehr hatte mich der Ausdruck absoluter Wut in seinem Gesicht beeindruckt.

Nur Bella war zu sehen. Sie stand an den Pallisaden. Einen Augenblick lang dachte ich, sie führte ein Selbstgespräch, dann wurde offenkundig, daß sie mit jemandem auf der anderen Seite der Befestigung sprechen mußte.

„Wie oft habe ich ihr schon gesagt ..."

Jetzt bewegte Dart sich wieder, schoß durch die Tür und einen Korridor entlang. „Da Silva! Da Silva!" rief er. Sein Stuhl bewegte sich mit einer Geschwindigkeit, die durchaus seinem Ärger entsprach.

Jetzt erschien er draußen, dicht gefolgt von einem schlanken Mann von dunkler Gesichtsfarbe, der einen Labormantel trug. Wahrscheinlich handelte es sich bei ihm um den schnell herbeibeorderten Da Silva. Ich sah, wie Dart nach einer Peitsche griff, die außen an seinem Stuhl befestigt war. Jetzt fing auch ich zu rennen an.

Als ich hinauskam, sah ich ihn die armselige Bella wiederholt über die Schultern schlagen. Sie duckte sich unter den Peitschenhieben, machte aber keine Anstalten wegzurennen, bis ich schrie, worauf sie beträchtliches Tempo an den Tag legte und ins Innere des Hauses rannte.

Der Mann im weißen Mantel packte meinen Arm, ohne dabei sehr überzeugend zu wirken, und ich wischte ihn beiseite.

Ich packte Darts Peitsche und warf sie weit von mir.

„Sie wagen sich hier einzumischen — das ist meine Insel ..." Darts Gesicht wechselte die Farbe und zeigte jetzt ein fleckiges Gelb.

„Aber das sind nicht Ihre Leibeigenen, mit denen Sie tun können, was Sie wollen ..."

„Es sind meine Leute ..."

„Aber ihre Seelen gehören Ihnen nicht ..."

„Sie haben keine Seelen, es sind nur Tiere ..."

„Auch Tiere verdienen eine bessere Behandlung. Sie und ich werden in Streit geraten, Dart, sofern Sie Ihr Temperament nicht unter Kontrolle halten. Ich kann sehen, daß Sie Ihrer Ansicht nach Anlaß haben, die Welt zu hassen, und es tut mir leid. Aber ich werde nicht einfach zusehen, wie Sie ..."

„Sie Narr, ich werden Sie einfach hinauswerfen, wenn Sie so zu mir sprechen! Sie wagen es, mich anzugreifen!" Was ich getan hatte, hatte ihn keineswegs kampfunfähig gemacht. Sein Gesicht war eine Studie der Bösartigkeit.

Im übrigen hatte ich ihn keineswegs entwaffnet, indem ich ihm die Peitsche entwand. Welches Unheil ihn auch immer befallen haben mochte, ich sah jetzt, daß seine Arme ebenso wie seine Beine ersetzt worden waren, wenn es auch schwer war, das unter dem losen Kleidungsstück, das er trug, genau zu erkennen. Zu beiden Seiten seines Sessels waren drei Armpaare festgeklemmt, so daß er irgendwie wie eine Spinne aus Plastik und Metall wirkte. Einige dieser sechs austauschbaren Gliedmaßen endeten wahrhafig in höchst seltsamen Händen; zumindest sahen zwei davon wie tödliche Waffen aus.

Aber er meisterte seinen Groll und sagte: „Seien Sie nur ja gewarnt. Kommen Sie wieder zurück; ich möchte gerne mein Gespräch mit Ihnen zu Ende bringen. Da Silva, zurück zu den Labors."

Sein Rollstuhl trug ihn schnell in den Raum zurück, den wir verlassen hatten, und ich folgte ihm.

Dart knipste das Bild auf seinem riesigen Bildschirm aus. Jetzt floß nur noch Musik durch den Raum — ein Quartett von Schostakovitsch.

„Diese Leute müssen unter strengster Kontrolle bleiben — wie Sie begreifen werden, wenn Sie noch eine Weile hiergeblieben sein werden.“

Ich war immer noch verärgert und war nicht bereit, ihm Antwort zu geben. Als Dart wieder sprach, klang das erneut wie eine Erklärung, obwohl seine Stimme keineswegs die Andeutung gab, als wolle er sich für etwas entschuldigen.

„In Wahrheit, Roberts, ärgert es mich, daß meine Arbeit von Ihnen oder sonst jemandem unterbrochen werden soll. Meine Wissenschaftsoffiziere haben drei Stadien hinter sich gebracht. Es genügt vielleicht, wenn ich ohne große Übertreibung sage, daß ich mich jetzt in der kulminierenden dritten Phase befinde. All die frühen Probleme sind beiseitegelegt, verschrottet worden — sie sind einfach am Ende. Ich bin für all das zu alt. Ich stelle fest ... ich stelle *die Relativität allen Fleisches fest* ...

Ihnen sagt dieser Satz nichts, Roberts. Glauben Sie mir, all diese Jahre des Schmerzes — und schmerzerfüllter Gedanken — Leiden ist nichts, wenn man nicht von ihm lernt — ich bin der Einstein einer revolutionären Biologie...“

Er warf mir einen Blick zu.

„Ich höre“, sagte ich.

Er lachte. Wieder sah ich jenes finstere, beunruhigte Ding in ihm. „Ich weiß, daß Sie zuhören, Mann. Mr. Roberts, ich will Sie auf meiner Seite haben, und ich weiß nicht, wie ich Sie dorthin bekommen soll. Ich bin kein zweiter Moreau. Daran würde noch sehr viel fehlen. Sie haben bereits entschieden, daß Sie mich hassen, nicht wahr?“

„Die Art und Weise, wie Sie Bella behandelten, hat mir nicht gefallen.“

„Hören Sie. Ich bin kein zweiter Moreau. Er war in vieler Hinsicht ein Monstrum, ein Tyrann. Ich bin ein Opfer. Versuchen Sie, diesen Begriff zu kapieren. Ein Opfer. Schauen Sie doch.“

Mit einer schnellen Kinnbewegung drückte er einen Knopf an seiner rechten Schulter. Soweit ich ihn bisher bemerkt hatte, hatte ich ihn als einen Knopf betrachtet, der seinen lockeren Umhang festhält. Doch es war mehr als das. Ein scharfes Knacken ertönte, ein Summen von Servomechanismen, und Darts rechter Arm löste sich von ihm und klammerte sich an der Stuhlseite fest.

Eine weitere ruckartige Kinnbewegung, und er schob den Umhang von der Schulter, so daß er herunterfiel. Ich sah seinen echten Arm.

Es war kein Arm. Es war kaum eine Hand. Vier flexible Tentakel wie Finger wuchsen aus seinem Schultergelenk. Er drehte den Stuhl herum, so daß ich Einzelheiten sehen konnte, und damit das faltige Fleisch, in dem sich ein Gebilde, fast wie eine Hand, unter der glatten Schulter gebildet hatte.

„Auf der anderen Seite ist es ein wenig grotesker. Und meine Phalangen und mein Mittelfußknochen wachsen aus deformierten Oberschenkelbeinen — das habe ich anstatt Beinen. Und mein Penis ist auch verwachsen."

Während er das sagte, klang seine Stimme kehlig, und die Augen dieses Einstein einer revolutionären Biologie schimmerten feucht.

Obwohl ich ihn unbeeindruckt musterte, ohne mit einer Wimper zu zucken, mußte ich doch gegen den Drang ankämpfen, mich zu entschuldigen. Warum sich der gesunde Körper bei dem defekten entschuldigen sollte, weiß ich nicht. Das ist nicht Teil meiner Philosophie.

„Warum sind Sie so darauf bedacht, mein Mitleid zu erwerben?"

Er lehnte sich zur Seite. Die kleinen Finger drückten einen Knopf in dem künstlichen Arm. Er schob sich wieder an Ort und Stelle zurück und schnappte ein, als er richtig positioniert war. Das leise Geräusch veranlaßte ihn dazu, sich selbst fast selbstgefällig zuzunicken.

Er hatte die Kontrolle über sich, wie seine Stimme zeigte, als er wieder sprach. „In all den schlimmen Jahren, als ich noch ein Kind war, las ich manchmal tagelang, Mr. Roberts. Alle mögliche Kacke las ich da. Nicht den alten H. G. Wells, den meine ich nicht. Dostojewsky, Nietzsche und noch eine Menge mehr, und dann technische Bücher. Ein französischer Schriftsteller namens Gide vergleicht Dostojewsky und Nietzsche. Er findet sie sehr ähnlich. Und wissen Sie, was er über sie behauptet? Er sagt, Nietzsche sei eifersüchtig auf Jesus Christus gewesen, hätte ihn bis zum Wahnsinn beneidet, während Dostojewsky von Demut besessen war und Jesus als Supermenschen betrachtete. Wissen Sie was? So wie diese zwei Schriftsteller Jesus Christus betrachteten, betrachtete ich gewöhnliche menschliche Wesen — ich nahm beide Haltungen gleichzeitig ein. Weil ich monströs und deformiert geboren wurde, Mr. Roberts. Ich war ein Thalidomid-Kind, erinnern Sie sich an Thalidomid?"

Ich erinnerte mich sehr wohl an den Thalidomid-Skandal. Die Droge war damals von einer deutschen Firma als Tranquilizer hergestellt worden, und chemische Firmen auf der ganzen Welt hatten Lizenzen erworben. Die Nebeneffekte der Drogen waren nicht sorgfältig genug recherchiert worden; ihre Teratogenizität war erst offenkundig geworden, als deformierte Babies zur Welt kamen. Wenn die Droge Frauen im Frühstadium der Schwangerschaft gegeben wurde, verfügte sie über die Fähigkeit, die Placenta zu durchdringen und Mißbildungen am Fötus zu verursachen. Zwischen acht- und zehntausend Kinder wurden in verschiedenen Teilen der Welt mit Defekten geboren.

Ich konnte mich so deutlich an den Fall erinnern, weil meine Mutter vor mehr als zwanzig Jahren, als es in einem Prozeß in Kanada um den Schadenersatzbetrag ging, den eines der Thalidomid-Kinder bekommen sollte, zu mir gesagt hatte: „Cal, du bist zu der Zeit geboren worden, als auf der ganzen Welt Thalidomid erhältlich war. Wir hatten nur das

Glück, daß es in den Staaten vernünftige Gesetze über die Erprobung von Drogen gibt — als ich daher während der Schwangerschaft zu Doc Harris ging und ihn um einen Tranquilizer bat, schrieb er mir etwas Sicheres vor, sonst wärst du vielleicht ohne deine richtigen Gliedmaßen geboren worden, wie andere Babies deines Alters in England und sonstwo."

Ich sagte zu Dart: „Dieser ganze Fall war ein Stück verbrecherischer Leichtferigkeit." Ich konnte ihn nur anstarren und schämte mich, den Blick von ihm abzuwenden.

„Man hat meiner Mutter Distaval verschrieben, wie das Zeug in England hieß, und sie hat es nur eine Woche benutzt. Eine Woche! Und in diese Woche fiel der achtundvierzigste Tag ihrer Schwangerschaft. Als ich geboren wurde, hatte ich diese Abnormalitäten, die Sie jetzt mit solchem Vergnügen anstarren.

Wenn die Ärzte auch nur einen Funken Vernunft besessen hätten, hätten sie mich nie leben lassen."

„Aber Sie überlebten ..."

„Ich überlasse es Ihnen, sich auszudenken, was Überleben unter diesen Umständen bedeutet. Ein besonderer Spaß ist das Leben nicht gewesen, Mr. Roberts."

Damit verließ er mich, brauste auf zwei Rädern davon. Ich stand mitten im Zimmer und steckte die Hände in die Taschen. Mein Gehirn weigerte sich zu denken.

Und Schostakovitsch brachte seine Angelegenheiten zu einem rätselhaften Ende.

Erst am nächsten Morgen ließ Mortimer Dart sich wieder blicken.

Inzwischen waren meine Kräfte zurückgekehrt, und ich hatte auch gründlich nachgedacht. Und dann hatte ich Heather Landis kennengelernt.

Darts letzte Bemerkung hatte mich bewegt; er hatte mich dazu eingeladen, einen Blick in sein Leben zu werfen, jenes Leben, das genauso lange gedauert hatte, wie das meine (das behauptete er wenigstens), aber das durch einen physischen Unfall ganz anders gestaltet worden war. Es gab für mich eine Möglichkeit, die Art von Existenz zu verstehen — ich meine die Existenz im geistigen Sinne —, die er erlebt hatte; indem ich nämlich überlegte, was er aus der Insel gemacht hatte. Dies (obwohl ich nur eine sehr unbestimmte Vorstellung davon hatte) lieferte einen ziemlich weit gespannten Hinweis auf die Sorte Mensch, mit der ich zu tun hatte.

Ich fand mich praktisch als Gefangener. Obwohl das Haus mehrere Türen enthielt, waren diese meist versperrt. Die einzigen Räume, zu denen ich Zugang hatte, waren mein Zimmer mit dem daneben liegenden Badezimmer und der Hauptraum, den ich bereits beschrieben habe. Ich konnte in den Hof gehen, aber das nützte wenig, da er nicht zum Rest des Hauses führte, und die äußeren Türen, die ins Dorf führten, verschlossen gehalten wurden.

Jenseits meines Gefängnisses erfüllten der Ozean und das Tageslicht ihre vorbestimmten Funktionen, ohne mich zu berühren. Ich fühlte mich ebenso fest vom *Meister* eingekerkert, als hielte er mich in seinem Bewußtsein gefangen. Gefangenschaft war mir nichts Neues. Obwohl ich mich für einen weitgereisten Mann hielt, gehörte ich der für das Ende des Zwanzigsten Jahrhunderts typischen Version jener Spezies an; ich hatte in Dienstgeschäften die ganze Welt und den Mond bereist, und doch war der größte Teil jener Reisen hinter Metallwänden abgelaufen, und die meisten Zielorte waren unter strengsten Sicherheitsvorkehrungen bewacht worden. Obwohl ich nicht gerade ein Schwächling war, lag meine wahre Kraft in meinen Nerven. Wenn es darauf ankam, konnte ich gut verhandeln — und Verhandlungen verlangen den Einsatz der Sitzfläche.

Als die Dunkelheit sich über Moreau Island legte, erklangen aus dem Dorf außergewöhnliche Schreie und Rufe. Ich ging in den Hof um zu sehen, was ich sehen konnte. Aber die Mauern waren zu hoch, als daß ich mehr als die eisigen, blauweißen Augen von Lichtern hätte beobachten können, die über dem verlassenen Kai brannten. Als ich mich umwandte, um wieder hineinzugehen, überquerte eine Gestalt den schattenhaften Raum, den ich gerade verlassen hatte.

„Hey!“ rief ich und rannte ihr nach. Es war ein Mädchen gewesen — nicht Bella.

Aber drinnen brannte nur eine Schreibtischlampe an einem Instrumentenbrett.

In ihrem Licht sah ich undeutlich auf der anderen Seite des Raumes ein kleines, deformiertes Mädchen.

„Wer bist du?“ fragte ich.

„Tag“, sagte sie. Sie drehte sich um und knipste weitere Lampen an.

„Wer sind Sie?“ fragte ich mit veränderter Stimme. Das Mädchen war sicherlich klein, aber vollendet geformt. Ihr Haar war lang, dunkel und lockig und hing ihr bis zu den Schultern; das undeutliche Licht hatte mich einen Augenblick glauben lassen, sie wäre bucklig. Jetzt sah ich, daß dem nicht so war. Sie war schlank gebaut und trug eine einfache, lose anliegende safranfarbene Tunika und dunkle Nylonhosen sowie Sandalen an den bloßen Füßen. Am auffälligsten an ihr war ein Paar riesiger dunkler Augen, die mich mit dem überraschten Blick eines nächtlichen Tieres beobachteten, einem Tarsier vielleicht oder einem Loris.

„Ich bin Heather“, sagte sie. „Ich arbeite für den *Meister.*“

Ich trat näher an sie heran. Sie zog sich zurück.

„Ich würde es vorziehen, wenn Sie etwas Abstand zwischen uns beiden hielten, Mr. Calvert Roberts.“ Wenn ihre Stimme auch vorsichtig klang, glaubte ich die Andeutung eines Flirts darin zu verspüren.

„Sind Sie Amerikanerin? Eine der Eingeborenen sind Sie doch nicht?“

„Sie verstehen sich aber darauf, Komplimente zu machen!“

„Es war Ihr Akzent — schauen Sie, ich will Dart nicht beleidigen, schließlich haben seine Boys mich aus dem Wasser gezogen — aber je früher ich eine Radionachricht nach San Diego durchbekomme, desto besser. Können Sie mir helfen?"

Sie legte den Zeigefinger an den Mund und knabberte am Nagel. „Ich höre, daß Sie sich glücklich preisen können, daß Sie am Leben sind. Tut mir leid, Nachrichten weitergeben ist nicht meine Sache."

„Dann möchte ich mit Dart sprechen — oder Maastricht oder Da Silva."

„Da Silva lebt im Labor. Hans ist wie gewöhnlich betrunken. Wissen Sie, wenn der Bursche sich nur Mühe geben würde, könnte er seine Trunksucht einfach so ablegen. Im Wesen ist er sehr nett."

„Dann lassen Sie mich mit jemand anderem sprechen. Ich kann nicht mehr Zeit vergeuden."

Sie verschränkte die Arme und musterte mich mit ihren großen Augen. Für meinen Geschmack war in der Geste zu viel bewußt eingesetzter Charme. „Sie waren also der einzige, der zehn Tage in einem offenen Boot überlebte. Warum, glauben Sie wohl, daß Sie alleine überlebten, und ihre Freunde nicht?"

„Die sind von der Explosion in die Luft geschleudert worden, sonst hätten sie auch überlebt. Es waren ganz zähe Burschen. Hören Sie, Lady, es ist nett, Sie zu sehen — würden Sie mir bitte das Radio zeigen?"

Das Gespräch begann, mich ungeduldig zu machen. Sie — Heather — strich jetzt im Zimmer herum, zupfte an Stuhllehnen und schob Geräte auf Tischen zurecht, wenn sie an ihnen vorbeikam. Sie bewegte sich sehr elegant, und ich konnte ihre kleinen, wohlgerundeten Pobacken unter dem Stoff ihrer Hose sehen.

Ich sagte: „Ich könnte mir vorstellen, daß Sie im Bett besser wären als in einem offenen Boot."

Sie drehte sich um und musterte mich hochmütig und stellte sich gleichzeitig sehr mädchenhaft auf Zehenspitzen. „In diesem offenen Boot wäre ich sehr gut zurechtgekommen, weil ich mich völlig unter Kontrolle habe. Ich hätte es wahrscheinlich sogar besser geschafft als Sie. Woanders vielleicht auch, aber das soll Sie nicht bekümmern."
„Was machen Sie hier, Heather? Was haben Sie mit mir vor?"
„Ich habe Ihnen Ihr Abendessen gebracht, da Bella nirgends zu finden ist. Es steht in Ihrem Schlafzimmer." Ich dachte, daß dies das erstemal war, daß sie eine meiner Fragen direkt beantwortet hatte. „Ich habe noch nie einen Under-Secretary of State gekannt. Ich wollte mit Ihnen sprechen, und das habe ich jetzt getan."
Als sie zur Tür eilte, packte ich eins ihrer schlanken Handgelenke. Sie mußte das erwartet haben. Sie drehte sich so herum, daß mir ein Schmerz durch den Arm schoß und ich sie losließ. Ich fing noch einen spöttischen Blick aus ihren großen Augen auf, dann war sie verschwunden.
Als ich über meinem kalten koreanischen Essen saß, fragte ich mich, wie stark ich hier manipuliert wurde. Jemand wie Dart empfand ohne Zweifel geradezu eine Art Zwang, völlige Kontrolle über seine Umgebung zu erlangen; und dazu gab es für ihn keine bessere Umgebung als eine kleine Insel. Blieb nur noch abzuwarten, wie sehr die kokette Heather aus freien Stücken handelte oder unter Darts Kontrolle stand. Was sollte diese Bemerkung bedeuten, daß sie völlige Kontrolle über sich hatte?
Obwohl ich das, was ich von den Ereignissen auf der Insel bisher gesehen hatte, etwas beunruhigt betrachtete, lagen meine Interessen anderswo, und es war meine Pflicht, mich bei meiner Behörde zu melden, und dann so schnell wie möglich in den Brennpunkt des Geschehens zurückzukehren. In der Welt war Krieg, und ich hatte damit zu tun. Ich ging ziemlich übelgelaunt zu Bett und verbrachte eine ungewöhnlich schlechte Nacht.

4.

Ein schnelles Bad in der Lagune

Das Frühstück wurde von Bella, nicht von Heather, serviert. Sie schob sich seitwärts mit einem Tablett in mein Zimmer und wäre, glaube ich, wieder hinausgeschlichen, ohne ein Wort zu sagen, wenn ich sie nicht angerufen hätte. Sie drehte den schweren Kopf zur Seite und musterte mich aus ihren Katzenaugen.

„Bella, würdest du deinem *Meister* sagen, daß ich ihn sprechen möchte? Ich wünsche, daß er eine Radio-Botschaft aussendet, und dann beabsichtige ich, sein Etablissement zu verlassen. Ich werde im Dorf bleiben, bis meine Hilfsmannschaft kommt. Sage ihm das."

„Du diesen Ort nicht mögen?"

„Magst du ihn, Bella?"

Sie überlegte die Frage und blickte zu Boden. Schließlich sagte sie: „Du Vier Beine Lang, aber du nicht mögen sehen mich letzten gestern Peitsche kriegen."

„Sag dem *Meister,* was ich sage, Bella — er wird dich nicht schlagen."

„Du keine Peitsche haben."

Sie ging. *Du keine Peitsche haben:* Wollte sie mich damit loben oder drückte sie mir damit ihre Verachtung aus? Wollte sie mir sagen, ich solle mich gefälligst um meine Angelegenheiten kümmern? Ich hatte keine Ahnung.

Als der *Meister* kam und schnell in seinem motorgetriebenen Stuhl hereinrollte, erwartete ich ihn. Ich hielt ihm ein Blatt Papier hin.

„Hier ist ein Signal, an das ASASC Hauptquartier, in dem ich sie informiere, daß ich lebe, und meinen Aufenthaltsort bekanntgebe. Ich darf Sie bitten, die Lagekoordinaten für diese Insel hinzuzufügen. Ich darf Sie ferner daran erinnern, daß wir Krieg haben, und daß es Ihre Pflicht als britischer

Staatsbürger ist, der co-alliierten Sache zu helfen, indem Sie diese Nachricht sofort absetzen. Inzwischen nehme ich Ihr gestriges Angebot an und verlasse dieses Haus. Ich kann irgendwo unten im Dorf bleiben, bis man mich abholen kommt."
„Irgendwo im Dorf bleiben?" Er musterte mich neugierig. Dann riß er mir das Papier mit seiner Handprothese weg und drehte seinen Rollstuhl herum.
„Wie Sie wünschen. Sie legen offenbar auf meine Gesellschaft keinen Wert. Vielleicht sagt Ihnen die Gesellschaft im Dorf besser zu."
Darauf gab ich keine Antwort. Ich folgte ihm nach draußen. Als wir das äußere Tor erreichten, fuhr er seinen Stuhlsitz elektrisch nach oben, bis er hoch genug war, um einen Magnetschlüssel in ein Schloß im Tor einzuführen. Dann drehte er ein Rad, so wie ich ihn das an der Außenseite der Anlage hatte tun sehen. Das Tor öffnete sich. Ich war frei, konnte gehen.
„Bis bald", sagte ich und machte die Andeutung einer militärischen Ehrenbezeigung.
Er saß da und beobachtete mich, reglos und aufmerksam wie eine Kröte, wie ich durchs Tor trat, hinaus in den Sonnenschein.
Der Anblick, der sich unter den Bäumen bot, war atemberaubend. Das Auge wanderte unter einer von Blattwerk bedeckten Straße zu dem glitzernden Wasser der Lagune. Inmitten der Palmen auf der anderen Seite kuschelte sich bescheiden das Dorf. Das Geräusch der Meereswellen, die gegen die Felsen anrannten, drang klar und deutlich an mein Ohr; das war die dauernde Geräuschkulisse von Moreau Island und würde das auch noch bleiben, lange nachdem die Menschen wieder abgezogen waren. Unwillkürlich mußte ich meine Umgebung mit der schweigenden, kargen Landschaft von Luna vergleichen.
Aber meine Geanken beschäftigten sich mit Mortimer Dart, dem *Meister,* und der Art Mensch, die er war. Ich mußte

noch die Situation auf der Insel begreifen, und war entschlossen, das zu tun. Die ganze Vorstellung einer Insel, die von einem Mann beherrscht wurde, war ein Anachronismus — etwas, das die Vereinigten Staaten und China nie dulden würden. Es gab hier gewisse Dinge, die ich erforschen konnte, ehe der Rettungstrupp kam, um mich abzuholen.

Ich war nicht ganz sicher, daß Dart beabsichtigte, meine Nachricht zu übermitteln. Um sicherzugehen, würde ich ein Kabel aus dem Dorf absenden. Das sagte ich mir zumindest und beging damit eine ernste Fehleinschätzung.

Ich bewegte mich ganz optimistisch auf das Dorf zu. Ich war ein halbes Dutzend Schritte gegangen, als eine Gestalt aus dem Gebüsch sprang. Sie rannte mir über den Weg und hielt neben mir an, keuchte und lachte.

Es war Bernie, der Hundemann, und er zeigte seine Zähne höchst liebenswürdig und schob sein Gesicht mit den großen feuchten Augen dem meinen entgegen. Er schlug sich an die Brust wie bei unserer ersten Begegnung und sagte: „Dein Name Bernie — guter Junge, guter Mann. Nur mit Sprache reden. Nie Schmutz essen, nein, nein!"

„Hallo Bernie. Du erinnerst dich noch an mich, wie?"

Sein ganzer Körper vibrierte vor Vergnügen, und er schob sich so dicht an mich heran, wie er nur konnte. „Ha, viele Nächte! Du Vier Glieder Lang, gut gemacht. Guter Junge, guter Mann, aus großem Wasser nehmen, ganz feucht. Wie Fisch, ja, gut. Hände gebrauchen, nur mit Sprache reden. Nicht schlecht sein oder Peitsche brauchen."

Als ich weiterging, hielt er mit mir Schritt und redete die ganze Zeit und warf mir wachsame Blicke von der Seite zu, die mich an den vierschrötigen George erinnerten, obwohl in Bernies ausweichendem Blick nichts von Georges drohendem Wesen war.

„Kommst du mit mir ins Dorf, Bernie?"

„Kommst du mit dir, Bernie, ja! Gute Sprache, oft Nacht! Gut, Bernie, gut, guter Junge — hat kleine Hände und Arme wie *Meister*. Ich komme mit dir in meinem Körper. Gut. Nicht Peitsche wieder brauchen, du sehen. Eins, zwei, drei, fünf ... grün, gelb, Teller. Du Bernie, du nicht *Meister,* du Freund, du guter Junge ..."

Von dieser Art Konversation erheitert, kamen wir zum Hafen.

Als ich bei meiner Ankunft auf Moreau Islang hier entlang gekommen war, war meine Erschöpfung zu groß gewesen, als daß ich viel von meiner Umgebung hätte aufnehmen können. Jetzt stand ich da und musterte sie enttäuscht. Der Hafen und das Dorf waren armselig; die Nähe zu dem, was ich für eine romantische Südseezuflucht gehalten hatte, brachte nur Enttäuschung.

Der Hafen war aus mit Beton gefüllten Sandsäcken gebaut, deren Stoff schon lang verfault war. Ein Holzsteg führte ein paar Meter ins Wasser hinaus, aber ich hätte mich ihm nicht anvertrauen wollen. Drei verbeulte alte Landungsboote — wovon eines ohne Zweifel zu meiner Rettung eingesetzt worden war — waren dort vertäut. Der ganze Ort stank nach Vernachlässigung.

Und das Dorf erst! Im Mittagslicht verliehen ihm ein halbes Dutzend Palmen einen Hauch von Schönheit. Aber in Wirklichkeit war es nicht mehr als eine Ansammlung elender Hütten. Einige davon waren aus natürlichen Materialien wie Palmblättern gebaut. Andere bestanden aus den Überresten westlicher Zivilisation — alten Benzinkanistern, Wellblech, alten Kisten, verrosteten Automobilen. Alle wirkten äußerst armselig. Ein oder zwei dümmliche Gesichter spähten aus den Türen, ohne sich in der Hitze zu bewegen. Meine Erwartungen, hier ein Kabel absenden zu können, erstarben sofort.

Die einzige Spur von Aktivität oder Intelligenz war auf der anderen Seite der Lagune zu finden, rechts von der Stelle, wo ich jetzt mit Bernie stand. Dort beugten Gruppen von Eingeborenen den Rücken. Ein Betonmischer knatterte vor sich hin, und ein Kran hievte Steinblöcke ins grüne Wasser.

Sonnenschein hüllte mich ein, der Schweiß rann mir über das Rückgrat. Ich stand da und musterte die Szene und nahm all die sparsamen Andeutungen einer Menschheit in mich auf, die sich von der natürlichen Üppigkeit abhob. Ich starrte auf den Beton des Kais unter meinen Füßen. Der Beton war in vorfabrizierten Platten ausgelegt, von denen viele während des Verlegens an den Ecken abgebrochen waren. Die Fugen wirkten wie die Linien auf einer Autokarte und schufen kartographische Skizzen vergangener Städte; Unkraut, das sich zwischen den Spalten und Fugen seinen Platz erzwang, repräsentierte eine Vegetation, die in einem mikroskopischen Hiroshima überlebte. Alle Richtungen führten am Ende ins Nichts. Die primitive Straße bildete für meine besorgten Gedanken ein Diagramm dessen, was sich hier abspielte; ich sah, daß ich hier eine Schlacht im Mikrokosmos vor mir hatte. Ich würde Dart überwältigen müssen, wollte ich je Moreau Island verlassen.

Ich begann langsam am Rand der Lagune entlang zu gehen, bedrückt von einem Schicksal, von dem ich mir einzureden versuchte, daß es nicht mehr als die zurückweichende Flut meiner Schwäche war. Das Tuckern des Betonmischers vor mir, der kreisende Arm des Krans, schienen mir in meinem unsicheren Zustand die einzige Sicherheit darzustellen. Als ich näherkam, hörte ich, wie jemand meinen Namen rief. Eine Hand winkte vom Kran. Mein Schritt wurde als Reaktion darauf positiver. Der Arm des Krans kam zum Stillstand, und Maastricht sprang herunter. Er schlenderte auf mich zu, mit nackter Brust, den Karabiner über der rechten Schulter.

„Sie sind ein Hans-Dampf-in-allen-Gassen, wie ich sehe, Mr. Maastricht.“

„Macht ja keiner, wenn ich's nicht tue. Man kann ja diesen Idioten keine vernünftige Arbeit überlassen.“ Er wich meinem Blick aus, während er sprach, und sah zu den Eingeborenen hinüber, auf die er sich bezog.

„Es muß doch andere — nun, weiße Männer — auf der Insel geben."
„Warren — nein, nein, da ist sonst keine Person, nur der *Meister* und ich. Und Da Silva." Er fuhr sich mit der Hand über das Gesicht, wie um seinen Fehler auszulöschen, den er beinahe gemacht hätte. „Ich dachte, Sie hätten das verstanden. Sie kapieren schwer, Sie, ein Yankee-Politiker."
„Mir hat das Hirn zulange im Schädel gekocht, Mr. Maastricht."
„Nennen Sie mich doch schon Hans. Sie sturer Politiker. Ich weiß nicht. Kommen Sie, und nehmen Sie einen Drink."
„Ich trinke nicht. Ich dachte, das hätte ich Ihnen gesagt. Sie kapieren langsam."
Er sah mich fast gerade an und grinste dann. Er holte ein zerdrücktes Päckchen Mescahales aus der Tasche und zündete sich eine an. „Ich wette, Sie rauchen auch nicht?"
„Richtig. Eine üble Angewohnheit."
„Sie trinken nicht, rauchen nicht, was tun Sie eigentlich, Mr. Roberts?"
Ich starrte ihn länger an als er mich, und er ließ schließlich die Augen sinken und murmelte irgend etwas.
„Ich bin gar kein solcher Bastard, wie ich vielleicht scheine." Dann drehte er sich herum und trat mit einem Fuß zu und traf den jämmerlichen Bernie an der Seite. „Du, Bernie, was zum Teufel machst du? Vier Glieder Lang, Lied falsch gelaufen, vergiß nicht. Zurück an die Arbeit."
Bernie trollte sich, schreiend und hüpfend. Hinter uns arbeiteten die ‚Männer' langsam und schwerfällig weiter. Ich sah George auf einer Steinplatte sitzen und sie finster unter seinem Hut heraus beobachten und schloß daraus, daß er so etwas wie ein Vorarbeiter war.
„Ja, wie gesagt, ich bin gar nicht so übel. Es ist nur so, daß der *Meister* —Dart — ich hab mir auch schon angewöhnt, ihn *Meister* zu nennen — das Schlimmste aus uns herausholt. Früher einmal, in meinen guten Tagen, war ich Maler, aber die liegen weit zurück."

„Ein Künstler, wie? Amsterdam ist eine gute Stadt für Künstler."

„Nein, nein, das verstehen Sie falsch. Kein Rembrandt. Ich streiche Häuser, innen oder außen. Ich habe drei Männer, die unter mir arbeiten. Nein, jetzt nur Tiere! Kommen Sie und sehen sich an, was wir jetzt hier tun."

Er zeigte mir, wie sie die Krümmung der Lagune begradigten, indem sie Steine hineinwarfen, um eine richtige Anlegestelle für kleine Schiffe zu bauen.

„Dieser kleine Kai, an dem Sie vorbeigekommen sind, den haben die Japaner gebaut, damals, im letzten Weltkrieg, als ich ein kleiner Junge war. Hier ist das Wasser viel tiefer, man kann also besser ankern. Sehen Sie die Fische!"

Wir standen da und blickten über den Rand hinaus. Das Wasser war von klarem Grün. Eine Million kleiner Fische glitzerten in ihm. Man konnte bis auf den sandigen Boden sehen.

„Wo bekommen Sie die Steinblöcke her? Es sieht nicht so aus, als hätten Sie die Klippe gesprengt."

„Nein, wir sprengen die Klippe nicht." Er lehnte im Schatten des Krans, holte seine vertraute Flasche heraus und trank einen Schluck. „Sehen Sie, wir haben ein unterirdisches Reservoir für Süßwasser. Man kommt von innerhalb der Pallisaden hin. Eine Menge Steine. Die sind alle von Hand ausgegraben, von den Tiermenschen."

„Den Tiermenschen!"

„Sehen Sie, das Wichtigste ist, sie bei der Arbeit zu halten, Calvert — Mr. Roberts. Man muß sie die ganze Zeit auf Trab halten. Ich bin ja nun ein Marxist, im Gegensatz zum *Meister*, der ein Faschistenschwein ist. Also weiß ich über die Proletarier Bescheid. Was wollte ich sagen? Ja, richtig, man muß die auf Trab halten. Zuerst graben die das Reservoir aus, dauert ein paar Jahre, und jetzt bauen sie den Kai mit den Steinen."

„Ich möchte Ihnen eine Menge Fragen über Dart stellen, Hans. Aber zuerst einmal — kann ich hier von irgendwo eine Radionachricht senden?"
„Über die Sender des *Meisters*. Eine andere Möglichkeit gibt es natürlich nicht."
„Das ist ein wenig peinlich, weil ich gerade ausgezogen bin."
Sein Gesichtsausdruck wurde traurig und besorgt.
„Das ist schlimm. Aber er ist sehr konsequent — nein, ich meine, er ist nicht konsequent. Ich werde für Sie mit ihm sprechen. Sie müssen natürlich bei Einbruch der Nacht drinnen sein."
„Wieso?"
Er sah mich von der Seite an. Dann nahm er einen weiteren Schluck aus der Flasche. Er sah die Sammlung vierschrötiger, haariger Rücken in unserer Nähe, blickte auf die kleinen Augen, die uns beständig über gebeugte Schultern hinweg verstohlen musterten. Dann zuckte er vielsagend die Achseln.
„Sind die gefährlich?" fragte ich mit leiser Stimme. Er lachte rauh, um damit zu zeigen, für wie dumm er meine Frage hielt — zu dumm, um eine Antwort darauf zu geben. Statt dessen nahm er einen weiteren Schluck aus der Flasche. „Sie werden Trinker sein, ehe Sie eine Woche hier sind. Das wette ich." Ich konnte erkennen, daß er wieder in die mürrische Stimmung verfiel, in der ich ihn bei unserem ersten Zusammentreffen erlebt hatte.
„Ich beabsichtigte nicht, eine Woche hier zu sein", sagte ich.
Er warf mir einen eigenartigen Blick zu und stemmte sich dann wieder in seinen Sitz auf dem Kran.
Ich ging weiter, vorbei an den Arbeitern zur äußersten Landspitze, wo die Lagune an den Ozean grenzte. Das Wasser der Lagune war grün; das des Ozeans blau. Ich sah, wie steil die Klippen waren, und wußte, daß sie bis in die Tiefe des Wassers reichten. Es gab hier keinen Kontinentalsok-

kel. Alles, was in den Pazifik fiel, würde noch ein gutes Stück weiter fallen.
Die Luft roch gut. Ich atmete tief und spürte, wie meine Kräfte zurückkehrten.
Ich befand mich an einem Punkt, von dem aus ich die Nordküste von Moreau Island sehen konnte. Sie beschrieb einen Bogen nach beiden Seiten, die Lagune lag ziemlich genau in der Mitte. Die Insel hatte die Form eines Bumerang. Die hohen Klippen lagen östlich von der Lagune; im Westen gab es an ihrer Stelle eine zackige Küstenlinie. Auf See hinaus war nichts zu sehen, nur ein einziger Felsbrocken von einiger Größe, der von einer verkrüppelten Palme gekrönt war; er lag einen guten Kilometer von der Ostspitze der Insel entfernt im Meer. Sonst nichts, nur ungebrochener Horizont, nicht einmal eine Wolke. Der Mond sah nie so leer aus. Und die leeren Lebenrings um mich ... ? Ich wandte mich von dem Gedanken ab.
Während ich da saß und zum Horizont hinausspähte, hinter dem ein Weltkrieg langsam Kräfte sammelte, kroch der hundeähnliche Bernie wieder auf mich zu. Er hechelte und keuchte zu meinen Füßen, ohne daß er gewagt hätte zu sprechen. So isoliert war ich, daß es mir gut tat, ihn hier zu haben.
„Guter Junge, guter Mann“, sagte ich.
Eine Sirene schrillte. Einen Augenblick lang fragte ich mich, ob sie einen Luftangriff ankündigte — die Arbeiter ließen alles fallen, was sie gerade taten, und rannten schreiend und grunzend weg. Bernie sprang auf und fing zu winseln an, wich aber nicht von meiner Seite.
Alle rannten um den Lagunenrand herum auf das Dorf zu. Einer der Eingeborenen stürzte, rappelte sich auf und hastete unverletzt weiter. Maastricht sprang von seinem Kran und rief mir zu: „Mittagszeit. Jetzt schalte ich die Musik ein!“
Er ging zu einem Blechschrank, der wie ein kleines Schilderhäuschen aussah und in der Nähe des Ufers stand, öffne-

te ihn und drückte einen Schalter. Trommeln erfüllten die Luft.
Über die ganze Insel waren Verstärker verstreut. Einige waren an den Lampengerüsten rings um die Lagune befestigt, und im Dorf konzentrierten sie sich.
Eine Serie von Glockenklängen kam aus den Verstärkern und erfüllte die Luft.

„Eines vereinigt uns alle — die Liebe!
Komm schon, Baby, die Form ist egal —
Sei jetzt wie ein Tier und stoß und verrenk dich,
Wolf, Leopard, Schakal mit Bär, Bulle und Affe!"

Maastricht kam auf mich zu und lachte, als er meinen angewiderten Gesichtsausdruck sah.
„So bilden wir sie aus und sorgen gleichzeitig dafür, daß sie bei Laune bleiben. Auf die Weise können wir die kleine Mauer, die zwischen Mensch und Tier steht, langsam abbröckeln lassen." Er versetzte Bernie, der sich inzwischen wieder näher herangeschoben hatte, einen Tritt. „Verschwind schon, du Scheusal! Hier gibts nichts zu fressen!"
„Lassen Sie ihn doch! Warum behandeln Sie ihn denn so schlecht? Bernie, hier, komm schon, braver Mann, bleib bei mir, wenn du willst!"
Bernie kam wimmernd zu mir zurück und kroch verstört hinter mir her, wo er auch blieb, um gelegentlich dem Niederländer leise Flüche nachzuschicken.
Maastrichts Gesicht war knallrot geworden. Er umfaßte den Kolben seiner Maschinenpistole, ohne sie von der Achsel zu nehmen. „Lassen Sie sich warnen, Held! Sie sind bloß neu hier! Halten Sie sich an meiner Seite. Das ist es, was ich sage — an meiner Seite sollen Sie bleiben! Sie sind schon genug in Gefahr. Sie kennen die Tiermenschen nicht so gut wie ich. Warum glauben Sie wohl, daß Dart Sie hinausläßt? Weil er hofft, daß die Sie in Stücke reißen, damit er dann keine Probleme mit Ihnen bekommt, stimmt's?"

„Sie treiben diese Leute in die Brutalität, aber gefährlich sehen sie nicht aus."
Seine Wut war plötzlich wie weggewischt, und er wandte sich ab, um meinem Blick auszuweichen. „Erst nach Einbruch der Nacht wird es auf Moreau Island gefährlich, Held. Wenn der Sie bis dahin zurückhaben und eingeschlossen haben will, dann nicht um Ihretwillen, keine Sorge! Das geschieht bloß, damit diese Ihre Freunde nicht Amok laufen, wenn sie einmal Blut geleckt haben, kapiert? Fragen Sie nur Bernie!"
Er kletterte wieder auf seinen Kran und begann, sein Mittagessen zu verspeisen.
Der Gesang hallte weiterhin rauh über Insel und Ozean.

„Mach ruhig den Affen, Baby, und amüsier dich gut —
Mach Liebe und vergiß die Form,
Spaß sollst du haben und sei nur munter,
Wolf, Leopard, Schakal mit Bär, Bulle und Affe!"

Ich ging zum Kran hinüber und fragte Maastricht: „Warum verpassen Sie ihnen denn diesen Unfug? Warum nicht Haydn?"
Er hätte sich vor Gelächter beinahe verschluckt. Sein rechter Fuß tappte im Rhythmus zur Musik.
„Du lieber Gott, sind Sie ein Idealist! Ich nehme es Ihnen nicht krumm, Sie Held — ich war auch einmal Idealist. Ich bin sogar in die Kirche gegangen. Haydn? Papa Haydn? Warum die denn mit Sachen verstören, die sie doch nicht kapieren? Für Haydn müssen Sie sich chic machen, stimmt's, Held? Das ist ein Schlaraffenland, kein Gefangenenlager." Er lachte brüllend und wiederholte dann einen Satz, der hier vielleicht einer seiner Lieblingswitze war. „Dies ist ein Schlaraffenland, kein Gefangenenlager."
Es hatte keinen Sinn, mit ihm zu streiten. Ich verschränkte die Arme und lehnte mich gegen die Maschine und blickte zum Himmel auf, wo die Eissturmvögel segelten.

Maastricht reichte mir eine Kokosnuß herunter, die noch die grüne Schale hatte, und sagte etwas vernünftiger: „Sie müssen verstehen, daß der *Meister* so lange zufrieden ist, als keiner Ärger macht. Sein Interesse liegt in der Ähnlichkeit von Mensch und Tier. Form und Einstellung bestimmen das Verhalten — das wird er Ihnen sagen, wenn Sie ihn fragen."

„Moreau hat in dem Roman von Wells Vivisektion praktiziert." Während ich das sagte, beobachtete ich drei Seehunde, oder jedenfall seehundähnliche Geschöpfe, die aus dem offenen Meer in die Lagune schwammen. „Er hat menschliche Formen aus Leoparden und anderen Tieren herausgequält — wie es schien, eine für das neunzehnte Jahrhundert eigenartige Beschäftigung, bis der Prozeß in den Konzentrationslagern des letzten Weltkriegs buchstäblich umgedreht wurde. Dart sagte, er hätte Moreaus Experimente wiederholt. Forschung ist eine zu freundliche Bezeichnung dafür. Er benutzt ein Skalpell einfach als Folterinstrument."
„Ihr Typen auf dem Religionstrip seid doch alle gleich! Ihr verurteilt, ohne euch erst die Mühe zu machen, die Fakten herauszufinden. Pah! Der Meister ist nicht Moreau. Das müssen Sie ihm zugutehalten. Die Zeit hat sich weiterbewegt seit diesem primitiven Zeug."

„Niemand, der sich benimmt wie ..."

„Ich zeige Ihnen etwas, Held! Passen Sie auf!" Er wies auf die drei Seehundsgeschöpfe und lehnte sich aus seiner Kabine, rief ihnen zu. Bernie wetzte aufgeregt ans Wasser, steckte die Finger in den Mund und pfiff. Die Seehunde drehten sich in unsere Richtung.

Maastricht warf etwas zu essen ins Wasser, um sie zu größerer Eile zu animieren, aber sie bewegten sich langsam. Als sie näherkamen, sah ich, daß ihre Gesichter überraschend menschlich waren, wenn sie auch das lange, schwarze Haar teilweise verdeckte. Schließlich stürzten sie sich auf die Felsen, schüttelten sich das Wasser aus den

Augen und riefen „Hallo, Hans!" — und musterten mich gleichzeitig argwöhnisch.

Bernie hüpfte auf und ab und mühte sich, mit ihnen in Verbindung zu treten. „Nur Sprache sprechen, aus Wasser kommen, ja. Neuer Vier Glieder Lang, gut, guter Mann. Kein Bärtiger, Zwei, Drei, Fünf ..."

Sie warfen ihm einen kurzen Blick zu, wandten ihre Aufmerksamkeit dann aber wieder von ihm ab. Offenbar wußten sie schon, wie wenig Intelligenz von ihm ausging. Ihre Gesichter waren gerundet und denen von Seehunden sehr ähnlich; sie hatten platte Nasen, sehr dunkle Haut, und ihre Augen hatten eine epikanthische Falte, so daß sie etwas an Japaner erinnerten. Ihre Körper waren wie menschliche Körper gebaut, nur daß sie anstelle von Armen und Beinen vier flossenähnliche Gliedmaßen hatten.

„Sehen Sie sich das gut an, Held! Was glauben Sie wohl, daß die sind?" schrie Hans.

„Ich schaue schon ..." Ich konnte sehen, daß die Gliedmaßen bei den drei Geschöpfen unterschiedlich ausgebildet waren; einer hatte ein rudimentäres Bein. Sie bespritzten Bernie verspielt mit Wasser, tauchten dann und begannen ungeschickt, zum Dorf hinüberzuschwimmen, offenbar in der Hoffnung, dort etwas zu essen zu finden.

Maastricht nahm einen langen Zug aus seiner Flasche, hustete und sagte dann, ohne mich dabei genau anzusehen: „Das sind Menschen, Held. Menschen, und keiner hat sie mit einem Skalpell berührt. Und das ist es, was dem *Meister* auch passiert ist, genau dasselbe. So sieht der *Meister* wirklich aus."

Er trank wieder und ließ sich die Flüssigkeit über das Kinn in den Bart rinnen. Er schüttelte den Kopf.

Ich setzte mich in den Schatten des Krans. Bernie kam heran und setzte sich ganz nahe zu mir. Maastricht sprang unbeholfen herunter und kauerte sich auf meiner anderen Seite nieder.

„Der *Meister* hat doch Grund, hin und wieder häßlich zu schneiden, oder nicht? Das hat Ihr verdammter Gott doch mit ihm auch gemacht, nicht?"
Darauf gab es viele Antworten, doch ich wies statt dessen auf die drei Geschöpfe, die sich immer noch durch die Lagune arbeiteten, und sagte: „Und was hat Ihr *Meister* denen angetan?"
„Was auch immer es war, er hatte dazu doch Genehmigung von oben, oder nicht?" Er lachte dümmlich und wies auf die Eisvögel, die über uns kreisten. Dann schien er sich vom Rande der Trunkenheit loszureißen und sagte ganz vernünftig: „Sie bringen mich dazu, mehr als gewöhnlich zu trinken, Held, kapieren Sie das? Ich schätze, das bedeutet, daß ich mich schuldig fühle. Ich bin gar kein so übler Bursche... Schauen Sie, lassen Sie sich das erklären. Sehen Sie, der *Meister* interessiert sich für die Plastizität von Fleisch — Mensch und Tier, und bisher ungeahnte Formen ..." Er verstummte. Nach einer Weile sagte er: „Die Siesta dauert zwei Stunden. Schwimmen wir noch ein Stück, und dann setzen wir uns in den Schatten und reden miteinander. Okay?"
Wir zogen uns nackt aus und sprangen in die Lagune. Das Wasser fühlte sich ebenso schön an, wie es aussah. Ich war mitgekommen, um ihn nicht zu beleidigen, und genoß jetzt das Element, das ich noch vor so kurzer Zeit gehaßt hatte. Maastricht entfernte sich nie weit von den Felsen, auf denen er seine Maschinenpistole dich am Ufer abgelegt hatte, um sie jederzeit schnell erreichen zu können, aber ich fühlte mich irgendwie dazu gedrängt, hinaus in die Mitte zu schwimmen und von dort zur Mündung der Lagune. Dort trieb ich dahin, trat Wasser und starrte auf den Ozean hinaus, der noch vor so kurzer Zeit versucht hatte, mich zu verschlingen. Eine Art Angst erhob sich in mir; ich dachte, daß ich künftig immer Angst vor weiten Wasserflächen haben würde, so wie ich nie den grenzenlosen Weltraum gefürchtet hatte.

Während ich so im Wasser trieb, kamen die drei Seehundsmänner auf mich zugeschwommen. Sie schienen verspielt, lächelten aber nicht und blickten eher argwöhnisch. Es mißfiel mir zunächst so sehr, von ihnen umgeben zu sein, daß ich mich dabei ertappte, wie ich nach Hans und seiner Waffe Ausschau hielt.
Ich sah, daß einer der drei Seehundsleute eine Frau war. Sie war am verspieltesten und sprang immer wieder in die Höhe, so daß ich ihre zarten Brüste sehen konnte.
„Wo lebt ihr?" fragte ich sie.
„Oh, leben, ja — du Vier Glieder Lang, guter, guter Mann."
Sie sagte lachend etwas zu ihren Begleitern, die ziemlich ernst herumschwammen. Sie hatte kräftige, weiße Zähne. Sie zählte bis zehn. „Viele Male, was du wollen, grün, gelb — immer mit Sprache sprechen. Du mit *Meister* leben."
„Ja, ich lebe beim *Meister*. Wo lebst du? Wo lebt ihr drei?"
„Eins, zwei, drei, ja, wo ich leben. Ist kein Zirkus. Sie zwei Männer, ich Mädchen. Hübsches Mädchen."
Die beiden Männer begannen, im Wasser herumzuplatschen. Obwohl die Lautsprecher immer noch ihre Musik über das Wasser herüberplärrten, begann einer der Seehundsmänner zu singen, ganz klar und deutlich und mit gutem Akzent:

„Ich hab eine Frau und ein Liebchen im fernen, schönen London,
Und heut Nacht wird sie zur Witwe, zur Witwe, zur Witwe..."

Das Mädchen stieß leicht gegen mich und fing mich mit den Fingern, die aus ihrer Schulter wuchsen, im Haar. Ihr Gesicht preßte sich gegen das meine. Ich legte den Arm um sie, spürte ihren nackten, gummiartigen kleinen Körper an mir. Sie stieß mich an, und die anderen stießen mich auch. Ich wurde unter Wasser gedrückt, trat um mich, um zu entkommen, aber das Seehundsmädchen folgte mir. Ihre Augen waren offen, ebenso wie ihr Mund. Sie war erregt.

Wir schossen wieder in die Höhe, stießen Wasser aus und sie kicherte herzhaft. Sie tauchte wieder, und ich wußte, daß ich unter Wasser begutachtet wurde.

Einer der Männer machte eine ruckartige Schulterbewegung und deutete mit den Augen auf den palmengekrönten Felsen, den ich schon vorher beobachtet hatte, und der vielleicht einen Kilometer von der äußersten Spitze von Moreau Island entfernt im Meer stand.

„Zuhause", sagte er. „Macht viel Spaß zuhause. Fisch fangen, tauchen. Wir gehen, kein Ärger, eins, zwei, drei, vier. Ja, Held?"

„Ihr lebt auf diesem Felsen?"

„Leben, ja, leben, geschlossen. Kein Ärger. Eins, zwei, drei, Mädchen. Nur weiter mit Liebe, Form vergessen..."

Wir bewegten uns zusammen im warmen Wasser nach vorne. Es war, als ob man mit Delphinen spricht. Das Mädchen lachte mir ins Gesicht, und ihre hellen und zugleich dunklen Augen, ihre weißen Zähne, die Berührung ihrer Haut wirkten intensiv auf mich.

Plötzlich spürte ich eine kältere Stelle im Wasser. Ich blickte nach unten und sah, daß wir uns von der Lagune entfernten, ins eigentliche Meer eindrangen. Die Färbung des Wassers wechselte abrupt von grün in ein tiefes Blau. Das Land unter der Meeresfläche veränderte jetzt seine Form, sank in unergründliche Tiefen ab.

„Nein, nicht weiter!" Ich hatte Angst. Dann erinnerte ich mich, daß ich krank gewesen war und mich noch nicht wieder ganz in der Hand hatte. Ich löste mich von dem Mädchen und schwamm zu dem Kran zurück, versuchte ihre spöttischen Rufe und Pfiffe nicht zu hören. Die kleine Episode hatte mich erschüttert, in mehr als einem Sinne war ich am Rande von etwas Unergründlichem gewesen. Die Insel schloß sich um mich. Ich schwamm ans Ufer, trat Wasser, zog mich an der Stelle an Land, wo meine Kleider lagen. Bernie bewachte sie. Er hielt mir die Hand

hin, aber ich stieß ihn von mir und legt mich hin und ließ mich zitternd von der Sonne trocknen.
Ein paar Schritte entfernt, ebenfalls auf dem Boden liegend, sagte Maastricht: „Herrgott, ich dachte schon, Sie wollten Weg, Held! Das könnte eine Fluchtroute sein."
Dann begann Maastricht eine komplizierte Anekdote zu erzählen. Ich verspürte nicht den geringsten Wunsch, ihm zuzuhören. Die Einsicht, die sich mir plötzlich aufgedrängt hatte — daß ich von dem langen Aufenthalt im Wasser mehr gelitten hatte, als ich wußte, und dann der unnatürliche Schock dieser Insel — erfaßte mich mit der ganzen Gewalt des Neuen. Ich mußte darüber nachdenken. Immer noch an allen Gliedern zitternd zog ich mich, so schnell ich konnte, an.
Maastricht war inzwischen in seiner weitschweifigen Art wieder auf das Thema Dart zurückgekommen.
„Sehen Sie, Held, er hatte auch seinen Kampf, bis er ein Mann wurde. Aber er hatte Glück. Er gewann seinen Prozeß — viele Prozesse. Er erzwang sich Entschädigungszahlungen der Pharmazeutikfirma, die die Droge hergestellt hatte. Also konnte er hierherkommen und seine Arbeit beginnen. Er macht das nicht mit dem Skalpell, wie Sie glauben. Nur Drogen, um den Fötus im Mutterleib zu ändern, kapiert? Es gab hier alle möglichen Tiere, die noch von Moreaus Zeiten übrig waren. Und dann auch ein paar japanische Fischerfamilien. Ihre drei Freunde, mit denen Sie gerade geschwommen sind, das sind Drillinge; ein japanisches Mädchen hat sie geboren; sie nahm die Droge im zweiten und dritten Monat ihrer Schwangerschaft."
Ich stand auf und ging weg. Ich wollte nicht reden.
„Das gibt einem Stoff zum Nachdenken, nicht wahr, Held?" rief Maastricht.
Ich gab keine Antwort.
„Denken Sie nicht darüber nach, Cal", rief er. Ohne hinzusehen, konnte ich mir vorstellen, wie er in diesem Augenblick wieder die Flasche an die wulstigen Lippen führte.

5.

Eine Gelegenheit, über einiges nachzudenken

Beunruhigt wie ich war, fiel mir das Gehen etwas schwer — weg von Maastricht und seiner etwas unglücklichen Voreingenommenheit. Ich brauchte einen Ort, an dem ich in Frieden gründlich nachdenken konnte. Ich ging also in östlicher Richtung, und das führte dazu, daß ich bergauf ging. Bernie trottete neben mir her und gab die ganze Zeit beruhigende Laute von sich. Vögel hüpften uns aus dem Weg und suchten im Unterholz oder den Büschen Zuflucht.

Jetzt, da ich einmal darüber nachdachte, wurde mir bald bewußt, daß ich nur wenig Einzelheiten über die Verwaltung des Pazifik wußte; das war ein Thema, für das meine Abteilung nicht zuständig war. Aber ich war überzeugt, daß die in den Achtziger Jahren erfolgte Einrichtung des Vereinigten Ozeanischen Konsortiums zur Bewahrung und Regulierung der Hydrosphäre der Welt ausschloß, daß irgend jemand, so wie Dart das getan hatte, seine Privathölle einrichtete. Wurde denn die Insel nie von Streifen des UOC besucht? Hatte die US-Navy hier nie nachgesehen?

Etwas weniger vordergründig dachte ich über die politischen Realitäten nach, die sich hinter hochtrabenden Etiketten wie United Ocean Consortium verstreckten. Das UOC war nämlich von den Vereinigten Staaten, China und Japan mit ein paar Satellitenstaaten, wie zum Beispiel Singapur, errichtet worden, um dem zunehmenden Einfluß der Sowjets auf die pazifischen Gewässer Einhalt zu gebieten. Die Sowjets mit ihrem widerstrebenden, aber nichtsdestoweniger Alliierten im Mittleren Osten kontrollierten jetzt das Mittelmeer (die traditionelle Basis einer jeden Seemacht), die Nordsee und den Atlantik. Der Krieg wurde in erster Linie um die Herrschaft über den letzten freien Ozean geführt. Daß sowohl chinesische als auch japanische

Firmen von Küstenölfeldern lebenswichtiges Öl gewannen, machte die Auseinandersetzung nur noch erbitterter.
Moreau Island konnte ohne Schutz durch die USA oder das UOC eine ideale Nachschubbasis für die gigantischen sowjetischen Nuklear-U-Boote bieten, wenn man seine Lage in günstiger Flugentfernung nach Australien und gar nicht sonderlich weit von dem wichtigen Stützpunkt Singapur bedachte.
Sobald ich nach Washington zurückkehrte, würde ich dafür sorgen, daß die Angelegenheit gründlich untersucht wurde. Und das, wurde mir klar, war genau das, was Dart von mir erwartete. Würde er also meine Radionachricht durchgeben? Oder würde er versuchen, mich hier festzuhalten? Entweder als eine Art Gefangener, oder indem er dafür sorgte, daß mir etwas wesentlich Dauerhafteres zustieß, wie Maastricht angedeutet hatte?
Die Antwort auf Fragen dieser Art hing natürlich davon ab, wie brutal Dart war, und wieweit seine Experimente über normales menschliches Verhalten hinausgingen. Mein geschwächter Gesundheitszustand hatte viel schwerwiegendere Folgen gehabt, als mir bis jetzt klar geworden war. Ich hatte mich in dem Glauben gewiegt, daß hier im großen und ganzen alles normal war — daß zum Beispiel das armselige „Dorf" ein ganz gewöhnliches Dorf war, in dem es Möglichkeiten zum Absenden von Telegrammen gab, Zimmer, die man mieten konnte. Niemand hatte versucht, mich in diesen Dingen in die Irre zu leiten; ich selbst hatte das, ohne es zu wissen, getan.
Was ich bis jetzt über mich berichtet habe, zeigt mich, das ist mir völlig klar, in ziemlich armseligem Licht. Normalerweise kann ich mich auf mich selbst verlassen und pflege mich mit Vernunft, einem gewissen Maß an Kontrolle über meine Umgebung und durchaus entscheidungsbereit zu verhalten. Seit man mich halb tot in Maastrichts Boot geschleppt hatte, war mein Verhalten in jeder Hinsicht ziemlich schwach gewesen. Insbesondere hatte ich es fertigge-

bracht, die schrecklichen Realitäten rings um mich einfach zu ignorieren.

Ich saß auf einem Felsbrocken im Schatten. Bernie nahm neben mir Platz und starrte mein Gesicht an. Nach einer Weile legte er eine Hand auf mein Knie und gab irgend etwas Unsinniges von sich. Ich starrte ihn voll Mitleid und zugleich Schrecken an und zwang mich dazu, jetzt, da ich wieder ganz bei Sinnen war, in vollem Maße wahrzunehmen, was Bernie war. Er war ein Halbblut aus Tier und Mensch, das groteske Ergebnis eines Laborexperiments.

Ähnliche Zeitgenossen bevölkerten die Insel, und ich bewegte mich zwischen ihnen. Ein heftiges Zittern durchlief meine Glieder, eine verspätete Reaktion auf die Wahrheit.

Ich zwang mich dazu, aufzuspringen und wieder weiterzugehen.

Natürlich war es durchaus möglich, daß die Insel mehr als eine private Folterkammer war. Wenn man Dart vor Gericht stellte (so bewegten sich meine Gedanken), würde er wahrscheinlich irgend eine vernünftige Erklärung für seine „Arbeit" liefern können. Nicht, daß irgend eine „vernünftige" Erklärung als moralische Berechtigung für das Leid dienen konnte, das er anderen zufügte. Aber es war wichtig, festzustellen, was genau er tat, und worin diese ‚drei Phasen' der Forschung bestanden, von denen er mir mit einigem Stolz berichtet hatte.

Es war nicht schwer zu begreifen, wie ein intelligenter Mann mit den körperlichen Gebrechen, an denen er litt, von der Funktion eben jener Gebrechen und ihrer Ursachen förmlich besessen sein würde. Ich wußte, wie falsch es war, Wissenschaftler ganz allgemein als „distanziert" zu sehen, die Wissenschaft als etwas „Reines"; Wissenschaftler waren ebenso wie Künstler häufig wie Besessene und als solche imstande, Hervorragendes zu leisten. Darts Bestreben, die Geheimnisse der Genstruktur und ihrer Programmierung zu begreifen, mußte stärker sein als die irgend eines anderen Menschen. *Falls* es das war, woran er arbeitete...

So war ich an dem Punkt angelangt, an dem ich zu dem Entschluß gelangte, daß seine Arbeit möglicherweise für die Welt wertvoll sein könnte, und daß man ihn sofort daran hindern mußte, weiterzuarbeiten. Lag darin ein Widerspruch? Alles Wissen war wertvoll; nur in den falschen Händen konnte es zur Vernichtung führen. Und Darts Hände waren ohne Zweifel die falschen.

Wenn all meine Vermutungen zutrafen, mußte ich umkehren und Dart mit mehr Entschlossenheit gegenübertreten, als ich das bisher getan hatte. Und dort würde man mehr als nur den Grund haben müssen ...

Ich war so tief in Gedanken versunken, daß ich über einen halb im Gras verborgenen Zweig stolperte und gestreckter Länge hinfiel.

Bernie sprang buchstäblich auf mich, und begann, meine Hand zu tätscheln.

„Mein *Meister,* guter Mann, guter Junge. Kein Ärger, kein Ärger. Paß gut auf! Sie hinuntergehen, Junge, Held, okay?"

„Ich bin okay!" antwortete ich und setzte mich auf. „Ich bin froh, daß du mir Gesellschaft leistest, Bernie. Du darfst mich nur nicht berühren."

Die Lichtung, auf der wir uns befanden, war mit Felsbrocken übersät und dazu mit großen, weißen Schalen von toten Schildkröten. Die Sonne, die hoch über uns am Himmel stand, brannte auf Eukalyptus und Bambus herunter. Ich saß da und rieb mir das Knie, war plötzlich wieder sehr müde. Das Schwimmen hatte mich zu sehr angestrengt. Welch schreckliche Vorgänge auch immer unser Leben aus dem Gleichgewicht bringen, am Ende kommt es immer auf das eine zurück; wir wollen uns einfach nur hinlegen.

Ich lehnte mich zurück, hielt mir die Hand über die Augen, um nicht von der Sonne geblendet zu werden, und sah zu, wie Bernie sich neben mir niederfallen ließ. Die schrille Musik aus der Ferne drang an mein Ohr, und in sie mischte sich das beständige, gleichmäßige Geräusch des Ozeans, dem man nie entkommen konnte. Ich döste.

Ein Geräusch, ganz in der Nähe, rief mich in die Wirklichkeit zurück. Bernie spähte bereits aufmerksam über meine Brust nach rechts.

Nur drei Meter von uns entfernt, überquerte eine Riesenschildkröte mit schwerfälligem Schritt die Lichtung. Ihr Kopf drehte sich, und die Sehnen streckten sich von der Anstrengung, während sie an einer kleinen Pflanze zupfte und zerrte. So stand sie eine Weile da und mampfte an dem grünen Ding, bis selbst der Stengel verschwunden war, und warf uns dann einen verlorenen Blick aus ihren dunklen, feuchten Augen zu. Dann marschierte sie weiter und schob dabei die Überreste eines ehemaligen Artgenossen zur Seite. Bernie gab ein klagendes Geräusch von sich, lief ihr aber nicht nach.

Einer der Ureinwohner der Insel überlebte hier also noch. Wieviele Millionen von Jahren hatten die Riesenschildkröten ihr Dasein auf diesem einsamen Eiland gefristet? Indem ich das faltige Gesicht eines Vorgängers der Gattung Dinosaurier betrachtet hatte, hatte ich das Gefühl gehabt, als würde eine Brücke über den Abgrund der Zeiten zwischen uns geschlagen. Vielleicht würden sie hier noch gedeihen, lange nachdem die Menschheit ihr Ende gefunden hatte. Irgendwo jenseits dieses Horizonts schickte der Mensch sich an, sich selbst auszulöschen.

Und dieser Gedanke ließ die Probleme von Moreau Island ganz klein werden. Und doch entging mir die Verbindung zwischen dem, was hier vor sich ging, und was sich *dort* abspielte, nicht.

Von einer Unruhe erfüllt, die mir zumindest neue Energie verlieh, schüttelte ich Bernie ab und stand auf. Dart war der Mann, mit dem ich mich auseinandersetzen mußte.

Ich ging zum Tor der Umfriedung des *Meisters,* dicht gefolgt von Bernie. Die Insel lag still da, genoß ihre Siesta, wenn auch immer noch die Rockmusik plärrte.

„Dart!" rief ich besonders laut. „Dart!"
Nach einer Weile sagte eine mechanisch klingende Stimme an meinem Ohr: „Was wollen Sie?"
Ich sah mich nach dem Lautsprecher um, aber er befand sich an der Innenseite des Tores, für mich unerreichbar. Keine schlechte Anordnung, wenn man die tiefen Kratzer an Tor und Torpfosten betrachtete.
„Dart, ich möchte, daß Sie mich wieder hineinlassen. Ich muß mit Ihnen sprechen."
„Worüber wollen Sie sprechen, Mr. Under-Secretary? Über Gott?"
„Ich bin auch mit geringeren Themen zufrieden — ich habe über die Situation nachgedacht."
„Welche Situation?"
„Auf dieser Insel gibt es nur eine Situation, wie Sie wissen — und Sie stecken mitten drinnen."
Schweigen.
„Und, Dart — ich möchte meinen Freund Bernie mitbringen."
In den Augen des Hundemenschen glänzte die Furcht. Er begriff mehr, als er ausdrücken konnte, so wie wir anderen auch.
Das Tor öffnete sich.
„Komm mit, Bernie! Er wird dir nichts zuleide tun! Bleib bei mir."
Was für einen jämmerlichen Blick mir das doch eintrug. „*Meister,* kapieren. Du sprechen, du nicht treiben, Vier Glieder Lang, kein Ärger. Dies mein schlimmes Haus. Lab'-rat'ium. Nicht Peitsche mit, gut sein, guter Junge."
Er trat einen Schritt vor, und dann wieder einen zurück. Und noch einen Schritt zurück.
„Dann gehst du besser ins Dorf zurück, Bernie. Danke, daß du mitgekommen bist."
„Wiedersehen, guter Mann. Eins, zwei, drei ..."
Ich trat ein, und das Tor schloß sich hinter mir.

Zum erstenmal nahm ich wahr, wie primitiv doch der niedrige Bau konstruiert war. Die meiste Mühe hatte man sich mit dem vorderen Teil gegeben, wo die große Steuerzentrale war; dort zeigte der Verputz eine Art Muster. Der Rest war sehr primitiv. Die Mauern bestanden aus primitiv zusammengemörtelten Steinen, dem Dach fehlte eine Dachrinne, und eine große Zahl der Fenster war unverglast — das Ganze vermittelte den Eindruck von Unfertigkeit, wenn nicht Verkommenheit. Ein oder zwei tropische Schlingpflanzen, die sich an den rauhen Mauern festgeklammert hatten, gaben sich redliche Mühe, den Eindruck von Primitivität etwas zu verringern.
Ich betrat das Haus und fand Mortimer Dart im Hauptraum, wo er aufmerksam in seinem Rollstuhl saß. Wieder musterte ich sein bleiches, aufgedunsenes Gesicht, konnte in ihm aber nichts von Bedeutung lesen. Bella stand etwas unruhig hinter ihm. Heather saß in der anderen Ecke des Zimmers neben einer üppigen Pflanze in einem Bronzetopf. Sie trug dieselbe safranfarbene Tunika und die dunkle Hose, die sie bei unserem letzten Zusammentreffen getragen hatte; diesem Habitus hatte sie ein durchsichtiges, malvenfarbenes Tuch hinzugefügt, das sie sich kunstlos um den Hals geschlungen hatte.
Ich nickte leicht in Heathers Richtung. Sie erwiderte das Nicken nicht, sah man von einem schwachen Lächeln ab. Aber sonst blieb sie unbewegt.
„Eine nette Familienzusammenkunft“, sagte ich. Das Zimmer war klimatisiert. Hier war keine Rockmusik zu hören, nur Haydn spielte wie üblich. Ich schauderte.
„Sie haben sich mein Anwesen gut angesehen, Roberts.“
„Ja. Ich habe etwas Fieber, glaube ich. Hat Bella noch von dem Limonensaft?“
„Natürlich, Bella! Lassen Sie mich Ihren Puls fühlen.“
Ich blieb stehen, wo ich war. Als er näher kam, hob sich die Sitzfläche seines Stuhls nach oben, bis er meine Stirn berühren konnte. Die Hand, mit der er das tat, hatte vielfälti-

ge Finger; der, den er mir auf die Stirn legte, war gleichzeitig weich und hart. Ich versuchte, ihn anzusehen, als die Metallhand sich wieder zurückzog und an seiner Seite herunterhing.

Nach einem Blick auf ein kleines Instrumentenbrett an seinem linken Knie, sagte Dart: „Ihr Puls ist normal. Ihre Temperatur liegt ein paar Punkte über dem Durchschnitt, aber das ist kein Wunder. Schließlich sind Sie in der Sonne herumgelaufen und in der Lagune geschwommen. Setzen Sie sich."

Das sollte mich vermutlich zartfühlend daran erinnern, daß er den größten Teil der Insel überwachte und ihm nichts entging.

Während ich mich setzte, ließ er seine Sitzfläche wieder herunter, bis seine Augen nur unwesentlich über den meinen waren, und sagte: „Sie müssen mir versprechen, daß Sie die beschauliche Routine hier nicht stören. Verhalten Sie sich ruhig, dann ist alles in Ordnung. Wenn Sie die Tierleute beunruhigen, oder den armen Hans oder mich, oder *irgend jemanden* — nun, dann müssen wir die nötigen Schritte tun. Schließlich ist das kein Zirkus. Kapiert?"

Ich wandte den Blick ab und fragte kühl: „Haben Sie die Radiobotschaft schon abgesandt, Dart?"

„Ich brauche gewisse Garantien ..."

„Wenn nicht, werden Sie nämlich große Schwierigkeiten bekommen. Darf ich Sie mit allem Nachdruck daran erinnern, daß im Augenblick eine umfangreiche Suchaktion angelaufen ist, um Überlebende der *Leda* in einer immer größer werdenden Meeresfläche ausfindig zu machen."

Dart meinte dazu: „Das war alles vor zehn Tagen inmitten eines Krieges. Inzwischen haben die die Suche bereits eingestellt. Mir machen Sie nichts vor."

„Die geben nie auf", sagte ich.

Bella kam wieder herein und stellte ein beschlagenes Glas Limonensaft neben mich.

„Wie kommt es", fragte Dart, „daß wir seit mehr als einer Woche keine Flugzeuge über der Insel gesehen haben, wo doch diese Suchaktion im Gange ist?"
„Das bestätigt ja nur, was ich sage. Sie haben diesen Abschnitt noch nicht abgekämmt. Die werden jeden Augenblick hier auftauchen." Ich konnte sehen, daß er mir nicht glaubte. Was ich wußte, verstärkte meine Unruhe. Normalerweise zeichneten Überwachungssatelliten hoch über der Stratosphäre jegliche Aktivität zu Wasser oder zu Lande auf; ohne Zweifel hatte einer von ihnen den Absturz der *Leda* dem Stützpunkt gemeldet; aber ich wußte, daß der wesentliche Satellit erst zwei Tage vor der Katastrophe vom Feind vernichtet worden war; die Meldung war durchgekommen, während ich mich noch auf dem Mond aufhielt. Dart begann, im Zimmer herumzurollen. Bella folgte dicht hinter ihm, bis er ihr mit einer unfreundlichen Geste bedeutete, ihm aus dem Wege zu gehen.
„Sie haben keine Beweise für Ihre Identität", sagte er, als die Sirene zu heulen begann. Er sah auf die Uhr und fuhr fort: „Sehen Sie, wir haben einen pünktlichen Computer. Zeit, zurück an die Arbeit zu gehen. Ende der Siesta. Und damit auch Ende unseres Gesprächs."
Ich stellte den Fuß auf die Fußstütze seines Rollstuhls und hielt ihn an. „Dart, ich verlange als Under-Secretary of State, daß Sie oder ich sofort in Radioverbindung mit dem ASACS treten. Das ist eine Anweisung, und ich muß Sie warnen, daß ich gemäß der Nostandsverordnung das Recht habe, Ihre Anlage zu beschlagnahmen. Wenn Sie sich weigern, können Sie vor ein Notstandsgericht gestellt werden, dessen Vollmachten auch die Verhängung der Todesstrafe umfaßt. Was sagen Sie? Ja oder nein?"
Sein Gesicht schien die Form zu verändern, als er in plötzlicher Wut die Schultern hochzog. Seine Hände umfaßten die Armlehnen des Stuhls.
„Der Radiosender funktioniert heute nicht", sagte er zuletzt.
„Sie lügen!"

„Ich lasse mir auf meiner eigenen Insel nichts diktieren."
„Bleiben Sie, wo Sie sind", sagte eine Stimme hinter mir. Ich drehte mich um und sah den schlanken, weißen Mann in dem weißen Laborkittel. Er hatte ein verwittertes, stumpf wirkendes Gesicht, das im Augenblick besonders bösartig und entschlossen blickte. Er hielt eine seltsame Waffe, die entfernt an eine langläufige Luftpistole erinnerte, und richtete diese jetzt auf mich.
„Da Silva", sagte ich, „gemäß den Kriegsverordnungen machen Sie sich ebenso wie Ihr Boß eines Vergehens schuldig, auf dem die Todesstrafe steht. Legen Sie die Waffe weg."
„Okay, Roberts, oder wie Sie sonst heißen, jetzt reicht es mit dem Bluff."
Dart richtete ebenfalls eine Waffe auf mich. Ich erkannte, daß es sich um eine Browning Automatic handelte. Es gehörte nur wenig Phantasie dazu, sich auszumalen, daß er irgend ein Signalgerät an seinem Stuhl hatte, mit dem er, wenn nötig, Hilfe herbeirufen konnte.
Während ich mit halb erhobenen Händen dastand und mir überlegte, ob ich mich auf Dart werfen sollte, bewegten sich die anderen Teilnehmer der Szene. Bella duckte sich weg und verschwand verstohlen durch die Tür wie ein Bild des Verrats — obwohl ich nicht sagen kann, weshalb ich etwas von ihr erwartete. Im Gegensatz dazu kam Heather näher, erhob sich von ihrem Stuhl und näherte sich fast ebenso lautlos, wie Bella sich entfernte. Zumindest war sie unbewaffnet, aber ihr Blick war alles andere als anziehend. Ein stummes Signal ging zwischen ihr und Dart hin und her.
„Sie sind dabei, wieder zu Kräften zu kommen und werden gefährlich", sagte er. „Wir werden Sie einschließen müssen. Das gibt Ihnen Gelegenheit, sich einiges zu überlegen."
„Im Augenblick befinde ich mich in der schwächeren Position, Dart. Aber das gilt nur für den Augenblick, wie Sie bald erkennen werden, wenn Sie das, was Sie tun, im Zu-

sammenhang mit dem Krieg überlegen, der um die pazifischen Gewässer geführt wird. Sie sind über die Rolle informiert worden, die ich spiele. Tun Sie, was ich sage, oder tragen Sie die Konsequenzen."
Dart hielt immer noch seine Waffe auf mich gerichtet und lächelte schief. „Krieg ... die perfekte Entschuldigung, Macht auszuüben, persönliche Macht ebenso wie nationale. Das ist Ihr Spiel, Mr. Roberts, nicht das meine. Sie glauben, ich stünde in dieser Auseinandersetzung automatisch auf Ihrer Seite, nicht wahr? Sie irren. Die Menschheit hat mich immer auf Distanz gehalten, also brauche ich keine menschlichen Gefühle zu empfinden. Das entschuldigt mich. Okay, kapiert?"
„Es kommt nicht darauf an, was Sie empfinden —"
„Das genügt, vielen Dank. Da Silva, sperren Sie ihn ein."

6.

Ein kleiner Striptease

Es war nicht leicht, die Größe des Gebäudes abzuschätzen, in dem Darts Wille herrschte.
Von draußen war das fast unmöglich, denn das Gebäude war so angeordnet worden, daß seine Rückseite an den dicht bewaldeten Hügel grenzte, der zum östlichen Ende der Insel führte. Außerdem war es von dem Pallisadenzaun umgeben.
Von innen vereitelten versperrte Türen jeglichen Versuch einer näheren Erkundung. Ich kannte nur zwei Korridore, die wie der Buchstabe T angeordnet waren, und einige Zimmer, die an den Korridoren lagen. Zu einer Seite des längeren Korridors lagen die Räume, deren Fenster zur Vorderseite hinausblickten. Diese Räume bestanden aus zwei zellenähnlichen Schlafzimmern, in einem davon war ich bei meiner Ankunft untergebracht worden, einem weiteren kleinen Zimmer mit einer verschlossenen Tür und dem großen Kontrollraum. Diese Räume blickten nach Nordwesten. Auf der anderen Seite des Korridors lagen die Küche, Bellas Zimmer, ein Generatorraum (versperrt), dann der Seitenkorridor, dann ein Lagerraum, eine Halle mit Doppeltüren (versperrt), die ins Labor führten, und schließlich eine Toilette. Im Seitenkorridor gab es weitere verschlossene Türen, Darts Räume, Toiletten und, wie ich annahm, den Radioraum sowie eine weitere verschlossene Tür ins Labor. Ich vermutete, daß die T-förmigen Korridore weniger als ein Drittel des gesamten Gebäudes erschlossen.
Von den beiden Waffen in Schach gehalten, führte man mich zu einer Zelle neben dem Generatorraum und sperrte mich dort ein. In der Zelle gab es ein Licht und einen Lüftungsschacht in der Decke. Aus der Lage der Zelle im Haus schloß ich, daß sie ringsum von anderen Räumen, vielleicht

anderen Zellen, umgeben war. Sie war mit einer Pritsche mit zwei Decken und einem Taschenbuch darauf sowie einem Abfalleimer in der Ecke ausgestattet. Sonst nichts. Vor Wut und Enttäuschung kochend, ging ich in dem winzigen Raum auf und ab.

Lange Zeit verstrich. Unzählige Stunden. Dann wurde die Tür aufgesperrt. Heather kam vorsichtig mit einem Tablett mit Essen herein. Da Silva stand hinter ihr, er trug immer noch seine Luftpistole. Sie setzte das Tablett auf dem Boden ab und ging hinaus. Der Schlüssel dreht sich im Schloß. Lang danach fiel ich auf die Pritsche und schlief ein. Als ich erwachte, blendete das Licht mich immer noch. Ich hatte keine Ahnung, ob es Tag oder Nacht war.

Ich war noch nie in meinem Leben gefangengehalten worden. Es war unmöglich, die hilflose Wut zu schildern, die ich empfunden hatte, als sich die Türen hinter mir schlossen. Wieder begann ich, auf und ab zu gehen, aber diesmal, um meine Angst zu verdrängen.

Heather kam zurück und nahm das Tablett weg. Ich hatte nichts gegessen. Kurz darauf kam sie wieder zurück, wieder mit Essen und einer Tasse heißem Kaffee. Als sie gegangen war, kauerte ich mich nieder und trank gierig den Kaffee. Dann aß ich. Wieder begann ich, auf- und abzuschreiten. Lange nachdem ich des Auf- und Abschreitens müde geworden war und auf der Pritsche saß, klopfte es an der Tür.

„Mr. Roberts? Ich bin es, Mortimer Dart, ich nehme an, Sie können mich hören? Ich bin gekommen, um Ihnen zu sagen, daß alles in Ordnung ist und daß wir Sie herauslassen werden. Hören Sie mich?“

Ich blieb auf dem Bett sitzen. Ein Trick? Würden sie mich erschießen? Was hatten sie zu verlieren?

„Mr. Roberts? Sind Sie wach? Versuchen Sie keine Dummheiten. Sie können gehen, und ich will keinen Ärger haben. Wir haben Sie überprüft, Sie sind echt. Ich bin überzeugt.“

„Haben Sie sich beim ASASC erkundigt?“ fragte ich.

Kurzes Schweigen. Dann sagte er: „Ich hatte guten Grund, argwöhnisch zu sein. Schließlich hat man Ihr Verschwinden nicht in den Nachrichten erwähnt. Also konnte ich Ihre Geschichte nicht glauben. Sie hatten keinerlei Beweise, oder? Woher wußte ich denn, daß Sie nicht ein subversives Element sind?"

„Dart, *haben Sie sich beim ASASC erkundigt?"*

„Es kam heute morgen in den Nachrichten, Mr. Roberts. Sie wissen ja, wie im Krieg alles zensiert wird. Man hat Ihr Bild gezeigt und erklärt, Sie wären gerade in einem Krankenhaus in Washington gestorben. Ihr Begräbnis ist morgen Nachmittag um drei. Interessant, nicht wahr?"

Sie hatten also die Suche aufgegeben. Die Tarnung war typisch; die Öffentlichkeit hörte nicht gerne, daß Politiker riskante Einsätze übernahmen. Aber — wußte Dart das? Hatte er immer noch Zweifel an meiner Identität? Wenn er mich für ein subversives Element hielt, würde er Anlaß haben, mich zu töten. Andererseits, wenn er jetzt glaubte, daß ich der war, der ich zu sein behauptete, gab es für ihn immer noch gute Gründe, kein Interesse an meiner Rückkehr in die Staaten zu haben.

„Hören Sie da drinnen, was ich sage? Wenn ich Sie herauslasse, kann ich mich darauf verlassen, daß Sie vernünftig sind. Keine Dummheiten?"

Er hatte die Radiobotschaft an das ASASC nicht durchgegeben. Das alleine war schon Beweis genug, daß ich allen Grund hatte, mißtrauisch zu sein. Es war wesentlich, daß ich ihn bei guter Stimmung hielt, zumindest, bis ich aus dieser Zelle heraus war.

„Lassen Sie mich heraus", sagte ich. „Vielleicht können wir uns meine Beerdigung gemeinsam im 3V ansehen."

Seine Stimme klang erleichtert, als er sagte: „Ja, vielleicht können wir das. Komisch, wie? Inzwischen habe ich hier etwas Ärger und wäre vielleicht für Ihre Hilfe dankbar, wenn Sie dazu geneigt sind."

Der Schlüssel drehte sich im Schloß. Die Tür öffnete sich. Er trug seinen erstaunlichen Prothesenpanzer und sah so aus wie bei unserem ersten Zusammentreffen, wie ein Roboter, mit einem Helm, der fast die Decke berührte. Ich erschrak unwillkürlich und schob mich vorsichtig an ihm vorbei in den Korridor hinaus. Dort stand Heather und warf mir ein etwas gequältes Lächeln zu.

Ich blickte zu Dart auf und kam mir nach meiner Haft irgendwie benachteiligt vor. Die Zeit würde noch kommen, wo es ihm leid tun würde, mich so behandelt zu haben.

Er sagte kühl: „So, wie fühlt man sich denn, wenn man tot ist und praktisch begraben?"

„Schon gut, Dart. Sie wissen, daß ich am Leben bin, weil Sie meine Hilfe brauchen. Ich werde mich entscheiden, wenn ich gehört habe, worin Ihre Schwierigkeiten bestehen. Haben Sie Bella wieder geschlagen?"

„Es ist Hans", antwortete Heather.

„Er ist wieder betrunken", sagte Dart.

„Er ist in den Streik getreten", fügte sie schnell hinzu.

Mein Blick wanderte zwischen ihnen hin und her, und ich spürte, daß ich im Augenblick einen kleinen Vorteil hatte. „Jetzt stellen Sie das mal klar. Was für Ärger hat Maastricht denn?"

„Er fand, es sei ein Fehler, Sie einzuschließen", sagte Heather mit einem Selbstbewußtsein in der Stimme, das Dart gelten mußte. „Also hat er zu trinken angefangen."

Dart sagte: „Ich muß hinaus, die Tiere arbeiten nicht. Ich wäre Ihnen dankbar, wenn Sie mitkämen. Nur, um sich im Dorf zu zeigen. Ich denke, die sollten ins Bild gesetzt werden und sehen, daß Sie okay sind."

„Wo ist Maastricht?"

„Er ist dort draußen. Kommen Sie mit, Roberts. Wir holen ihn hierher zurück. Es besteht keine Gefahr."

„Das ist aber nicht der Eindruck, den ich von Ihnen bekomme. Wie spät ist es?"

„Halb vier Uhr früh."

Ich war etwa fünfundzwanzig Stunden in der Zelle gewesen. Wir gingen den Korridor hinunter. Der *Meister* stapfte mit schweren Schritten neben uns her, während Heather leicht und elastisch ging. Wahnsinnige Gedanken gingen mir durch den Kopf; die Tatsache, daß ich aus der Zelle befreit war, erzeugte eine unerwartete Platzangst in mir. Wir erreichten die Tür am anderen Ende des Korridors und traten ins Freie. Ich atmete die warme Luft in tiefen Zügen ein. Sie roch gut. Sie versprach Freiheit.
Heather führte uns zum Tor hinaus, und dann standen wir unter den Bäumen und nahmen das Bild, das sich uns bot, in uns auf, während in der Ferne das ewige Dröhnen des Ozeans hallte.
Zuerst wanderte mein Blick zum offenen Meer. Es war leer. Es waren auch keine Flugzeuge am Himmel zu sehen; er war ebenfalls leer. Der Krieg gab kein Lebenszeichen.
Die Szene an Land war fast ebenso leer und unbedeutend. Am anderen Ende der Lagune konnte ich ein paar schattenhafte Gestalten sehen, die vor ihren Hütten lagen. Niemand regte sich. Etwas näher stand der Kran. In dem intensiven, klaren Licht konnte ich Maastricht in der Führerkabine erkennen. Draußen war Maastrichts hünenhafter Freund George zu sehen. Er lehnte am Kran, hatte sich den Lederhut über die Augen gezogen, die Arme verschränkt und wirkte in dieser Haltung und aus der Ferne fast menschlich.
„Das sieht alles so friedlich und harmlos aus“, sagte ich. „Lassen Sie es doch, Dart. Wenn Hans einen zuviel getrunken hat, soll er doch seinen Rausch ausschlafen.“
„Disziplin, Mr. Roberts. Gerade Sie in Ihrem Beruf müssen wissen, wie wichtig Disziplin ist.“
In die Brustplatte seiner Rüstung war ein Radioverstärker eingebaut. Jetzt klappte er ein Handmikrophon aus und sprach hinein. „Hans, jetzt reiß dich zusammen! An die Arbeit, ja? Alle rauskommen, arbeiten, arbeiten! Der Zorn des *Meisters* brennt wie Feuer. Des *Meisters* Peitsche zähmt.“

Zwischen den Hütten entstand Bewegung, als die vielfach verstärkte Stimme über die Insel dröhnte. Auch auf Maastricht hatte der Lärm den gewünschten Effekt.

Ich sah Hans in die Höhe taumeln und zu uns herüberblikken. Er rieb sich das Gesicht, trat an die Tür der Krankabine und fiel praktisch zu Boden. George sprang erschreckt auf, um ihm zu Hilfe zu kommen — worauf Maastricht sich aufrappelte, seinem unglücklichen Vorarbeiter einen mächtigen Fausthieb gegen die Brust versetzte und anfing, ihn anzuschreien.

Jetzt trat George mit einem schrillen Pfeifen in Aktion. Er rannte in erstaunlichem Tempo um die Lagune herum, fuchtelte mit den Armen und schrie. Es war ein eigenartiger Anblick, teils traurig, teils auch komisch.

Und was teilweise komisch war, entwickelte sich schnell zu einer wahrhaft spaßigen Szene. Als George sich dem Dorf näherte und in seinem ganzen Verhalten dabei wie eine Dampflokomotive wirkte, kam ein Mann in entgegengesetzter Richtung zwischen den Bäumen hervor und rannte den Weg entlang, den ich bei meiner Ankunft eingeschlagen hatte. Es handelte sich um einen kräftig gebauten, rothaarigen Mann mit vorspringender Nase. Obwohl er die hier allgemein üblichen Overalls trug, hatte er die Hosenbeine abgeschnitten, so daß man seine langen Waden sehen konnte, als wäre er stolz darauf, in dieser Beziehung menschlicher zu wirken als die meisten seiner Kollegen. Ich habe ihn einen Mann genannt, aber er war nur menschenähnlich. Eher erinnerte er an jene Füchse in den Kinderbüchern, die Menschenkleider anlegen, um ihre Umwelt damit zu täuschen.

Er bewegte sich schnell. Er und George wichen beide aus, um nicht gegeneinander zu stoßen. Aber sie wichen in dieselbe Richtung aus und kollidierten daher trotzdem. Sie stürzten, rollten auf dem Boden herum und fingen sofort an, sich zu prügeln.

Maastrichts trunkenes Gelächter hallte über die Lagune. „Wir müssen sie auseinander bringen!" sagte Dart. „Schließlich ist das ja kein Zirkus."
Er hob seinen Karabiner und gab zwei Schüsse in die Luft ab.
Als die Prügelei anfing, rannten die Tiermenschen sofort auf den Schauplatz des Geschehens zu. Die Schüsse brachten sie unverzüglich zum Stillstand. Doch dann gewann die Neugierde in ihnen die Oberhand, und sie rannten wieder los. Mit einem wütenden Schrei setzte sich der Kyborg mit Hilfe seiner servo-unterstützten Beine in Richtung auf sie in Bewegung. Ich folgte etwas langsamer und ging über den vom Schatten bedeckten Weg, bis ich mich auf halbem Wege zwischen den zwei Raufbolden und der Stelle des Hafens befand, wo der immer noch laut lachende Maastricht stand.
Das Erscheinen des *Meisters* auf dem Schauplatz genügte den Tiermenschen. Sie rannten davon, sprangen zwischen Büsche und Hütten, ohne darauf zu achten, daß sie sich dabei an Ästen oder Dornen verletzen könnten. Selbst George und Rotfuchs trennten sich und funkelten einander an. Ihr Atem ging schwer.
Als ich näher kam, sah ich, daß beide heftig bluteten. Der Rotfuchs schien am linken Arm verletzt. Sein Ärmel war abgerissen, so daß man eine lange Kratzwunde in dem rötlichen Fleisch sehen konnte, wo Georges Zähne offenbar zugepackt hatten. George war der kräftigere von beiden und schien nicht verletzt, wenn auch seine Unterlippe geschwollen war und blutete, aber er machte keinerlei Anstalten, die Blutung zu stillen. Sie funkelten einander an, ohne sich von der Stelle zu bewegen, und musterten auch Dart mit bösen Blicken.
Dart sagte — sehr klug, wie ich fand — mit ruhigerer Stimme: „Okay, alles zurück an die Arbeit! George, zurück zu dem Kran. Tu, was ich sage. Kein Ärger." Er zog seine Peitsche und ließ sie knallen.

„Ich bald Boss — man George umbringen", sagte Rotfuchs ganz deutlich. Er bekam die Peitsche über die Schultern und floh.

Im Gegensatz zu der mürrischen Unterwürfigkeit, die ich bis jetzt erlebt hatte, wirkte Rotfuchs ausgesprochen selbstbewußt — und auch seine Sprache war der der anderen weit überlegen. Vielleicht fand der *Meister* das auch, aber er begnügte sich, Rotfuchs eine Drohung nachzurufen, ehe er sich in Richtung auf den Kran in Bewegung setzte.

George, der grimmig vor sich hinmurmelte, suchte am Boden herum, hob schließlich seinen staubigen Hut auf und stülpte ihn sich über den Kopf. Gleichsam, als hätte ihm das seinen Mut zurückgegeben, galoppierte er dann auf den Hafen zu, überholte den *Meister* und fuchtelte mit seinen kurzen Armen herum, wobei er laute Rufe ausstieß, genauso wie er das vorher getan hatte.

Ich stand im Schatten eines Baumes und sah zu. Ich war überzeugt, daß es zwischen Dart und Maastricht Ärger geben würde. Letzterer war im Augenblick zu betrunken, würde aber später vielleicht ein wertvoller Bundesgenosse gegen Dart sein. Zu zweit würden wir Dart mehr als gewachsen sein, und dies trotz seiner Bewaffnung, wenn wir uns nur außerhalb des umzäunten Geländes aufhielten. Und Maastricht hatte eine Maschinenpistole.

Als Dart näherkam, hörte Maastricht zu lachen auf und begann statt dessen zu schimpfen. Dart schrie zurück. Ein Wortgefecht entwickelte sich. Ich sah, wie Dart sich bückte und Maastrichts halbleere Flasche von der Raupenkette des Fahrzeugs aufhob. Er warf sie in Richtung auf die offene See.

Maastricht kletterte unter einigen Flüchen in das Krangerüst und stieg darin in die Höhe. George erhob ein großes Geschrei. Die Arbeiter rannten an mir vorbei, drängten sich gegenseitig aus dem Weg, um wieder an ihre Arbeit zu gelangen. Dart wandte sich zufrieden ab. Ich trat vor.

Maastricht ließ den Motor des Krans an, worauf dieser langsam am Hafenrand entlang zu kriechen begann. Er lehnte sich aus der Steuerkanzel und rief George, der die Arbeiter anführte, etwas zu. Dabei sah er mich und hob den Daumen, eine Geste, die wohl andeuten sollte, daß er nicht bereit war, sich mit seinem Schicksal abzufinden. Ich signalisierte zurück. Und in diesem Augenblick kippte der Kran nach vorne.

Ich sah, wie sich die eine Raupenkette über den Rand der Betonfläche schob. Langsam kippte die Maschine zur Seite. Maastricht fluchte und zerrte an einem Hebel. Dann kippte das ganze Gebilde ab und stürzte in die Lagune. Es gab einen mächtigen Klatsch.

Ich schrie auf und fing zu rennen an.

Es herrschte totale Verwirrung.

Die Tiermenschen drängten sich am Rand des Wassers und stießen vielfältige Schreie aus. Die meisten von ihnen schienen ernsthaft erschreckt — obwohl ich hier und da ein paar hämische Blicke sah. Viele rannten ans Wasser, sprangen auf die Felsen und die zusammengebrochene Betonwand, ohne sich in das fremde Element zu wagen. Ein alter Bursche mit einem Pferdegesicht fiel hinein; in dem Bemühen, ihn zu retten, fielen weitere ins Wasser. Ich hatte noch nirgends so viel Geschrei miterlebt!

Und George — er schien der Verrückteste von allen! Wie ein Wahnsinniger tutend, rannte er hin und zurück. Schließlich warf er sich in die Lagune und war gezwungen, sofort wieder herauszukriechen.

Doch all das erlebte ich nur am Rande. In erster Linie interessierte mich das große Durcheinander im Wasser, wo der Kran versunken war. Ein Teil der Kabine ragte aus dem Wasser. Blasen drangen an die Oberfläche. Nirgends war eine Spur von Maastricht zu sehen. Ich zog die Schuhe aus.

„Roberts, bitte — bitte retten Sie ihn!“

Als ich mich ins Wasser warf, hörte ich Darts Worte noch aus weiter Ferne.
Ich fand Hans bereits, als ich das erstemal tauchte. Ich schwamm unter die Kabine, schlug in dem schlammigen Wasser mit den Füßen kräftig aus und erreichte seinen nackten Rücken. Er schlug um sich. Ziemlich viel Sand und Schlamm waren aufgewühlt worden, aber ich sah, daß sich seine Arme irgendwie in der Eingangstür der Kabine verklemmt hatten. Sein Kopf war in der Kabine, sein restlicher Körper außerhalb, gerade, als wäre er fast herausgeschleudert worden, als die Maschine umkippte. Ich packte ihn an der Schulter und schüttelte ihn, um ihm damit wissen zu lassen, daß Hilfe unterwegs war. Dann mußte ich auftauchen, um Luft zu holen.
Ich ging gleich wieder hinunter, öffnete mir die obere Kabinentür und schwamm durch das schmutzige Wasser auf ihn zu. Dieselöl drang mir in die Augen.
Maastrichts Gesicht war jetzt ganz dicht bei dem meinen, voll Angst, die Augen geweitet. Seine Maschinenpistole und der Schulterriemen hatten sich in der Tür verfangen und damit seinen Arm festgehalten, als er versuchte, herauszuspringen. Sein linker Arm kämpfte immer noch, um frei zu kommen. Ich brauchte nur einen Augenblick, um die Waffe wegzuschieben und seinen Arm zu befreien. Dann packte ich ihn unter den Achselhöhlen und zerrte ihn hoch. Was ich jetzt brauchte, war ein besserer Halt. Dazu mußte ich aber noch tiefer in die Kabine eindringen und ihn am Oberkörper packen. Doch zuerst mußte ich wieder auftauchen.
Rings um mich kreisten die finsteren, fremdartigen Gesichter. Was für Lärm sie doch machten — oder war es das Blut, das in meinen Arterien pochte? Benommen schnappte ich Luft und tauchte dann zum drittenmal hinunter.
Diesmal konnte ich Hans mit den Armen packen und mich mit den Füßen gegen die Räder stemmen. Ich zog und zerrte und glitt aus. Er schlug immer noch um sich. Trotzdem

gelang es mir nicht, ihn von der Stelle zu bewegen. Den Kopf von schlammigem Wasser umgeben, über mir ein undeutliches Quadrat aus Licht, hievte ich ... und hievte wieder, konnte einfach nicht verstehen, daß er nicht freikam. Mit nahezu berstenden Lungen tauchte ich noch tiefer und stellte fest, daß sein linkes Bein zwischen dem Kran und dem Grund der Lagune festgezwängt war.

Als ich in die Welt des Sonnenlichts zurückkehrte, ragte der *Meister* über mir auf der zerbrochenen Mauer in die Höhe.

„Holen Sie ihn rauf. Sie müssen ihn raufholen, Roberts." George stand bis zu den Schultern im Wasser, und sein schwarzer Blick verschlang mich. „Du mich aus Wasser fischen — bitte!" Viel später fragte ich mich, während ich die Szene überdachte und mich erinnerte, was George gesagt hatte, wie er so dakauerte, den großen, halslosen Kopf nach vorne geschoben: ‚Nur eine Verwechslung der Pronomina oder eine ernsthafte Indentifizierung mit dem Ertrunkenen?'

Aber das einzig anwesende Geschöpf mit echter Geistesgegenwart war Rotfuchs. Er drängte sich mit einem Tauende von der Baustelle durch das Gewühl. Er warf mir davon das eine Ende mit einem eigentümlichen Blick zu, in dem sich Triumph und Mißtrauen mischten.

„Nehmen Sie das andere Ende, Dart", rief ich. Dann tauchte ich noch einmal.

Es war nicht schwierig, das Tau um Hans' Brust zu schlingen und festzumachen. Seine Augen blickten immer noch starr, das Haar strömte ihm nach oben, und Fetzen von seinem Bart hingen ihm in den offenen Mund. In dem Schlamm am Grunde der Lagune herumkriechend, riß ich an dem Seil und schwamm wieder nach oben.

Dart zog daran. Auch die anderen zogen mit: trotz der Ehrfurcht, die sie vor ihm empfanden. Es war ein gespenstisches Tauziehen, und mir drängte sich die Vision auf, wie

Hans mit einem fehlenden Bein an die Wasseroberfläche kommen würde. Aber er kam überhaupt nicht herauf.
Ich tauchte noch zweimal zum Grund der Lagune. Sein Bein und sein Fuß waren zwischen dem Kran und einem der Steinbrocken festgeklemmt, die man hineingeworfen hatte, um daraus den Hafen zu errichten.
Schließlich quälte ich mich aus dem Wasser.
„Er ist festgeklemmt. Sie müssen den Kran bewegen", sagte ich zu Dart. „Spannen Sie die zwei Landungsfahrzeuge mit Tauen an. Wenn Sie ihn auch nur ein paar Zoll bewegen können, kommt Hans frei. Schnell!"
Sie taten, was ich vorschlug. Die ganze Aktion war ein einziges Chaos. Was zehn Minuten hätte beanspruchen dürfen, keine Sekunde mehr, dauerte über ein Stunde. Schließlich brachte man den Kran dazu, sich zu bewegen, und wir zogen den armen Hans herauf. Dart schlug mit der Peitsche um sich, während ich Hans den Lebenskuß gab. Keine Reaktion.
Wir entleerten eine Gallone Wasser aus seinen Lungen. Ich versuchte es noch einmal. Es ging nicht. Hans Maastricht war tot.
Ich kauerte neben seinem bleichen Körper und blickte in die Runde, auf die, die ihn gekannt hatten. Ich begann, viele Individuen zu kennen, nicht nur George, der mir seinen finsteren, unergründlichen Blick zuwarf, Bernie, der flehentlich so nahe es ging herumstrich, Rotfuchs, der über irgend etwas grinste, was nur er wußte, sondern auch noch ein paar andere — eine alte, graue Schweinefrau, einen schweren Hippo mit langsamem Schritt, ein paar Bullenmänner, ganz mürrisch. Sie hatten an der Aufregung Spaß gehabt; jetzt begannen die meisten von ihnen, sich wieder zurückzuziehen; ihnen genügte es, den Leichnam dort liegen zu lassen, wo er lag.
Dart deutete mit der Peitsche auf die beiden Bullenmänner. „Ihr beiden — tragt die Leiche ins Hauptquartier. Aufheben. Fix!"

Sie packten Hans' Leiche an den Schultern und zerrten sie langsam hinter sich her, völlig ausdruckslos, abgesehen von ihnen dauernd beleidigt wirkenden Gesichtern. Die Absätze des Toten schleiften am Boden. Dart ging voraus. George trottete neben den Bullenmännern einher und betätschelte die Leiche ein paarmal, stieß sie an, als könne er nicht glauben, daß das Leben aus ihr entwichen war. Der Rest der Tiermenschen lungerte noch eine Weile herum und fing dann an, den Nachhauseweg anzutreten. Rotfuchs war verschwunden.

Die Leiche wurde in einen kleinen Operationsraum in einer Ecke des Laborblocks gebracht. Es war das erstemal, daß ich hierherkam; die Unruhe der Bullenmänner teilte sich mir mit. Als der Leichnam auf dem Tisch lag, scheuchte Dart die Träger hinaus.

„Kommt morgen zurück. Morgen Begräbnis — Hans begraben, kapiert? Hans unter die Erde gehen, zu großem *Meister*. Kapiert?"

Die Bullenmänner sahen mich traurig an. Dann machten sie kehrt und rannten zum Ausgang. Dart versperrte das Tor hinter ihnen, dann gingen wir wieder hinein. Ich holte mir ein Handtuch aus meinem Zimmer und frottierte mich ab.

Als er in der Tür erschien, hatte Dart seinen Panzer abgelegt und saß wieder in seinem Rollstuhl.

„Wirklich eine jämmerliche Wendung, die die Dinge hier genommen haben, das muß man sagen! Nun, so ist das Leben eben. Immer neues Leid."

„Ich stelle fest, daß Sie versuchen, Ihren Leuten Religion einzutrichtern, obwohl Sie selbst nicht an Gott glauben!"

„Man kann doch kochen, ohne das, was man kocht, selbst zu essen. Sie meine das von wegen ‚großer *Meister* unter der Erde'? Davon wird es bei dem Begräbnis morgen noch mehr geben — es findet um drei Uhr nachmittags statt, zur selben Zeit wie Ihr fiktives Begräbnis. Scheußliche Heuchelei — aber dagegen hatten Sie ja nichts, oder?"

„Hans ist ohne jeden Zweifel tot. Man kann ihm zumindest ein ordentliches Begräbnis zukommen lassen."
„Und zugleich ist das eine gute Gelegenheit, denen das mit dem großen *Meister* wieder einmal beizubringen. Es schadet nichts — das soll die auf Trab halten, die sollen glauben, daß jemand Unsichtbarer mit einer noch größeren Peitsche als der meinen sie vielleicht beobachtet, wenn ich nicht da bin. Haben nicht alle Religionen so angefangen?"
„Sie sind verbittert — ob es nun um Ihr Land, Ihren Namen oder Ihre Religion geht —, ich sehe ein, daß Sie Ihre Gründe dafür haben, aber können Sie denn nicht nach so langer Zeit endlich Ihren Frieden mit Ihrem Gebrechen machen? In physischer Hinsicht haben Sie das doch ganz gut hingekriegt; warum machen Sie sich eigentlich in spiritueller Hinsicht selbst zum Krüppel?"
Er lächelte kühl. „Wenn ich an Ihren blutigen Christengott glauben würde, dann müßte ich auch glauben, daß er mich in seinem Ebenbild erschaffen hat. Weder Sie noch ich würden uns einen Gott wünschen, der so aussieht, darauf läuft es hinaus. Und jetzt versuchen Sie nicht länger, mich zu ärgern. Das reicht schon für einen Tag. Kommen Sie und trinken Sie einen Whisky mit mir wie ein Mann. Zum Sonnenuntergang."
„Ich hätte lieber einen Likör."
Bella brachte uns zwei Plastiktabletts mit Essen herein, und wir aßen gemeinsam im Kontrollraum, wobei Bella hinter Darts Stuhl lehnte. Ich vermutete, daß sie in dem Raum aß, der als Küche diente. Ihr Anblick ließ mich schaudern; die Mischung aus Frau und Tier in ihr schien so kompliziert; an ihrer schleichenden Art war etwas Verführerisches, aber ihr Gesicht unter der dunklen Perücke war erschreckend häßlich.
Um Konversation zu machen, meinte Dart: „Hin und wieder ein Schluck schadet einem Mann nicht. Das ist eine Angewohnheit, die zur Zivilisation gehört. Trinkt man zuviel, so

ist das eine andere Sache, man verliert dann die Kontrolle über sich. Das war das Ärgerliche an dem armen Hans. Seine Großmutter war Malaiin. Er hat zuviel getrunken, und heute war das sein Ende."

„Nein. Mag sein, daß er zuviel getrunken hat. Aber sein Ende war etwas anderes, das war die schlampige Bauweise des Hafens. Der Beton ist zusammengebrochen."

„Er war betrunken und ist über den Rand gefahren."

„Stimmt nicht! Die Mauer stürzte ein, und der Kran kippte um. Es war nicht Hans' Schuld. Das lausige System hier auf Moreaus Insland hat ihn getötet."

„Und ich sage Ihnen, daß es der Alkohol war — schließlich kenne ich Hans seit Jahren. Er hatte farbiges Blut in sich. Ich habe ihm immer gesagt, daß der Alkohol ihn noch einmal umbringen würde."

Ich wurde ärgerlich. „Und wenn der Alkohol den armen Burschen umgebracht hat, was dann? Warum hat er denn zur Flasche gegriffen? Bloß, um die Schande auszulöschen, hier mit diesen verstümmelten Kreaturen leben zu müssen, diesen Zerrbildern von menschlichen Wesen."

Dart sah auf seinen Teller und meinte: „Ich habe ihn am besten gekannt. Sie verstehen das nicht, Roberts. Sie sind bloß ein Politiker. Ich mochte Hans. Er wird mir fehlen ... Ach, der Teufel soll die ganze Menschheit holen!" Er schlug mit seiner Hand aus Metall auf den Tisch. Die Heftigkeit der Geste schien ihn zu besänftigen. Er blickte zu mir auf und sagte, plötzlich wieder ganz ruhig: „Wir haben uns gut verstanden, Hans und ich. Das Leben hat ihm übel mitgespielt, seit seiner frühesten Jugend. Diese Insel war für ihn ein Zufluchtsort — das erstemal, daß er nicht am dreckigen Ende saß. Er begriff gut, wie mir zumute war, und ich, wie es um ihn stand. Und jetzt können Sie und ich ..."

Er sprach den Satz nicht zu Ende. Als ich nicht darauf einging, fing er noch einmal an.

„Sie und ich — können wir uns gut verstehen? Sie sind ein mächtiger Mann, Sie sind herumgekommen, Sie verstehen sich wahrscheinlich mit allen Leuten, die Sie kennen, gut. Sie wissen nicht einmal, was ‚sich gut verstehen‘ bedeutet — das ist etwas, das Sie für selbstverständlich halten. Ich kann wegen dem, was ich bin, nie eine solche Beziehung haben. Ein Thalidomid-Krüppel. Ich muß herrschen oder untergehen. Klingt das für Sie wie Größenwahn? Nun, ich kann Ihnen sagen, daß es das nicht ist. Das ist das Resultat meiner Erfahrungen, und gegen Erfahrungen kämpft man nicht an. Nicht, daß ich irgendwelche Vorstellungen hätte, irgend etwas anderes als diesen kleinen Felsbrocken im Ozean zu beherrschen. Das ist alles, was ich will. Aber ich weiß ja nicht, was Sie denken, oder? Woher weiß ich denn, daß Sie nicht der Meinung sind, daß Sie mich auslöschen sollten?“
Ich sah zum Fenster hinaus.
„Ich denke nicht in solchen Vorstellungen. Ich kann erkennen, daß Sie entschlossen sind, mich in eine Oppositionshaltung Ihnen gegenüber zu zwingen, ob Ihnen das bewußt ist oder nicht. Aber das ist eine Folge Ihres Verfolgungswahns, nicht meines Verhaltens.“
„Meines Verfolgungswahns? Was für abgedroschenes Zeug Sie doch reden! Wissen Sie — haben Sie eigentlich eine Ahnung, was Verfolgungswahn wirklich ist — Paranoia nennen es die Psychologen ja wohl? Das ist eine rationale Reaktion auf die Umstände der Umgebung. Warum sollten Sie eigentlich nicht daran denken, mich auszulöschen? In der Welt draußen wird Krieg geführt, und Sie sind ein Teil dieses Krieges, ich nicht. Wer kämpft denn diesen Krieg, fragen Sie sich doch das einmal! Keine Krüppel wie ich, Mr. Roberts. Nein, normale Menschen wie Sie! Der Krieg ist Ihre Idee! Das Auslöschen ist Ihre Art von Verhalten.“
Er zitterte jetzt, und ich spürte, wie ich langsam wütend wurde.

„Sie sind nicht frei von Schuld, Dart. Hören Sie sich doch an, was Sie da reden. Sie sprechen mit mir, als wäre ich der Rest der Welt, nicht Individuum. Sie wissen sehr gut, daß der Krieg nicht meine Idee war. Aber wenn Sie in mir die Verkörperung der Welt sehen und nicht eine Person, dann fällt es Ihnen leichter, mich zu hassen. So fangen Kriege an. Ihre Mißbildungen geben Ihnen kein Monopol auf das Recht."
Ich beugte mich dabei vor und wies mit dem Zeigefinger auf ihn. Er ging auf die Geste ein und fing zu schreien an, ehe ich zu Ende sprechen konnte.
„Ich will all diesen Scheiß nicht hören! Schauen Sie sich doch an! Sie zielen jetzt instiktiv mit einer Pistole auf mich, bloß daß Sie nur einen Finger haben. Also passen Sie besser auf, ich bin nämlich bewaffnet, vergessen Sie das nicht!"
Er holte seine Automatic heraus und richtete sie auf mich. „Wer denkt jetzt ans Auslöschen?" fragte ich. „Sie haben recht, Dart — nur wenn Sie dieses Ding in der Klaue haben, stehen Sie mit einem anderen Menschen auf gleichem Fuß. Ich frage mich nur, wie Sie es gewagt haben, den armen Maastricht eine Waffe tragen zu lassen."
Obwohl er die Waffe immer noch auf mich gerichtet hatte, wandte er den Blick von mir. Er sah unsicher zu Boden. Seine Augen huschten herum, und er begann, sich auf die Unterlippe zu beißen.
Als er wieder zu mir aufblickte, steckte er die Automatic an ihren Platz in seinem Rollstuhl und sagte: „Ich bin leicht jähzornig, Mr. Roberts. Und Sie haben es darauf angelegt, mich zu reizen. Ich habe ja nur versucht, Ihnen klarzumachen, daß ich ein gutes Verhältnis zwischen uns möchte. Ich will, daß Sie etwas für mich tun. Mir ist gerade eingefallen, daß wir Hans' Maschinenpistole nicht mitgebracht haben. Wo ist sie? Auf dem Grund der Lagune?"
„Dort liegt sie sicher. Die Tierleute wagen sich nicht ins Wasser."

„Sie müssen mir diese Maschinenpistole holen, mein Freund. Wenn nicht, tun *die* das.“ Er setzte sich erregt in seinem Stuhl zurecht. „Die dürfen keine Feuerwaffen haben. Versuchen Sie sich vorzustellen, was für Unheil die anrichten würden.“

„Ich gehe nicht noch einmal tauchen, Dart, das genügt. Sie haben doch George und die anderen gesehen. Sie haben Angst vor dem Wasser.“

„Aber die Seehundleute, Roberts. Die Seehundleute! Die werden tauchen und die Maschinenpistole holen. Sie könnten sie den Dorfbewohnern geben, Rotfuchs oder einem der anderen. Die halten doch alle zusammen. Dann bekämen wir es hier mit einem richtigen Aufstand zu tun. Würden Sie bitte die Waffe holen — jetzt, bevor die Sonne untergeht.“

Insgeheim zweifelte ich daran, daß die Seehunde imstande wären, die Maschinenpistole zu finden, selbst wenn sie sie suchten. Ich schüttelte den Kopf und wartete, ob Dart noch einmal die Pistole auf mich richten würde. Statt dessen drückte er einen Knopf an der Armlehne seines Rollstuhls. Bella erschien.

„Hol Heather“, befahl Dart.

Dann sah er mich mit einem Lächeln an, wie ich es nie unangenehmer gesehen hatte, blieb aber stumm.

Kurz darauf kehrte Bella mit dem amerikanischen Mädchen zurück. Sie ging mit federnden Schritten auf Darts Stuhl zu und blieb dann wartend, an ihrem Zeigefinger knabbernd, stehen. Bella stand hinter mir an der Tür.

„Heather ist eine bemerkenswerte junge Dame, Mr. Roberts. Die Bewunderung, die ich für sie empfinde, ist beinahe grenzenlos. Sie ist sehr liebenswürdig und sehr schön. Heather, mein Schatz, würdest du freundlicherweise deine Kleider ablegen, damit Mr. Roberts sehen kann, wie schön du bist? Bella, mach Licht.“

Heather trug dasselbe Kostüm, das sie schon am Morgen getragen hatte. Sie trat zur Seite, um mehr Platz zu haben, und begann sich dann zu entkleiden. Sie beugte sich vor und zog die Sandalen aus und stellte sie nebeneinander. Dann warf sie mir ein unbestimmtes Lächeln zu, legte den Kopf zur Seite und knotete ihr Halstuch auf. Sie nahm es ab, streckte den Arm aus und ließ das Tuch zu Boden fallen.

Es war offenkundig, daß sie sich darauf verstand, Männer zu provozieren. Dann knöpfte sie langsam die Knöpfe ihrer safranfarbenen Tunika auf, arbeitete sich langsam vom Schlüsselbein bis zum Nabel hinunter, bis das Kleidungsstück sich öffnete, so daß man das Fleisch darunter sehen konnte. Langsam zog sie die Tunika von den schmalen Schultern und warf sie über das Halstuch zu Boden und schüttelte dabei ihr Haar frei. Die Bewegung betonte die Schönheit ihrer Brüste, die nicht besonders voll waren; sie strich mit der Hand über die linke und hielt dabei ihre Brustwarze mit den Fingern fest.

Eine flüchtige Bewegung hinter mir fiel mir auf. Bella schlich sich aus dem Zimmer.

Jetzt ging Heather im Kreis um ihre abgelegten Kleider, wahrscheinlich, um zu zeigen, wie elastisch ihre Brüste waren. Dann blieb sie stehen, sah uns wieder an, und begann, gleichsam nachdenklich, den Reißverschluß ihrer Hose aufzuziehen. Sie löste einen Haken, und sie fielen ihr herunter. Sie trug nichts darunter. Als sie sich vorbeugte, um die Hose aufzuheben, konnte ich einen Blick auf ihre perfekt geformten Pobacken und Schenkel werfen. Als sie sich wieder zu uns umdrehte, mit leicht geröteten Wangen und einem etwas lasziveren Lächeln, war das dunkle, gekräuselte Haar an ihrer Scham einladend freigelegt. Sie kam zwei Schritte auf mich zu, ehe sie spöttisch beide Hände darüberlegte. Sie fuhr sich mit der Zunge über die Lippen, warf dann plötzlich die Arme in die Höhe und rannte ans andere Ende des Raums.

„Danke, Heather", sagte Dart mit belegter Stimme. „Du würdest doch mit dem größten Vergnügen die Nacht mit

Mr. Roberts verbringen, wenn er mir einen kleinen Gefallen täte, oder nicht?"
„Es würde mir eine Freude sein", antwortete sie. „Nicht wahr, Calvert?"
Dart sagte: „Es ist Zeit, gastfreundlicher zu Ihnen zu sein, Mr. Roberts. Aber zuerst, bitte, diese Maschinenpistole."
„Jetzt versuchen Sie es wieder mir Ihren alten Tricks, Dart — Sie gebrauchen uns beide als Ihre Objekte. Wie gesagt, kommt nicht in Frage. Danke für den Striptease, Heather. Sie sollten noch daran arbeiten — und sich woanders einen besseren Job besorgen."
„Männer, die Positionen der Macht erreichen, tun das häufig, indem sie ihre sexuellen Triebe unterdrücken", sagte Dart ausdruckslos. Und nach einer Weile fügte er hinzu: „Man nennt das einen Tausch..."
Draußen war es dunkel geworden. Das Meer, hinter dem der Krieg tobte, war nicht mehr zu sehen. Nur hören konnte man es wie andauernden Kanonendonner.

7.

Das Begräbnis war gut besucht

Als der Morgen dämmerte, betete ich.
Ich klammerte mich immer noch, vielleicht verzweifelt, an meinen Glauben, an die Existenz eines Gottes. Die Vorstellung einer Gottheit, die Richter zwischen Gut und Böse war, war für mich von grundlegender Bedeutung. Ich glaubte immer noch an das Gute und das Böse und sah diese beiden Elemente jeden Tag meines Lebens im Wettstreit, sowohl in der Gesellschaft als auch zwischen den Individuen. So war es sinnvoll, daß die Menschen alles anbeteten, das ihnen helfen konnte, das Gute in ihrem Wesen zu verstärken. Aber das war ein Akt des Intellekts, nicht des Glaubens. Von dieser Art war meine Religion.
Der Krieg hatte viele Begriffe verwischt, aber Mortimer Dart half mir, mich daran zu erinnern, daß ich im Wesen die menschliche Existenz immer noch so sah, wie ich sie als kleiner Junge gesehen hatte — als eine Schlacht zwischen dem Guten und dem Bösen. In dem gegenwärtigen Krieg verkörperte das Land, das ich liebte und dem ich diente, das Gute.
Dart war ein Beispiel dafür, wie die Umstände die menschliche Natur zum Schlechten ändern konnten. Vielleicht hatte er ebenso kläglich angefangen wie Frankensteins Ungeheuer, aber er selbst hatte sich dann in einen Frankenstein verwandelt — einen Sieger, nicht ein Opfer.
Man mußte ihn unschädlich machen. Aber der Schaden, den er hier anrichtete, war ein Nichts, verglichen mit dem Schaden, der draußen in der Welt, jenseits der Insel, angerichtet wurde.
Aber Dart zu entfernen — und die verführerische Heather — wie einen kranken Zahn, würde die Insel ohne Kontrolle lassen. Ich sah ein allgemeines Blutbad voraus, in dem

die Tiermenschen sich im großen Stil gegenseitig abschlachteten. Am besten würde es sein, zuerst die Kontrolle über die Insel zu gewinnen und dann Hilfe herbeizurufen. Es war meine Pflicht, sobald wie möglich an meine Arbeit zurückzukehren. Aber ich hatte auch hier Pflichten. Ich konnte nicht einfach ein Landungsboot an mich bringen und mich mit einem Kompaß bewaffnet davonstehlen.
Diese Überlegungen bedrückten mich, verhalfen mir aber zugleich zu einem Entschluß. Und in dieser Stimmung nahm ich mein Frühstück zu mir, als Bella es mir brachte.
„Wirst du zu Hans' Begräbnis gehen, Bella?"
„*Meister* Hans begraben, Loch in Boden graben. Hans keine Luft mehr brauchen, in Boden begraben."
„Das wird uns allen widerfahren, Bella."
Ihre Katzenaugen starrten mich leer an, und sie runzelte die Stirn unter der Perücke. Ich dachte, daß Dart, wenn er schon versuchte, Tiere im Ebenbild des Menschen zu schaffen, er vielleicht von innen, nicht von außen beginnen sollte. Würde Bella je begreifen können, daß eines Tages auch sie keine Luft mehr brauchen würde?
Sie war menschlich genug, um die Tür abzusperren, als sie hinausging. Vielleicht hatte Dart recht; man konnte jemandem nicht vertrauen, der imstande war, den Verführungskünsten Heathers zu widerstehen ...
Nach dem Mittagessen ließ man mich frei. Der *Meister* hatte seine Schwäche. Er brauchte mich. Da Silva tauchte von irgendwo mit einem amerikanischen Armeelastwagen auf und ließ ihn im Schatten, neben ein paar Stapeln alter Bretter und Farbkanister, stehen. Auf der Ladebrücke des Lastwagens lag ein hölzerner Sarg. Man hatte einen Hibiskuszweig darübergelegt.
Während ich dastand und mich sonnte, erschien Heather auf der Türschwelle.
Sie rief mir zu: „Tag, wie geht's Ihnen denn heute nachmittag?"
Ich ging zu ihr hinüber und fragte sie, wo Dart wäre.

„Sie glauben doch nicht etwa, daß ich auf Warren warte, oder? Der *Meister* wird schon kommen, wenn er so weit ist."
„Es tut mir leid, daß er Sie gestern gezwungen hat, sich für mich auszuziehen."
„Daß ich nicht lache! Mir hat es Spaß gemacht, und Ihnen doch auch, was wären Sie denn sonst für ein Mann? Hier gibt es wenig genug Männer, vor denen man sich ausziehen kann, das steht fest. Kommen Sie, sagen Sie schon, daß es Ihnen gefallen hat!"
„Sie haben einen wunderschönen Körper, aber die Vorführung war für uns alle entwürdigend. Wir sind keine Tiere."
Sie sagte darauf nichts. Auch ich schwieg eine Weile und sagte dann: „Der Name Warren ist schon einmal erwähnt worden. Wer genau ist denn dieser Warren? Lebt er hier in der Gegend?"
„Wir sollen nicht über Warren reden. Seien Sie ganz ruhig, er ist nicht hier." Sie hakte sich bei mir ein. „Was ist denn mit Ihnen los, Calvert? Sie haben doch beim erstenmal, als wir uns begegneten, Annäherungsversuche gemacht."
Ich lachte. „Und Sie haben mir gesagt, daß Sie Wert auf Distanz legen."
„Tun Sie mal die Hand hierher, zwischen meine Beine." Sie rieb sich gegen mich, und ich spürte die Erregung in mir aufsteigen. Ich haßte mich dafür und zog mich zurück.
„Muß man Sie noch mehr provozieren?" fragte sie, und ihre Augen glitzerten in der Sonne.
In diesem Augenblick erschien der *Meister*. Er trug seinen Prothesenpanzer. Er bot ohne Zweifel einen stattlichen Anblick, wie er so über den Hof polterte, den Karabiner über der Schulter, die Peitsche im Gürtel.
„Mr. Roberts, sind Sie für das Begräbnis bereit? Wie ich sehe, ist Hans bereit. Steigen Sie neben mir ein. Warten Sie — fahren Sie — für Sie ist das leichter als für mich. Ich sag Ihnen, wohin Sie fahren müssen. Heather, du bleibst hier."

Sie war bereits im Einsteigen begriffen. „Hey, ich komme mit! Ich will den Spaß miterleben. Ich mag es, wenn die Tiere ihr Theater spielen. Du hast doch gesagt, daß ich mitkommen kann."
„Tut mir leid, mein Schatz. Das ist eine der Gelegenheiten, bei der die Tiere ihre Instruktionen kriegen. Und wenn sie dich anstarren können, hören sie nicht zu. Außerdem will ich Bella nicht allein im Hause lassen. Steig aus."
Heathers Gesichtsausdruck kündigte einen Augenblick lang eine Meuterei an. Dann stieg sie wieder herunter.
„Du kannst mich mal, Mort", sagte sie.
„Mach das Tor auf, damit wir hinauskönnen", erwiderte er. „Und sei nicht gewöhnlich."
Sie tat wie befohlen. Ich legte den Gang ein, und dann schloß sich das Tor hinter uns.
„Wir begraben den Sarg auf dem Hügel", sagte Dart. „Aber zuerst fahren wir ins Dorf und scheuchen die auf. Bloß, damit Sie im Bilde sind, so etwas ist auf Moreau Island ein großes Ereignis."
„Wo haben Sie Heather her, Dart?"
„Heather ist freiwillig hier, ob Sie's nun glauben oder nicht. Ihr gefällt das Leben hier. Eine Privatmaschine mußte hier ganz zu Anfang des Krieges notlanden, sie war auf der Flucht vor der Invasion der Cubaner auf Samoa. Sie kam zu dem Schluß, daß das der Zufluchtsort wäre, den sie suchte. So einfach ist das."
Wir fuhren über die primitive Straße in das Dorf, und ich hielt an der Stelle an, die Dart mir zeigte, unmittelbar vor den ersten Hütten.
Die Tiermenschen waren bereits unterwegs, schon bevor er sich in dem Lkw aufrichtete und begann, sie anzuschreien. Es wirkte nicht mehr schockierend auf mich, ihre häßliche Vielfalt zu sehen, als sie herangeschlurft kamen, mit unförmigen Overalls bekleidet, die Frauen mit Knochen und Muscheln geschmückt, die sie um den Hals oder im Haar trugen.

Die zwei Bullenmänner kamen herausgeschlurft, dicht gefolgt von einer Katzenfrau, die entfernt an Bella erinnerte.

Und dann gab es da eine Schweinefrau mit einer widerlichen Visage und schwerfälligem Schritt, und ein buschiges Geschöpf wie ein Bär, und zwei kleinere Bärenkreaturen, und affenähnliche Leute und noch viele andere, die, als sie den Klag der Stimme ihres *Meisters* hörten, ins Licht hinaustraten.

Der stoppelgesichtige George rannte nach vorne und schob die anderen mit seinen breiten Schultern beiseite. Mein Freund Bernie rannte neben ihm und blickte immer wieder zu seinem Gefährten auf, der wie eine Mischung aus einem Wildschwein und einem Schakal wirkte. Als er mich sah, rannte Bernie auf meine Seite des Lastwagens, keuchte seinen Namen, keuchte meinen Namen und rannte dann völlig verwirrt zu George zurück.

„Dieser Tag großer Festtag, kapiert!" brüllte der *Meister*.

„Euer Freund Hans, er Gesetz brechen, er Flasche nehmen, er erledigt. Ihr Leute kapieren, erledigt, *kaputt*. Alles vorbei.

Heute großes Begräbnis. Ihr alle mit mir kommen. Hans am Totenplatz begraben. Hans mit Flasche, er unter Erde gehen, großen *Meister* sehen. Jetzt kommen, schnell machen. Dem Gesetz gehorchen. Meinem Wagen folgen."

Während er noch einige Variationen seines Themas brüllte, sah ich, daß der ingwerfarbene Rotfuchs zwischen den Bäumen hervorkam. Seine Schenkel waren ebenso unbedeckt wie am Vortag, aber heute hob er sich noch mehr von der Menge ab, indem er einen langen, ziemlich schäbigen Umhang um die hageren Schultern trug. Während er so dahinschlich, erinnerte ich mich an zahllose Märchen, in denen Wölfe und Füchse mit menschlichen Kleidern angetan den Schurken spielten. Aber keiner konnte das besser als Rotfuchs, noch konnte ich mir vorstellen, daß jemand noch weniger Vertrauen einflößend wirken konnte.

Dart sah ihn und rief im zu: „Rotfuchs, du und George, ihr schafft die Leute zum Totenplatz, kapiert? Folgt meinem Wagen."
Dutzende von Augen sahen zu, wie ich den Lastwagen wendete und ihn langsam auf den Weg zurücklenkte, auf dem wir gekommen waren. Sie folgten dicht hinter uns, und so konnte ich einiges von dem, was sie redeten, aufschnappen. Ich erweckte ihre Neugierde. Die Legende, daß man mich aus dem Meer gezogen hatte, machte sie unsicher, ob ich ganz menschlich war.
Während wir im getragenen Tempo eines Leichenbegängnisses dainrollten, hielt sich ein großer Affenmensch an dem Lastwagen fest und schlenderte neben mir einher. Obwohl sein Körper dem eines Gorillas sehr ähnelte, war sein Gesicht völlig verformt und erinnerte mit seiner langen Schnauze eher an das eines Tapirs.
Mortimer Dart blickte zu ihm hinüber.
„Das ist Alpha, der uns da hilft. Sein Bruder Beta ist dicht dahinter, Sie fangen an, sich an Sie zu gewöhnen, Roberts, nicht war? Ich sagte Ihnen ja, daß meine Experimente hier in drei Stufen erfolgt sind. Alpha und Beta gehören zur zweiten Stufe, die ich jetzt aufgegeben habe, weil sie nicht weiterführte. Er ist nicht nur das Ergebnis primitiver Vivisektion, wie in den Tagen von McMoreau. Er ist ein Produkt von Genchirurgie. Natürlich stammt er von McMoreaus Experimenten ab — das ist der Grund, weshalb wir das Dorf in Gang halten, für das Laboratorium. Indem ich an echtem Genmaterial arbeitete, konnte ich seine ganze Schädelformation ändern."
„Hoffentlich erwarten Sie von mir keine Bewunderung."
„Das ist ziemlich schwierig — glauben Sie mir, daß es Bewunderung verdient. Unglücklicherweise hat Alpha fast kein Gehirn, man kann das auf dem Röntgenbild sehen. Er weiß gerade genug, um sich zweimal täglich mit Essen vollzustopfen. Aber er war ein Schritt in der richtigen Richtung."

Wir hatten inzwischen die Spitze der Lagune passiert, und Dart wies mich an, an den Palisaden vorbeizufahren zu der Stelle, wo die Straße nach oben führte. Ich konnte jetzt sehen, wie ausgedehnt das Hauptquartier des *Meisters* war. Die Außenmauer war so hoch und so von Bäumen geschützt, daß wir nur die Dächer der Gebäude erkennen konnten.
Ich mußte die Straße im Auge behalten, die, je steiler sie wurde, desto schwieriger zu befahren war. Sie war mit Steinen und Felsbrocken übersät und hörte bald fast ganz auf, eine Straße zu sein. Bald fuhren wir über nacktes Felsgestein, das häufig von Spalten zerrissen war. Die Vegetation, die sich mit demselben störrischen Felsen abfinden mußte, wurde immer dünner. Alpha, der Affenmensch, fiel zurück, da ihn die breiten, dornigen Blätter behinderten.
„Jetzt wird es dann unangenehm", sagte Dart. Ich warf einen schnellen Blick auf ihn und konnte erkennen, daß die vielen Stöße ihn in seinem Panzer beeinträchtigten.
Ich schaltete auf Allradantrieb, als der Boden immer unebener wurde, und fuhr, so schnell ich konnte. Wir polterten über eine Reihe von Wurzeln, die wie versteinerte Schlangen wirkten, und schlugen einen Bogen, um einer gigantischen Kokosnußpalme auszuweichen, und folgten dann wieder dem Weg, der sich in vielen Kurven und Bögen nach links schlängelte. Die Hinterräder drehten leer durch, und dann hatten wir in einem Hagel von Kies und Staub ein kleines Plateau erreicht.
„Gleich vorne, hinter dem Rattan-Dickicht", sagte Dart.
Ein großer Vogel brach über uns durch die Zweige, während ich dem sogenannten Weg weiter folgte. Als wir schließlich eine kleine Baumgruppe hinter uns gebracht hatten, bremste ich, schaltete den Motor ab und stieg aus. Das war der Totenplatz.
Unser plötzliches Tempo war den Tierleuten zu schnell gewesen. Ich ließ Dart keuchend auf seinem Platz sitzen und sah mich um. Eine kleine Lichtung war hier künstlich frei

gehalten worden, und ein paar Felsbrocken erinnerten den Betrachter an die Toten. Unter uns, durch Busch und Dschungel nur undeutlich zu sehen, lag der Teil der Insel, den ich kannte. Auf der anderen Seite war die unbekannte Hälfte. Sie wirkte alles andere als einladend. Das Land wölbte sich in zahlreichen Buckeln, die von dichter Vegetation bedeckt waren.

Etwas glitzerte auf der anderen Seite des primitiven Friedhofs. Ich ging zwischen den Felsen durch, schritt durch dickes, federartiges Gras, das zwischen den Steinen wuchs. Unter meinen Füßen huschten irgendwelche Lebewesen herum; ich achtete auf Schlangen, sah aber nur harmlose grüne Echsen.

Zwischen der Vegetation lag ein gigantisches Metallgerüst, das fast überwuchert war. Ich arbeitete mich, so gut ich konnte, an dem Gebilde entlang, bis mich ein dorniges Dickicht aufhielt. Ich folgte ihm in entgegengesetzter Richtung, aber das Ende hing über einen Abgrund und verlor sich zwischen den niedrigen Bäumen. Es sah aus wie ein riesiger Mast. Ich ging wieder zum Wagen zurück. Dart schaltete einen Casettenspieler ein, und eine wilde Musik hob an, und eine brüllende Stimme sang:

„Mensch oder Tier seht an
Das Geheimnis von Geburt und Tod.
Die Form, die ihr erhalten am Tag der Geburt,
Ist verloren, wenn dunkle Erde euch deckt.

Mensch und Tier, drum achtet darauf
Sprecht Sprache und gehorcht dem Gebot —
Es ist besser, zu leiden und zu behalten die Form,
Als alles zu verlieren und wahrhaft tot zu sein.

Mensch oder Tier oder dem Menschen ähnlich,
Der *Meister* behütet euch, ihr wißt, warum —
Denn wenn die Erde euch deckt

Geht ihr zu dem größeren Meister im Himmel
Mit einer größeren Peitsche und einer längeren Fahrt —
Jener Meister am Himmel!"

„Wie gefällt Ihnen das?" fragte Dart, als ich wieder neben dem Wagen stand. „Das habe ich selbst geschrieben. Die Melodie ist ein altes englisches Volkslied. Fast ist eine Hymne daraus geworden. Und den Tieren gefällt das, weil die Worte einfach sind und man sich den Inhalt merken kann."

Er hatte sich inzwischen wieder erholt, wenn auch auf seiner Stirn unter dem Helm noch Schweißtropfen glänzten.

„Was ist das für ein säulenähnliches Ding, das dort hinten im Unterholz liegt?"

„Das ist ein Mast. Er stammt aus den achtziger Jahren, Teil des alten globalen Omega-Navigationssystems. Hat Milliarden von Dollar gekostet und war schon veraltet, als man ihn gebaut hat. Die Welt ist wirklich ein Zirkus — empfinden Sie das nicht manchmal auch so?"

„Offen gesagt, nein."

„Das ist es, was mir so an Ihnen gefällt, Mr. Roberts — mit Ihnen kann man immer Konversation machen."

Die Tiermenschen füllten jetzt die Lichtung, sammelten sich am Rand und warfen einander Blicke zu, als wüßten sie nicht, welche Rolle sie spielen sollten. Das ganze erinnerte verblüffend an eine Ansammlung von Menschen bei einem Begräbnis, bei dem wir auch auf die Gegenwart des Todes unvorbereitet sind. Diese ungepflegten, armseligen Trauergäste hatten so vieles mit Meinesgleichen gemeinsam, und ich spürte, wie das Mißtrauen, das ich für sie empfand, immer geringer wurde.

Während der *Meister* vier von ihnen dabei überwachte, wie sie mit irgendwelchen Werkzeugen aus ehemaligen Beständen der US-Army ein Grab schaufelten, sah ich mir die Felsplatten an, die als Grabsteine dienten. Es waren sieben an der Zahl. In vier davon waren Namen eingegraben oder besser eingekratzt; Jimmy Baedermeyer, Chuck Hapgood, Ed Bergetti, Andy Hall. Unter jedem Namen stand ihr Todesjahr — in allen Fällen dasselbe Jahr — und darunter die Buchstaben „R.I.P." und darunter, nur ganz schwach eingekratzt, die Initialen „H.M.". Hans — er hatte sich die Mühe gemacht, eine Erinnerung an die Toten zu schaffen. Ich fragte mich, ob die vier Männer in irgendeiner Beziehung zu der Privatmaschine standen, die nach Darts Darstellung Heather auf die Insel gebracht hatte.

Dart sah auf die Uhr, die an seinem Kyborgarm befestigt war.

„Es ist gleich drei, Mr. Roberts. Da ist natürlich der Unterschied in den Zeitzonen, aber ich genieße die Vorstellung, daß Ihre hochgeborenen Kollegen in Washington in dieser Minute für Sie ein Begräbnis abhalten. Volles religiöses Ritual und all das, Gesichter so lang wie Ihr Ärmel... Welche Zeremonie ist nun der größere Schwindel, was meinen Sie?"

„Sie haben mir gesagt, daß Sie Hans gemocht haben."

Er gab ein gleichgültiges, grunzendes Geräusch von sich. „Glauben Sie, daß ich seine Leiche mag? Glauben Sie, daß er sie gemocht hätte? ... Warten Sie nur, bis dieses Pack ein wenig aufgeputscht ist. Es wird Ihnen Spaß machen. Hier gibt es mehr echtes Gefühl als in Washington, das verspreche ich Ihnen."

Ich wischte mir den Schweiß von der Stirn. „Haben Sie nicht ein bißchen Angst vor ihnen?"

Er schwieg ein paar Augenblicke und starrte die Tiermenschen an, und dann sagte er mit etwas ernsthafterer Stimme: „In gewisser Weise sehe ich in denen Meinesgleichen. Keiner von uns gehört irgendwo anders hin als auf Moreau Island."

Die Grube, in die Maastrichts Sarg kommen sollte, bereitete große Mühe. Selbst die kräftigsten der Tierleute kamen nur langsam voran. Schließlich rief Dart: „Das genügt! Wir suchen ja schließlich nicht nach Öl. George, Alpha, helft, den Sarg vom Wagen zu holen, und seid vorsichtig. Wenn ihr ihn fallen laßt, kommt ihr selbst in die Grube."

Ich beobachtete ihn. Er hielt sich keinen Augenblick still, ging fast automatenhaft hin und her, ließ die Peitsche knallen und ragte über den armseligen, ungepflegten Köpfen der Tierleute auf.

Die Grube war weniger als einen Meter tief. Als er an mir vorüberkam, sagte ich: „Stoßen Sie hier schon auf Felsen? Es ist ein sehr flaches Grab."

„Zutrauen würde ich es denen schon, daß die Hans wieder ausgraben, sobald wir weg sind, Sie nicht?" erwiderte er. „Nur um zu sehen, was wirklich passiert, wenn man tot ist."

Der Sarg wurde in die Grube gesenkt, und die beiden mürrischen Bullenmänner erhielten den Auftrag, Erde und Steine darüber zu schaufeln. George zog den Hut mit einer irgendwie unappetitlich wirkenden Parodie der Trauer vom Kopf. Die ganze Zeit hatte das Cassettengerät im Lkw Darts „Hymne" hinausgeplärrt. Jetzt schaltete er das Gerät ab und sprach zu der Trauergemeinde.

„Meine Leute, dies ist eine feierliche Zeit, wenn einer unserer Freunde, Hans Maastricht, am Ende seine Form verliert. Ihr alle wißt, daß er falsch gehandelt und dem *Meister* nicht gehorcht hat, und dieser *Meister* bin ich. Und so bringen wir ihn hierher zum Totenplatz, damit er zum Großen *Meister* unter der Erde und im Himmel gelangt, der über uns alle wacht, auch über mich. Seine Peitsche ist größer als die meine, sein Zorn größer, und er ist schnell, also paßt auf. Es dauert lange Zeit, bis ihr eure Form erhaltet, aber nicht sehr lang, um sie zu verlieren. Das ist es, worauf es ankommt.

Okay, da zieht Hans dahin, der mir nicht gehorcht hat, der zur Flasche griff.

Und jetzt, meine Leute, werden wir das Glaubensbekenntnis sagen, und ich werde aufpassen, daß ihr alle mitmacht. Alpha, George, werft die Erde hinein..."

Worauf er den Trauernden eine Litanei vorsprach, die ebenso wie das, was er seine „Hymne“ nannte, eine Mischung aus Liturgie und Rock war.

„Vier Glieder Lang
Falscher Gesang
Keinen Ärger machen

Vier Glieder Kurz
Richtige Geburt
Keinen Ärger machen

Wage es nicht zu erschlagen
Tu, was sie sagen
Keinen Ärger machen

Nur Sprache sprechen,
Tu, was sie lehren
Keinen Ärger machen.

Des *Meisters* ist der Kopf, der weiß
Des *Meisters* ist der Mund, der nennt
Des *Meisters* ist die Hand, die trennt
Des *Meisters* ist die Peitsche, die zähmt
Des *Meisters* ist der Groll, der flammt...“

Und so weiter, und so weiter, häufig von Gesten begleitet, die auf den jeweils bezeichneten Körperteil wiesen. Die Tiermenschen reagierten zuerst mürrisch und vergewisserten sich aus den Augenwinkeln, wer mitsang und wer nicht. Aber dann kam so etwas wie Inbrunst unter ihnen auf, und sie begannen lauter und lauter zu singen und zu stampfen, bis die Echsen im Unterholz davonhuschten und die Tauben aus den Gipfeln der hohen Palmen aufflogen.
Eine Art Mobpsychologie erfaßte sie. Sie fingen zu tanzen an, schrien immer unzusammenhängender und hüpften um

das Grab ihres verstorbenen Freundes. Ich sah, wie Dart lachte und wie sein Gesicht arbeitete, während er ihnen vorsang. Er ließ die Peitsche im Rhythmus knallen, bis auch er erschöpft war.

Mißgebildete Beine und Körper tanzten und hüpften, und eine Art Conga-Reihe bildete sich und schlurfte im Kreis über die Lichtung. Viele von ihnen klatschten wie Derwische in die Hände und sangen dabei. Ich trat etwas zurück, um sie vorbeizulassen.

Während viele von ihnen sich ganz ihrer grotesken Freude hingaben, huschten Georges bösartige kleine Augen beständig herum. Auch andere sahen sich verstohlen um, während der Gesang immer lauter wurde. Vielleicht erwarteten sie ein Signal.

Und während mir klar zu werden begann, wer in der Menge fehlte, sah ich ihn auf einer Strebe des Pfeilers sitzend. Man konnte nur wenig von ihm sehen, weil das Unterholz ihn verbarg, aber ich erkannte an dem rötlichen Kopf, daß es Rotfuchs war. Er hatte etwas in der Hand. Und gerade als mir klar wurde, daß es die Maschinenpistole war, feuerte er.

Wahrscheinlich hatte er die Waffe nicht richtig gehalten. Der Rückstoß des Kolbens — den er wahrscheinlich an seine Brust hielt — warf ihn zurück. Seine langen, rosafarbenen Schenkel verschwanden im Unterholz, während ich herumfuhr, um zu sehen, ob sein Schuß etwas getroffen hatte.

Der Gesang hatte schlagartig aufgehört. Die Kugel pfiff durch die Bäume. Alles stand wie erstarrt.

„Töten! Töten!“ schrie George. Die kleinen dicken Arme über dem Kopf schwingend, rannte er auf den *Meister* los. Nach kurzem Zögern wälzte sich der Rest des Mobs nach vorne.

Dart hielt nur einen Augenblick lang inne. Der Schuß hatte ihn verblüfft; jetzt befand er sich plötzlich im Nachteil; plötzlich verließ ihn sein Mut. Er rannte auf den Wagen zu, statt stehen zu bleiben. Und die Tiermenschen rasten auf ihn zu, schrien nach Blut.

Dart erreichte den Lastwagen vor den Verfolgern und warf sich unbeholfen auf den Fahrersitz. Er ließ den Motor an, als George sich gegen die Tür warf. Gleichzeitig schwang sich einer der Affenmenschen viel geschickter über die Ladebrücke und auf das Fahrerhäuschen. Als der Wagen anruckte, wurde er wieder auf die Brücke geschleudert, kletterte aber gleich wieder nach vorne.

Ein zweites Mal ruckte der Wagen an und kam dann zum Stillstand. Wahrscheinlich hatte Dart auf dem engen Fahrersitz Schwierigkeiten mit seinen künstlichen Gliedmaßen. Die kurze Pause ermöglichte es einigen, sich auf den Wagen zu werfen. Jetzt schienen sie überall. Und in diesem Augenblick rannte ich los, schrie sie an — wenn ich das nicht tat, würden sie Dart in Stücke reißen.

Aber das glaubte ich nur. Dart hatte seine eigenen Mittel, um mit Schwierigkeiten fertig zu werden. Die Mündung des Karabiners schob sich aus dem Fahrerhäuschen. Ich sah es aufblitzen, als er schoß. Der Mob fiel zurück, und jetzt holperte der Lastwagen auf den Weg zu, den wir gekommen waren. Der Affenmensch, der auf dem Dach der Fahrerkabine saß, schickte sich an, auf die Motorhaube zu springen — aber ein tiefhängender Zweig fegte ihn herunter, und er stürzte, wand sich im Staub.

Darts Schuß hatte George getroffen. Blut strömte ihm aus der linken Achselhöhle über die Brust. Er griff sich an die Wunde, griff sich ins Gesicht, besudelte sich mit dunkelrotem Blut, rannte heulend und schreiend zwischen seinen Gefährten hin und her und steigerte ihre Verwirrung. Es war ein schrecklicher Anblick. Alle bellten und schrien, während sie unkontrolliert herumrannten und über die Gräber trampelten.

Ich war hinter dem Lastwagen hergerannt, aber der heruntergefallene Affenmensch war mir im Weg. Dart beschleunigte, ohne zu warten, und verschwand kurz darauf in einer Staubwolke.

Als ich mich umwandte, um mich zu verstecken, kam mein Hundemensch Bernie auf mich zugerannt. Er blickte ebenso wild wie die anderen, und ich fragte mich, ob er mich angreifen wollte; dann begriff ich die Bedeutung seiner wilden Gesten. Ich fuhr herum.

Rotfuchs stand höchstens ein Dutzend Schritte von mir entfernt und richtete seine Maschinenpistole auf meinen Kopf. Es gab keinen Zweifel, woher er die Waffe hatte. Ich duckte mich und hob einen Felsbrocken auf und warf ihn in dem Moment, als die Waffe sich entlud. Eine Sekunde lang dachte ich, ich wäre getroffen worden. Mein Schädel brummte mir von dem Knall. Rotfuchs' Schuß war entschieden besser gezielt gewesen als der erste, hatte mich aber dennoch verfehlt. Der Schock warf mich zu Boden. Auch Rotfuchs fiel schreiend hin, ich mußte ihn also getroffen haben.

Bernie war an meiner Seite, schrie — ich sah, wie sein Mund sich bewegte, konnte aber nichts hören. Er packte meinen Arm, als ich mich aufrappelte, und dann rannten wir beide auf das Unterholz zu. Ich drehte den Kopf und sah, wie einige der anderen, darunter auch die Schweinefrau, in Richtung auf mich rannten. Das genügte. Von Bernie geführt, zwängten wir uns durch die dichten Büsche.

In jenen Augenblicken der Panik glaubte ich, wir arbeiteten uns planlos durch das Unterholz. Als ich dann wieder klarer denken konnte, erkannte ich freilich, daß Bernie uns über einen Weg führte, der sich nach oben schlängelte, und dem dichtesten Dickicht auswich. Ich rannte voll Todesangst hinter ihm her.

Aber die Anstrengung, mit Bernie Schritt zu halten — wir rannten bergauf —, hatte zumindest die Wirkung, den Lärm aus meinen Ohren zu verdrängen. Ohne zu denken, taumelte ich dahin wie ein gejagtes Tier. Als er plötzlich stehen blieb, stieß ich gegen ihn, klammerte mich an ihm fest.

„Du guter Junge, guter Mann“, sagte er. Er deutete mit seinem verwachsenen Arm nach vorne.

Wir waren auf eine Klippe herausgekommen. Unter uns fielen steile Felskämme, die mit Büschen besetzt waren, in die Tiefe ab. Dahinter lag der Pazifik, blau, bewegt, und doch aus meiner Perspektive fast reglos.

Bernie klopfte mir auf die Schulter. „Guter Junge, nicht in Wasser zurück, du. Folgen, folgen, eins nach dem anderen. Kleinen Spaziergang machen, Held — alles sicher sein, keinen Ärger machen, okay?“

„Ich kann nicht dort hinunterklettern, Bernie, nicht einmal, um mein Leben zu retten.“

Er arbeitete sich bereits an den Felsen hinunter, klammerte sich an Gras und Büsche. Er blickte auf und lächelte, die Zunge hing ihm halb aus dem Mund.

Ich beugte mich vor und sah ihm zu, wie er ein paar Fuß unter mir an einem Felssims entlangglitt. Er winkte mir zu. Ich blieb unbewegt stehen, hatte Angst davor, ihm zu folgen. Doch dann hörte ich aus dem Unterholz hinter mir den Lärm der Verfolger, und das brachte die Entscheidung. Indem ich mich, so gut ich konnte, an den Felsen festklammerte, rutschte ich Hand über Hand in die Tiefe, bis ich neben Bernie lehnte.

Er begann, sich sofort weiterzubewegen, und ich folgte ihm. Der Weg war jetzt gut definiert und auch sicher, wenn man nur nicht nach unten blickte. Ich sah, daß zu unseren Füßen eine Unmenge trockener, dunkler Kügelchen lagen, der Kot von Kaninchen oder Hasen.

Wir gingen ein Stück Weges weiter und stießen nur zweimal auf schwierige Stücke, wo uns Felsspalten den Weg versperrten. Als wir schließlich einen knorrigen Baum erreichten, dessen Wurzeln sich in die Hügelflanke eingegraben hatten, zog Bernie sich hinauf, wir rutschten an den Ästen nach außen und ließen uns auf etwas ebenerem Terrain wieder herunter.

Er warf sich ins Gras und schob sich dann vorsichtig weiter, folgte den Bodenkonturen. Wir überquerten ein kleines Bachbett, in dem nur ein bescheidenes Rinnsal rann, und mir wurde plötzlich bewußt, daß ich völlig ausgedörrt war. Durch die Bäume, die rings um uns wuchsen, war immer noch das Meer sichtbar. Jetzt tauchte ein großer, von Palmen gekrönter Felsbrocken mitten in der See auf. Ich erkannte, daß es sich um den Seehundsfelsen handelte. Bernie und ich hatten den höchsten Punkt von Moreau Island erreicht.

Bernie verlangsamte sein Tempo und streckte warnend die Hand aus.

Vor uns versperrte ein künstlich angelegtes Dornengestrüpp den Weg, in das mit Widerhaken versehene Rattanstäbe eingelassen waren.

Ich trat neben ihn und spähte durch das dichte Blattwerk. Dahinter war eine freie Fläche mit niedrigen, armseligen Bauten am anderen Ende zu sehen.

„Vier Glieder Lang Warren — er hier zuhause“, sagte Bernie. „Warren, Warren, sehen, gehen, nicht schießen, okay?“

Als ich ihn ansah, senkte er den Blick.

„Okay“, antwortete ich. „Geh Warren sehen.“

8.

Ein unabhängiger Standpunkt

Weit, weit über uns zogen pilotenlose B 989 über den Himmel; vom Lärm ihrer Motoren klang nur ein schwaches Dröhnen an unser Ohr. Davon abgesehen war es einer jener perfekten Pazifiktage, die bestimmt schienen, ewig zu dauern. Die Sonne beherrschte den Himmel, eine leichte Brise bewegte die Bäume. Das murmelnde Geräusch des Ozeans erfüllte den Hintergrund. Gelegentlich segelte ein Eisvogel über die Baumwipfel und nahm dann auf einem Platz.

Über den Gebäuden, denen Bernie und ich uns näherten, lag völliges Schweigen. Nichts bewegte sich. Ich hatte sorgfältig Ausschau gehalten, als wir uns an der Dornensperre vorbeischoben, weil ich nicht wußte, wie unser Empfang sein würde, hatte aber keine Bewegung wahrgenommen. Obwohl Bernie sich sehr zuversichtlich bewegte, waren meine Nerven auf neue Gefahren vorbereitet. Für einen Tag reichte mir die Schießerei.

Die Bungalows flößten kein Vertrauen ein. Alle waren gleich groß, alle wirkten heruntergekommen; einer von ihnen, der mit Schlingpflanzen bedeckt war, sah aus wie eine Ruine. Antennen und Solarzellen bedeckten die Dächer der beiden einzigen Gebäude, die einiges versprachen.

Die ganze Anlage war von einem dreistöckigen Gitterbauwerk beherrscht, wie ich es schon einmal andernorts gesehen hatte. Es diente zur Aufnahme von abgestrahlter Energie und Radiosignalen, während das globale Navigationssystem in Verbindung mit Satelliten ein älteres System ersetzte, wie es die Masten verkörperten, die in der Nähe in den Büschen verrosteten. Von hierher bezog Mortimer Dart seinen Strom.

Ich hielt vor einer offenen Tür des Bungalows, den ich für das Hauptgebäude hielt.

„Jemand da?“ rief ich.

Schweigen und die gleichmäßigen Laute des Pazifik. Ich rief noch einmal.

Ein hagerer Mann mit weißem Haar tauchte an der Ecke eines der Häuser auf. Er hielt einen altmodischen Schraubenschlüssel in der Hand. Er blieb stehen und musterte uns aus einigen Metern Abstand. Er war bis zur Hüfte nackt und von ganz normaler Gestalt.

„Hallo, Bernie. Sag mir bloß nicht, daß das etwas aus Darts Labor ist, was du da bei dir hast!“

„Mein Name ist Calvert Madle Roberts“, sagte ich. „Ich bin Amerikaner.“

„Nun, hier sind Sie ziemlich weit von den Alten Sternen und Streifen entfernt.“ Er trat vor und sagte, ohne mir die Hand hinzustrecken: „Mein Name ist Jed Warren. Ich habe keine Nationalität oder Beruf.“

Dazu sagte ich nichts. Seinem Akzent nach mußte er aus dem Mittleren Westen stammen.

Bernie berichtete ihm lang und verwirrend, wie wir hergekommen wären. Jed Warren hörte sich das alles an, ohne die geringsten Andeutungen zu machen, daß er entweder Ungeduld empfand oder daß ihn die Darstellung interessierte. Am Ende des Vortrags meinte er: „Ihr seht wirklich so aus, als hättet ihr euch durch mächtig unfreundliches Gebiet geschlagen. Schätze, ihr kommt besser beide herein und wascht euch, wo ihr jetzt schon einmal hier seid. Ich hoffe bloß, daß ihr mir keinen Ärger bringt.“ Er sah sich nachdenklich in der Lichtung um, aber alles war ruhig. Ich folgte ihm ins Haus. Bernie war nicht bereit, weiter als bis zur Türschwelle zu gehen. Ich konnte meine Overalls ablegen und Arme und Gesicht, die tausend Kratzer davongetragen hatten, unter einer kalten Dusche in Warrens Waschraum säubern. Ich stand mit hocherhobenem Kopf

und offenem Mund da und ließ mir Wasser in den ausgedörrten Mund rinnen.
Nach ein paar Minuten dieser Beschäftigung fühlte ich mich entschieden menschlicher. Als ich wieder hinausging, stellte ich zu meiner Freude fest, daß Warren Bernie eine Schüssel Wasser gebracht hatte, an der sich der Hundemensch labte.
Warren trug alte Hosen und Turnschuhe. Sein Oberkörper war von der Sonne zu einem tiefen Braun verbrannt. Er war so dünn, daß sich jede Rippe deutlich abzeichnete. Ein Wust von weißem Haar auf seiner Brust paßte zu seinem ungepflegten Bart. Sein Haupthaar war lang und am Hals mit einem Stoffetzen zusammengebunden. Er mochte etwa sechzig Jahre alt sein.
„Ich nehme an, daß es sich hier nicht gerade um einen Anstandsbesuch handelt", sagte er.
„Nein. Wie Bernie Ihnen schon sagte, können wir von Glück reden, daß wir mit dem Leben davongekommen sind. Rotfuchs hat sich Hans' Maschinenpistole aus der Lagune geholt."
„Er ist ein Unruhestifter, ein echter Rotfuchs. Ganz anders als Bernie. Und George hat einen Schuß abbekommen?"
„Nur eine Fleischwunde, würde ich annehmen. Aber George ist in einer schwierigen Lage, jetzt, wo sein Freund Hans tot ist."
„Da ich kein besonders geselliger Mann bin, bin ich richtig froh, daß es sich hier um keinen geselligen Besuch handelt, Mr. Roberts. Ich nehme an, jetzt, da Sie sich erfrischt haben, werden Sie geradewegs zu Dart zurückkehren."
„Kann ich von hier aus in Radioverbindung mit dem ASASC in San Diego treten?"
„Sie können von hier aus gar nichts tun, außer weggehen. Die Einrichtungen sind ein wenig beschränkt, wie Sie vermutlich ja schon festgestellt haben."
„Mr. Warren, bei Ihnen fühlt man sich nicht gerade willkommen."

„Ich hab nicht auf Sie geschossen, oder? Ich bin beschäftigt, wenn Sie es schon wissen müssen, und will damit weitermachen. Also, wie wär's, wenn Sie und Bernie jetzt wieder kehrtmachen würden und nachsehen, wie Mortimer Dart zurecht kommt."

„Machen Sie sich um Dart Sorgen? Ich hatte den Eindruck, daß Sie und er nicht gerade die besten Freunde sind."
„Wir gehen einander aus dem Wege, das ist die Hauptsache." Er stand unbewegt da und wartete, daß wir gingen.
„Wir gehen, guter Junge, ja, keinen Ärger machen", sagte Bernie und warf mir ängstliche Blicke zu.

„Ich bin nicht hierhergekommen, um wieder weggeschickt zu werden, Mr. Warren. Ich will bei Ihnen Zuflucht finden. Es dürfte Sie vielleicht interessieren, daß ich von einer Rettungsgruppe gesucht werde, selbst wenn ich keinen Funkspruch absetzen kann. Sie werden binnen achtundvierzig Stunden hier sein, allerspätestens. Ich werde den entsprechenden Behörden ausführlichen Bericht von allem, was ich auf dieser Insel gesehen habe, erstatten."

Er spuckte auf den Boden. „Entsprechenden Behörden ... genau das ist einer von den Sätzen, die mich hierhergetrieben haben. Babei sträuben sich bei mir alle Haare, das kann ich Ihnen sagen. Entsprechende Behörden, meine Fresse ..."

„Wie Sie sich wahrscheinlich vorstellen können, Mr. Warren, wird jeder einzelne der Tiermenschen ein lebender Zeuge für die Vorgänge hier sein. Außerdem sollten Sie sich vielleicht ausmalen, was Ihnen passieren könnte, wenn Sie in diese Vorgänge einbezogen würden."

Warren verschränkte die Arme über der Brust, ohne den Schraubenschlüssel loszulassen, und sah mir in die Augen. „Sie wirken plötzlich sehr drohend, Mack, wenn man Ihnen nicht den roten Teppich ausrollt. So sind die Leute wohl, schätze ich, und genau deshalb sind Sie hier nicht willkommen. Aber sagen Sie — über wen glauben Sie eigentlich,

daß diese entsprechenden Behörden überrascht sein würden, wenn sie hier auf Moreau Island kommen?"
„Sie sind Amerikaner, Warren, nicht wahr? Aus dem Mittleren Westen. Nun, die amerikanische Regierung ist es, die über das, was sie hier finden wird, überrascht sein wird. Ganz zu schweigen von der Army und den Co-Alliierten. Wenn die Medien das in die Finger bekommen, was hier läuft, werden sie es in dicken Überschriften über die ganze Welt posaunen — und natürlich auch die Rolle, die Sie dabei gespielt haben, worin auch immer sie besteht."
Er wirbelte völlig unerwartet herum und verpaßte Bernie einen klatschenden Schlag auf die Backe. „Hau ab, Bernie! Lauf nach Hause zum *Meister!*"
Bernie stieß einen erschreckten Schrei aus und fing zu rennen an. Als er ein gutes Dutzend Meter zurückgelegt hatte, blickte er sich um und sah zu uns herüber. Ich rief ihm zu. Aber Warren tat so, als würde er einen Stein nach ihm werfen, worauf der Hundemann im Busch verschwand.
Warren drehte sich wieder zu mir herum. „Jetzt reden wir, Mack."
„Mein Name ist Roberts, nicht Mack, Mr. Warren."
„Jetzt, da diese Kreatur weg ist, werden wir über das reden, was Sie gerade zu mir gesagt haben. Zuerst sehen wir uns einmal schnell hier um. Vielleicht lernen Sie etwas dabei, vielleicht auch nicht."
Ich zeigte meinen Ärger nicht und ging mit, da ich der Ansicht war, es könne bestimmt nicht schaden, das, was er mir zeigen wollte und vielleicht noch etwas mehr in Erfahrung zu bringen.
Es war nur ein kurzer Rundgang. Er führte mich nur außen um die Bungalows herum. Dahinter gab es eine Art Müllplatz, angehäuft mit Ölfässern und Kisten mit Markierungen der US-Navy und eine Menge Schrott. Warren hielt sich offenbar für einen Künstler, denn die Hinterseite eines der Bungalows zeigte ein primitives Fresko, während andere große Gemälde auf Holzbrettern in der Sonne standen. Es

gab auch abstrakte Figuren aus Schrott, ziemlich kompliziert und hoch. Eine dieser Figuren stand halbfertig an der Hintertür. In einiger Entfernung gab es einen Tümpel mit Glas darüber; ich sah das Aufblitzen von Fischen im Wasser. Wir gingen an dem Energiegerüst vorbei und kehrten zur Vorderseite des Gebäudes zurück.
„Sie sehen also, Mr. Roberts, es gibt hier eine ganze Menge Schrott, den die US-Streitkräfte direkt geliefert haben. Eines ihrer Nuklearunterseeboote legt jeden zweiten Monat hier an. Wer glauben Sie eigentlich, daß diese Energieanlage gebaut hat? Dart und ich mit bloßen Händen?" Er lachte. „Woher glauben Sie eigentlich, daß Dart das ganze Geld für seine Forschungsarbeiten bekommt? Von mir nicht, das kann ich Ihnen sagen. Es kommt aus den großen Taschen der amerikanischen Regierung, das ist es!"
Manchmal spielt einem der Verstand seltsame Possen. Kaum hatte Warren angefangen, mir zu erzählen —nein, sogar vorher —, als mein Verstand die Wahrheit an mein Bewußtsein freigab. Ich hatte es schon eine ganze Weile gewußt. Es war einfach unmöglich zu glauben, daß diese Insel unbesucht und unüberwacht bleiben konnte. Und doch hatte ich es fertiggebracht, das zu glauben, weil es einfach besser war, als zu glauben, daß Darts unheilige Experimente von irgendeiner Nation unterstützt wurden, ganz besonders den Vereinigten Staaten.
„Warum sollten die Dart unterstützen?" Ich konnte kaum sprechen.
Warren lachte. „Sie können sich seine Labors dort unten nicht angesehen haben, sonst würden Sie eine solche Frage nicht stellen. Ich werde es Ihnen nicht sagen. Aber so viel sage ich Ihnen — wenn Sie vorhaben, auch nur ein Wort von dem, was auf dieser Insel gespielt wird, an die Medien herauszugeben, dann sind Sie derjenige, der Ärger haben wird, wenn das U-Boot wieder kommt. O Mann, und ob Sie Ärger kriegen werden! Ein Wort, und Sie verbringen den Rest Ihres Lebens hinter Gittern. Sie sollen besser

einsehen, daß Sie auf dem falschen Dampfer sind, Freundchen, und zwar ziemlich bald, das alte U-Boot kommt nämlich in ein paar Tagen wieder."

Ich räusperte mich und sah mir die Szenerie ein paar Augenblicke lang an, während er dastand und mich musterte.

„Mr. Warren, ich muß Ihnen sagen, daß ich von dem, was Sie mir hier berichten, erschüttert bin. Sie behaupten, alles, was auf dieser Insel geschähe, sei von irgendeiner Regierungsabteilung genehmigt — unterstützt?"

„Ja, das sage ich." Er legte den Schraubenschlüssel auf die Türschwelle, um mich bequemer mustern zu können.

„Wie Sie wissen, haben wir Krieg. Das, was hier geschieht, ist als wichtige Kriegsforschung eingestuft worden."

„Mr. Warren, Sie scheinen mir ein anständiger Mann — glauben Sie wirklich, daß der Krieg eine hinreichende Entschuldigung für die Grausamkeit und das Elend ist, das diesen Kreaturen hier zugefügt wird? Erwartet man nicht eigentlich von uns, daß wir gegen solch höllisches Unrecht mit Leib und Leben kämpfen? Haben Sie hier oben etwa ihren Verstand verloren?"

Um mir selbst Gerechtigkeit widerfahren zu lassen, muß ich sagen, daß meine Worte, selbst für mich, völlig leer klangen, selbst in diesem Augenblick des Schocks. Als vertrauter Diener meines Landes wußte ich sehr wohl, wieviele Projekte vom Steuerzahler finanziert und doch vor ihm geheimgehalten wurden, weil sie so schrecklich waren. In einem kleineren Rahmen spielte sich dasselbe in meiner eigenen Abteilung ab. Endlose, vertrauliche Projekte waren im Gange, und ich kannte sie, wenn überhaupt, nur unter ihrer Codebezeichnung. Dabei machte es gar keinen Unterschied, ob Frieden oder Krieg war. Ich war einer der wenigen Leute, die um die schrecklichen Waffen wußten, die auf dem Mond gelagert wurden, und von denen einige für den Einsatz auf dem pazifischen Kriegsschauplatz be-

stimmt waren. Und doch kam es nie dazu, daß ein Übel das andere austilgte.
Er senkte den Blick und sagte nichts.
„Kommen Sie schon, Mr. Warren. Sagen Sie mir, wie es Ihnen gefällt, an dieser organisierten Folter teilzuhaben! Mag sein, daß ich mich Ihrer Meinung nach in einer unangenehmen Position befinde. Denken Sie nicht, daß Ihre eigene Position noch viel häßlicher ist?" Er richtete sich ärgerlich auf und schob seine knochige Brust vor.
„Sehen Sie mal, ich habe damit nichts zu tun, kommen Sie also ja nicht auf falsche Vorstellungen. Sie kennen meine Vergangenheit nicht, ebensowenig wie ich die ihre kenne. Wir sind Fremde. Fremde haben kein Recht, sich in die Angelegenheiten..."
„Kommen Sie zur Sache. Was machen Sie hier? Wenn das, was Sie sagen, stimmt, dann stehen Sie doch auf der Lohnliste von Moreau Island, oder?"
„Hören Sie, Mister, ich hatte nie viel für die menschliche Gesellschaft übrig. Ich bin ein Großstadtkind, und als ich alt genug war, um zu kapieren, was da gespielt wurde, verduftete ich dort und ging aufs Land, so schnell es ging. Ich war dort das, was man einen Hippie nannte, wie so viele andere. Nur, daß die meisten meiner Freunde dann später irgendwie heirateten oder einen Job annahmen oder irgendwie ihren Frieden mit der Gesellschaft machten. Ich blieb draußen. Aber als dann der Krieg kam und die Wehrpflicht wieder eingeführt wurde, haben die mich geschnappt. Bei der Navy hab ich mich so ziemlich gegen alles gesträubt, bis die mich schließlich abschoben und mich Dart zuteilten. Ich stritt mit ihm gleich in der ersten Woche, in der die mich auf die Insel brachten, und seitdem habe ich alleine hier oben gelebt. Sie können also nicht behaupten, daß ich mit dem, was dort drunten bei ihm läuft, etwas zu tun hätte. Was meinen Sie?"
„Sie versorgen seine Energiezufuhr und bleiben auf der Lohnliste. Natürlich sind Sie auch Teil dessen, was er tut."

Er wischte sich mit der Hand über den Mund. „So etwas sollten Sie zu mir nicht sagen. Das, was hier vor sich geht, gefällt mir nicht, genausowenig wie Ihnen. Ich hasse es. Nur, daß ich überall mitansehen mußte, wie Leben irgendwie zerdrückt oder verformt wurde, so lange ich mich erinnern kann ... Am besten kommen Sie rein. Ich brauche einen Schluck zu trinken. Vielleicht könnten Sie auch einen gebrauchen."

„Danke, ja das könnte ich. Irgendein Fruchtsaft wäre mir recht."

„Sie müssen schon mit dem vorlieb nehmen, was ich habe, Mr. Roberts."

Wir gingen hinein. Es war ein einziger, überfüllter, aber ordentlicher Raum; Warren lebte, schlief, aß und kochte dort. Er holte zwei Dosen Bier aus einem alten Kühlschrank. Wir öffneten sie, prosteten einander zu und tranken. Ich sagte ihm nicht, wie lange es her war, das ich zuletzt Bier getrunken hatte. Es schmeckte herrlich.

„Ich gebe zu, daß vieles am menschlichen Leben immer schon ziemlich übel war. Manchmal scheint es mir, als würden uns die vielversprechendsten Fortschritte der Wissenschaft nur neue Probleme eintragen — so wie uns die Senkung der Säuglingssterblichkeit Überbevölkerung eingetragen hat —, aber Sie haben sich an einem Experiment beteiligt, das von Anfang an nichts als Elend versprach. Wie können Sie das verteidigen?"

„Das sage ich Ihnen doch die ganze Zeit! Ich verteidige gar nichts. Ich bin weggelaufen, wollte nichts damit zu tun haben. Außerdem, was kann einer alleine denn schon ausrichten?"

„Ich kann mir nicht vorstellen, daß Jesus je so etwas gesagt hat."

„Nun, zufälligerweise bin ich nicht Jesus, Mister. Lassen wir ihn also aus dem Spiel. Ich tue, was ich kann, und das genügt. Ich halte mich aus dem Krieg heraus, ich bringe niemanden um. Wenn Sie meine Meinung hören wollen, ist die Welt verrückt geworden."

„Sie könnten Darts Energieversorgung sabotieren."

„Dann würde er mit den Tieren hier heraufkommen und mich töten. Und binnen einer Woche würde die Energieversorgung wieder funktionieren. Trinken Sie aus, und dann gehen Sie am besten. Tut mir leid, daß ich kein besserer Gastgeber bin, aber mir ist wirklich nicht danach zumute."

„Das liegt nicht an mir, das ist Ihr Gewissen."

„Nein, das ist es nicht. Das sind Sie, und solche Bemerkungen wie die, die Sie gerade gemacht haben. Wenn ich für mich alleine bin, fühle ich mich prima."

Wieder senkte sich Schweigen zwischen uns. Ich spürte seine Ablehnung. Meine Hand, die die Bierdose hielt, zitterte. Meine Gedanken waren wild und beunruhigend. Ich war so verseucht, daß es mir schien, als hätte ich mein ganzes Leben auf Moreau Island verbracht, als hätte man mir meine Initiative — trotz all meiner Bemühungen — für immer genommen, als wäre ich auch nicht mehr als einer der Tiermenschen. Und ich sagte mir, ich würde, wenn ich in die sogenannte Zivilisation zurückkehrte, meinen Regierungsposten aufgeben und ins Privatleben zurückkehren müssen. Natürlich stellte sich da zuerst die Frage einer Rückkehr überhaupt...

„Mr. Warren, Sie sagen, hier würde alle zwei Monate ein Versorgungs-Unterseeboot anlegen. Erzählen Sie mir mehr darüber."

„Das habe ich Ihnen doch gesagt. Es kommt regelmäßig und liefert Vorräte und sonstige Dinge, die Dart bestellt hat. Es bringt auch Post. In vier oder fünf Tagen müßte es wieder hier sein."

„Dart ist weggefahren und hat mich im Stich gelassen. Er kann nicht wissen, ob ich tot bin oder ob ich lebe. Ist es Ihnen möglich, von hier aus einen Funkspruch abzusetzen?"

„Ich habe kein Radio, nicht einmal einen Empfänger. Das Zeug ist alles unten."
„Dann möchte ich, daß Sie mich hierbleiben lassen, bis das U-Boot kommt. Ich werde Ihnen nicht im Wege sein. Wenn Sie wollen, rede ich nicht einmal. Lassen Sie mich einfach hier in Sicherheit auf das U-Boot warten. Dart wird glauben, daß die Tierleute mich umgebracht haben, und wird mich nicht suchen."
„Niemand auf dem U-Boot wird sich Ihrer Meinung anschließen. Die werden Ihnen sagen, daß wir Krieg haben, so wie ich Ihnen das auch sage."
„Mr. Warren, Sie stehen doch auf keiner Seite, oder? Nicht auf der von Dart und ganz sicher nicht auf der meinen."
Er wischte sich mit dem Handrücken über den Mund, ehe er antwortete.
„Verdammt, Mr. Roberts, ich stehe auf meiner eigenen Seite. Dart wird keine Ruhe geben, bis er weiß, was aus Ihnen geworden ist. Ich will nichts als ein friedliches Leben, und man muß sich mächtig Mühe geben, um das zu bekommen. Sie sind nur der letzte in einer langen Reihe von Leuten, die versucht haben, mich zu ändern. Ich will davon nichts wissen, und das ist mein letztes Wort."
„Haben Sie Angst vor dem, was Ihnen zustoßen könnte?"
„Da haben wir es schon wieder. Das ist auch wieder so eine heimtückische Bemerkung! Nein, ich habe keine Angst. Ich will nur mein eigenes Leben führen, das ist alles. Ich glaube an die Natur und das Schöne. Und dazu gehören meine Mitmenschen einfach nicht. Außerdem — lassen Sie mich Ihnen sagen, daß es hier genügend Anlaß zur Furcht gibt, wenn Sie so eingestellt sind. Kommen Sie mit mir nach hinten, ehe Sie gehen, dann zeige ich Ihnen etwas, bei dem sich Ihnen die Haare sträuben werden!"
Das war eine überraschende Wendung in seiner immer mürrischer werdenden Stimmung. Ich folgte ihm nach draußen, vorbei an der halbfertigen Skulptur und dem Energiegitter. Er hob unterwegs eine Metallstrebe auf und sah sich

dabei um und meinte dann, man könne ja nie wissen, wann man beobachtet werde.

„Die Tiermenschen würden Sie doch niemals angreifen, wenn sie nicht provoziert werden“, sagte ich.

Darauf gab er keine Antwort.

Der Weg wurde schmaler, stieg etwas an, und wir gingen durch ein Bambusgehölz, dessen Blätter sich in der leichten Brise bewegten. Dann hatten wir es hinter uns gelassen.

Uns bot sich ein atemberaubender Anblick.

Warren hatte mich zur äußersten östlichen Spitze von Moreau Island geführt. Wir standen auf einem Felsvorsprung, von dem aus wir einen unbehinderten Blick auf den ewigen Ozean bis hinaus zum Horizont und zur mächtigen Himmelskuppel darüber hatten. Auch der Seehundsfelsen war zu sehen, beinahe zu unseren Füßen. Das ewige Geräusch des Ozeans, der sich an den Felsen bricht, tönte in unseren Ohren. Da es schon ziemlich spät am Nachmittag war, näherte die Sonne sich dem westlichen Horizont. Sie überflutete die leere Welt mit ihrer Strahlung und beleuchtete die Segel eines Schiffes weit draußen auf See. Das Herz hüpfte mir bei diesem Anblick im Leibe: es schien sich um ein altes Segelschiff zu handeln — aber das lag in erster Linie daran, daß der freie Ozean einem jeden Maßstab raubte. Das Schiff, das ich beobachtete, war fast eine Meile lang, sein Rumpf bestand aus Kunststoffsegmenten, und die Segel waren aus Metallfolie angefertigt. Segel und Takelage wurden von Computern gelenkt, und die Computer wurden gelegentlich von einer Mannschaft aus zwei Gewerkschaftsmitgliedern überprüft.

Ich war vor Jahren auf einem jener herrlichen Frachtschiffe gereist. Die Familie meiner dritten Frau besaß eine Schifffahrtsgesellschaft; die Reise war ein Teil unserer Flitterwochen gewesen. Diese Ehe war inzwischen schon lange wieder aufgelöst worden und gehörte der Vergangenheit an, wie so viele meiner persönlichen Freundschaften.

Ich spürte eine Spannung in Warren und drehte mich um. Er fixierte mich mit starrem Blick.
Jetzt feuchtete er sich die Lippen an. „Sie verspüren doch nicht zufälligerweise den Drang, hinunterzuspringen?“ fragte er.
„Nur den, mich zu erinnern, nach springen ist mir nicht zumute.“
Er zuckte die Achseln und wandte den Blick wieder von mir ab.
„Erst vor einem Monat ist eines von Darts Experimentalgeschöpfen entkommen und hierher gelaufen, so wie Sie“, sagte Warren. „Dart und Hans und George und ein paar von den anderen kamen mit Gewehren und Netzen nach. Ich habe mich in den Büschen versteckt.“
„Was ist aus dem armen Geschöpf geworden?“
„Nun, es ist bis hierher gerannt, und dann ist es stehengeblieben — weil es nicht weiterkonnte, nicht war? Es war eine Kreuzung zwischen einem Affen und einem Menschen. Die anderen rückten immer näher und — wissen Sie, was es dann getan hat? Um sich nicht einfangen zu lassen, stürzte es sich vom Felsen und ins Meer hinunter. Wenn Sie auf diesen Vorsprung weiter hinausgehen, werden Sie sehen, daß die Klippe so steil ist, daß man von hier abspringen und sicher im Ozean ankommen könnte, wenn man etwas Glück hat. Sehen Sie selbst.“
Ich schob mich an der schmalen Felszunge vor und empfand jene Mischung aus Angst und Faszination, von der mich nicht einmal der Weltraumflug geheilt hat. Der Felsen sprang weit vor. Warren hatte recht, man brauchte nur abzuspringen und würde an der Klippe vorbei ins tiefe Wasser fallen. Aber das war ein Sturz von hundert Metern; ich verspürte nicht die geringste Lust, es auszuprobieren.
„Was wurde aus dem armen Teufel?“
„Ertrunken. Hatte praktisch keine Arme.“
Ich drehte mich um und sah, daß er mit dem Metallstück, das er vorher aufgehoben hatte, auf mich zukam. Er hatte

es hoch erhoben, wie um damit zuzuschlagen. Seine Lippen waren zusammengepreßt.

Er duckte sich, schien bereit zuzuschlagen. Als unsere Blikke sich begegneten, hielt er kurz inne.

„Waren...“, sagte ich. Mein Rücken war dem Abgrund zugewandt.

Er sprang mich an.

Diese kurze Pause hatte ihm die Chance genommen, mich loszuwerden. Ich hatte mich instinktiv eingestemmt, und ich war schwerer als er.

Die Metallstange fuhr herunter, aber ich fing den Schlag mit der linken Schulter auf und fuhr ihm mit der rechten Hand an den Hals. Er versuchte, mein linkes Bein wegzutreten. Ich zog ihn zu mir heran, bis er schließlich die Stange fallen ließ und anfing, auf mich einzuschlagen. Meine rechte Hand fuhr an seinem Schädel entlang, und dann bohrten sich meine Fingerspitzen in seine rechte Augenhöhle. Er stieß einen Schrei aus und trat nach mir. Er traf mich unter der Kniescheibe. Mein Bein knickte ab, und ich ging zu Boden, zog ihn mit mir herunter.

Wir lagen über dem Felsvorsprung, und mein Kopf hing ins Leere. Warren lag über mir, aber ich packte ihn mit beiden Händen am Hals, und mein rechtes Bein schlang sich um eines der seinen.

„Loslassen, Sie Schweinehund, ehe wir beide abstürzen!“

Ich drückte mit beiden Händen zu und stieß ihn dann von mir. Er saß keuchend im Gras und betastete abwechselnd sein Auge und rieb sich dann wieder den Hals. Als ich aufstand, sah ich, daß das Stück Metall hinter mir lag, es hatte sich an einem Steinbrocken gefangen. Ich hob es auf und warf es weit aus Meer hinaus, wandte mich ab, als es sich im Flug drehte.

„Aufstehen!“ befahl ich.

„Werfen Sie mich nicht hinunter, Mister! Ich wollte Ihnen nichts zuleid tun, ehrlich. Ich muß verrückt gewesen sein

..." Er kauerte zu meinen Füßen, den einen Arm schützend halb erhoben.
Erst jetzt wurde mir bewußt, daß ich an allen Gliedern zitterte.
„Aufstehen", sagte ich. „Ich tue Ihnen nichts."
Er richtete sich langsam auf und ließ mich dabei die ganze Zeit nicht aus den Augen. Wir funkelten einander an wie zwei streitsüchtige Katzen. Ich beobachtete, daß auch er zitterte. Sein Gesicht war leichenblaß. Wir gingen zu seinem Haus zurück, ohne ein Wort miteinander zu reden.
An dem Bungalow blieb er mit einer Hand am Türstock stehen und sah mich an. Sein Mund arbeitete.
„Sie haben wirklich nicht vor, mich zu erledigen wegen dem, was ich getan habe?"
„Ich will nichts anderes als hierbleiben. Das habe ich Ihnen gesagt. Ich lasse Sie in Frieden und Sie mich. Ich werde hier warten, bis das Unterseeboot kommt. Und dann gehe ich an Bord."
Er senkte die Augen.
„Wir haben totalen Krieg, Mr. Roberts. Niemand an Bord dieses U-Boots wird sich anhören, was Sie vielleicht sagen werden. Ich respektiere Sie als einen barmherzigen Mann, aber Sie sind genauso verrückt, wie die anderen alle."

9.

Nächtliche Lustbarkeiten

Die Nacht war ruhig. Die Brise erstarb. Auf Moreau Island leuchtete der fast volle Mond herunter. Ich schlief auf einer Pritsche in einer von Warrens Nebengebäuden und wurde von bösen Träumen geplagt.

Ich schritt durch ein Bambusdickicht, eingehüllt in ein verwirrendes Muster aus Licht und Schatten. Plötzlich stieß ich auf George, den Eber-Hyänen-Mann. Einen Augenblick lang konnte ich ihn kaum erkennen, dann sah ich, wie ihm das Blut aus einer Kopfwunde über das Gesicht rann. Man hatte ihm die Haut völlig weggerissen, und zwischen seinem dicken, lockigen Haar klaffte ein häßlicher Riß. Die Blutströme umgaben seine tiefliegenden Augen, flossen an seiner Nase vorbei und um seinen Mund. Bei jedem Atemzug bildeten sich an seiner Nase Blasen, die dann barsten.

Und während mich noch der scheußliche Anblick erstarren ließ, sprang George aus seinem Versteck und warf sich auf mich. Ich erwachte stöhnend und war außerstande, mich zu beruhigen, bis ich mich schließlich aus dem armseligen Bett erhob und im Zimmer herumging.

Nachher zog ich den Riegel an der Tür auf und trat vorsichtig ins Freie. In meinem Bungalow war es zu heiß — die Klimaanlage hatte schon vor langer Zeit den Geist aufgegeben. Ich lehnte mich gegen die Ziegelmauer und atmete tief.

Zu meiner Linken glitzerte der Ozean zwischen den Bäumen. Sein schläfriges Tosen drang deutlich durch die Nachtluft. Über mir bewegten sich mehr als ein AES; einige enthielten Kernwaffen, die man auf jedes gewünschte Ziel auf der Erde lenken konnte. Die Insel — so isoliert sie in ihrem widerlichen Traum auch erscheinen mochte — war ein Teil der Welttragödie.

Ein Nachtvogel schrie. Ansonsten herrschte Stille auf der Insel. Die Welt schien in ihrem Lauf anzuhalten. Dieses Frühstadium des Krieges wurde allgemein als vorläufige Pause angesehen, in der man Kräfte sammeln konnte, und auch den Willen. Eine Pause, in der der Anschein auf Frieden deutete, während hinter den Kulissen feindliche Regierungen sich in strategische Positionen manövrierten, um Alliierte buhlten, mobilisierten und diplomatische Formen entwickelten, die sie von der Schuld freisprachen, wenn dann der Sturm losbrach.
Bis jetzt war es nur zu örtlich begrenzten Auseinandersetzungen gekommen; nur wenige waren gestorben; nur taktische Nuklearwaffen waren eingesetzt worden. Aber keiner zweifelte daran, daß sich Verwüstungen bisher unvorstellbaren Ausmaßes vorbereiteten. Und doch sangen immer noch die Vögel.
Aber eine letzte Uhr hatte bereits zu ticken begonnen.
Während ich so dastand und die Nachtluft in tiefen Zügen einsog, öffnete sich die Tür von Warrens Bungalow. Ich bemerkte die Bewegung zufällig, weil ein Schattenwinkel sich verbreiterte, obwohl die Scharniere völlig lautlos waren.
Ein Gewehrlauf blitzte auf, ehe Warren selbst ins Freie trat.
„Oh, Sie sind das, wie?" sagte er. „Was, zum Teufel, bilden Sie sich eigentlich ein, um diese Stunde herumzustreichen? Ich dachte schon, wir hätten Besuch."
„Ich wollte etwas Luft schnappen; gehen Sie wieder hinein."
„Sie haben sich da auf eine ganz schön riskante Sache eingelassen, Mr. Roberts, indem Sie hierher gekommen sind. Wie gesagt, die werden kommen und hier nach Ihnen suchen, und dann kriege ich Ärger."
„Je besser ich Sie kennenlerne, Mr. Warren, desto schlechter wird meine Meinung von Ihnen. Wie Sie selbst zugeben, befinden Sie sich in Ihrer augenblicklichen Zwangslage, weil Sie solche Abscheu für Ihre Mitmenschen empfinden.

Da können Sie kaum erwarten, daß die Mitleid mit Ihnen haben."
Er verdaute das. „Dann müssen Sie noch ein größerer Narr als ich sein, weil Sie mich nicht über die Klippe gekippt haben, als Sie Gelegenheit dazu hatten."
„Ich habe gewisse religiöse Grundsätze, die mich gelegentlich daran hindern, einen Mord zu begehen."
„Das erklärt Ihre Angewohnheit, Dinge zu sagen, die mich klein erscheinen lassen. Was sind Sie denn, ein Mormone, ein Katholik, oder so etwas? Die haben dort, wo ich lebte, viel Ärger gemacht." Er lehnte sein Gewehr gegen die Wand, als wollte er sich mit mir unterhalten. Warum nicht? dachte ich, schließlich waren wir alle dem Untergang geweiht.
„Meine Eltern waren Protestanten, aber wir gingen nur selten zur Kirche. Weihnachten pflegten wir Weihnachtslieder zu singen. Im letzten Jahrhundert und in diesem hat der Christengott an Kredit verloren, weil man ihn immer mehr mit dem realistischen Fortschritt identifiziert hat. Ich glaube nicht, daß ich zu ihm beten möchte."
„An dem, was Sie sagen, ist etwas dran. Meine Leute waren von religiösem Wahnsinn erfüllt, und es hat ihnen nichts genützt. Sie haben sich da also Ihre eigene Religion zusammengereimt?"
„Ich habe keine Geduld mit all dem Schwindel, den man aus dem Osten herangeschleppt und an die Stelle Gottes gestellt hat, all diese Gurus und Maharishis und Swamis und all das — die Weihrauch- und Blumenbrigade. Und in den neuen Religionen, wie Scientology oder Ufologie sehe ich nicht mehr als sinnlose Betäubungsmittel. Und dann preise ich mich glücklich, auch nicht an Darts *Meister* im Himmel zu glauben."
„Dann bleibt Ihnen nicht viel übrig." Er lachte glucksend.
„Stimmt. Dieses Jahrhundert ist nicht gerade das Beste für den Glauben. Manche würden sagen, um so besser, daß es so ist. Nein, ich glaube an eine Art abstrakten Gott,

der uns fern ist und der es uns nicht gerade bequem macht. Seine Spezialität ist nicht der Beistand, sondern die Kontinuität. Ihm gehört das Universum — ich meine, es gibt mehr Sinn, sich ein Bewußtsein hinter der Schöpfung vorzustellen, als sich einzubilden, alles das in seiner ganzen Kompliziertheit sei aus dem Nichts gewachsen, so wie ein Pilz aus dem Asphalt. Aber jetzt, da das Universum läuft, hat mein Gott sich von ihm zurückgezogen — vielleicht hat er gar nicht mehr die Macht, sich einzumischen. Man könnte sagen, daß er mehr Künstler als Administrator ist."

Warren brummte: „Mir scheint er ausgeflippter als ich. Sie wären besser dran, einen kleinen Bronze-Buddha anzubeten als einen solchen Gott!"

„Da gebe ich Ihnen recht. Nur daß ich nicht an kleine Bronze-Buddhas glaube. O Gott, ich Ungläubiger — hilf mir in meinem Unglauben! Die einzige Berührung, die mein Gott mit den Menschen hat, besteht darin, daß er als Spur in unseren besten Absichten zugegen ist. Wenn man in irgendeinem Bereich Gutes tun will, ist man sich selbst am fernsten und Gott am nächsten. Es liegt bei jedem einzelnen, den Kontakt aufrecht zu erhalten. Nicht bei ihm."

Warren hörte sich das, was ich zu sagen hatte, aufmerksam an. Der arme Teufel, dachte ich mir, natürlich mußte er tief im Herzen sentimental sein. Während ich so redete, erkannte ich, daß mein Glaube an Gott hohl war. Ich glaubte an nichts mehr.

Vor ein oder zwei Jahren noch, als die ideologischen Blöcke auf den Konflikt zustrebten, hatte ich argumentiert, daß Gott die größte Erfindung der menschlichen Phantasie sei, nicht mehr als ein positives Ziel, auf das wir uns alle zubewegten, eine Generation nach der anderen. Dahinter steckte die Idee, daß wir alle uns schrittweise in eine Art Gottheit entwickeln sollten. Und während ich diese Ansicht verbreitete, bewegte mich mein eigener Glaube und meine Ernsthaftigkeit; außerdem stand es Leuten meines Ranges gut zu Gesicht, von so profunden Dingen zu sprechen. Die Leute hatten mir zugehört.

Die meisten dieser Leute steckten jetzt in Uniform oder in unterirdischen Bunkern.

Nach einer Weile des Schweigens sagte Warren: „Es kommt mir nicht zu, jetzt zu behaupten, daß Sie Unsinn reden. Zum einen weiß ich, daß Sie eine bessere Erziehung genossen haben als ich. Man braucht ja bloß zuzuhören, wie Sie mit Worten umgehen können. Aber ich schätze, meine Ansicht ist, daß die Menschheit irgendwo und irgendwie einen falschen Weg eingeschlagen hat und zu kompliziert geworden ist. Ich stimme mit der Bibel überein, wenn sie sagt, daß große Städte von Sünde erfüllt seien — dem pflichte ich bei. Es gibt gar keinen Zweifel daran, daß die Bibel eine Menge vernünftiger Dinge sagt, so wie zum Beispiel ‚Auge um Auge, Zahn um Zahn'. Aber das einzige Mal, wo ich diesen verdammten Gott zu Gesicht bekomme, ist, wenn ich mich umsehe und die Wunder der Natur betrachte."

Er deutete auf die stumme Szene, die uns umgab, getaucht in bleiches Mondlicht und von erhabener Ruhe erfüllt.

Während wir redeten, war mir ein leises Rascheln im Gebüsch aufgefallen. Jetzt wies eine vage Handbewegung Warrens auf ein paar Büsche, dunkel und unbestimmt, die unter einer Gruppe von Palmen wuchsen. Hatte ich eine Bewegung gesehen?

Auch Warren schien etwas gesehen oder gehört zu haben. Er streckte warnend die Hand aus und kniff die Augen zusammen, ehe er nach seinem Karabiner griff.

In den Tropen gibt es gewöhnlich vielerlei Arten von Nachtvögeln, die im Unterholz ihre Nahrung suchen. Das Rascheln, das sie verursachen, kann einem ganz schön Angst einjagen, wenn man Anlaß hat, eine Gefahr zu ahnen. Da standen wir jetzt gemeinsam, und doch jeder für sich, und lauschten den leisen Geräuschen. Sie schienen von allen Seiten zu kommen.

Er dreht sich zu mir zurück und sagte mit leiser Stimme: „Ist dort jemand, meinen Sie?"

„Dart fällt es nicht so leicht, sich zu bewegen. Er würde bei Tag kommen."

„Vielleicht nicht Dart ..."

Eine Wolke schob sich über den Mond. Im gleichen Augenblick war ein schweres Krachen aus dem Dickicht zu unserer Rechten zu hören, so, als hätte jemand oder etwas beschlossen, die kurzzeitige Dunkelheit auszunutzen.

„Die sind schon da", sagte Warren. „Die sind Ihretwegen gekommen. Sie sind schuld daran. Verdammt, Sie mußten ja hier herauf kommen und über Gott reden, und jetzt kostet das mich das Leben."

„Wir gehen besser hinein. Vielleicht entfernen die sich bei Tageslicht wieder."

Aber er ging nicht auf mich ein. Statt dessen rannte er mitten in die Lichtung, hob seinen Karabiner und feuerte zwei Schüsse ab. Der Lärm war ohrenbetäubend. Noch lange, nachdem die eigentlichen Schüsse verstummt waren, hallte ihr Echo über die Weiten des Pazifik.
Und während das Echo immer noch in die Unendlichkeit flog, verrieten Geräusche in größerer Nähe, daß irgendein großes Geschöpf, von Panik erfüllt, durch die Büsche floh. Warren stand immer noch an der gleichen Stelle, den Karabiner halb angehoben.

„Wer auch immer das war, jetzt ist er weg", sagte ich. „Aber er war nicht alleine", erwiderte Warren grimmig. Fast im gleichen Augenblick antwortete ein Schuß aus dem Dschungel. Ich erkannte, daß es sich um einen Schuß aus einer Maschinenpistole handelte. Rotfuchs? Im nächsten Augenblick drängten sich nur undeutlich zu erkennende Gestalten aus verschiedenen Richtungen ins Freie, strebten alle auf Warren zu. Ich rief ihn. Er hob seinen Karabiner und schoß eine der angreifenden Gestalten mausetot, ehe die anderen ihn überwältigten.

Ich erinnere mich an ein Ölgemälde in einem alten Bauernhof in Österreich, das für mich das äußerste Maß an Selbstbetrug darstellte. Zwei Mörder in Jagdkleidung lockten einen jungen Mann in einen düsteren Wald. Selbst dem schiefen Lächeln des jungen Mannes war anzumerken, daß er nie lebend jenen fernen Ort verlassen würde. Aber die beiden Mörder hatten ihn so eingeschüchtert, daß er bereit war, freiwillig mit ihnen zu gehen, außerstande, der Tatsache seines bevorstehenden Todes ins Auge zu sehen, und so sich selbst ebenso täuschend wie sie ihn täuschten. Während ich in meinen Bungalow zurückrannte, hatte ich das Gefühl, daß dies auch ein Akt des Selbstbetruges war. Es wäre wohl edler gewesen, mich in die Mitte der Lichtung zu werfen und bei dem Versuch, Warren zu retten, den Tod zu finden. Aber ein Augenblick der Selbsterhaltung trieb mich hinein und schlug hinter mir die Tür zu.

Vom Fenster konnte ich sehen, was Warren geschah. Die Angreifer waren zumindest zehn an der Zahl. Unter ihnen glaubte ich den aktiven Alpha und ebenso Beta zu erkennen, die beiden Affenmenschen, und die groteske Gestalt des grauen Pferdehippo. Etwas abseits, außerhalb des Getümmels stand Rotfuchs. Seine Haltung war wie die eines Menschen, und das Selbstvertrauen, mit dem er jetzt seine Maschinenpistole trug, steigerte die Ähnlichkeit noch.

Wie durch ein Wunder konnte Warren sich von dem Rudel lösen und auf das Unterholz zurennen. Dann schwenkte er herum, als wäre ihm plötzlich bewußt geworden, was er tat, und er rannte auf die Gebäude zu. Ich sah ihn auf mich zukommen.

Einer der ungeheuer schweren Tiermenschen — ein Geschöpf, das unschlüssig außerhalb meines Gesichtswinkels gelauert hatte — rannte plötzlich auf ihn zu. Warren sah das Geschöpf, hob die Arme, wich zur Seite und lief weiter. Der Angreifer hatte den Kopf gesenkt. Er kollidierte mit Warren, als dieser das nächste Gebäude erreichte. Er machte keinerlei Anstalten, stehenzubleiben oder auch nur

Warren zu packen, pflügte einfach wie ein Expreßzug weiter und schmetterte den Mann gegen die Wand. Warren stieß einen keuchenden Schrei der Todesangst aus und brach zusammen. Das Scheusal stürzte benommen neben ihn. Jetzt kamen die anderen Kreaturen gerannt und warfen sich wie wahnsinnig auf Warren.

Sie begannen, ihn in Stücke zu reißen, ihm Kleider und Gliedmaßen vom Leib zu fetzen. Nur Rotfuchs stand etwas außerhalb, als ging das Ganze ihn nichts an. Aber jetzt kam er näher, um die Zerstörung der Leiche mit anzusehen. Diese Szenen im hellen Mondlicht waren so abscheulich, daß ich am Fenster stehen blieb. Die Erkenntnis, daß sie mit dem, was sie taten, bald fertig sein würden und daß sie dann mich holen würden — vermutlich ihr ursprüngliches Opfer —, versetzte mich in eine Art benommene Resignation, ohne daß ich imstande gewesen wäre, mich vom Schrecken des Anblicks, der sich mir bot, loszureißen. Erst als irgendein kleiner Gegenstand gegen das Fenster prallte und drei Zoll von meinem Gesicht entfernt herunterrutschte, riß ich mich los und begann, an Flucht zu denken. Das Gebäude enthielt Gerätschaften für die Solaranlage auf dem Dach. An einer Wand führte eine Leiter aus Metall zum Dach und zu den großen Gittern draußen. Da es in dem Raum für mich kein Versteck gab, führte mein Weg nach oben.

Nachdem ich die Außentür mit alten Kisten verbarrikadiert hatte, kletterte ich nach oben. Es war nur schwer etwas zu sehen, und eine Weile mühte ich mich schwitzend unter dem Dach ab und versuchte immer wieder, eine Falltür, die ich dort vorfand, zu öffnen. Endlich gab sie nach. Ich schob die Tür auf und blickte auf Dächer, dunkle Bäume, Mond, Sterne und die Kraftgitter über mir hinaus. Ich sah, daß die Nacht bereits zu verblassen begann und die Morgendämmerung näherrückte; Wolkenbänke schoben sich über den östlichen Himmel, und die Blässe des Tages strahlte hinter ihnen. Bald würde die Sonne sich triumphie-

rend aus dem Pazifik erheben. Ein ermutigender Anblick. Füchse ziehen es vor, des Nachts zu jagen.
Es gab keine Möglichkeit, die Tür hinter mir zu verriegeln. Ich schloß sie und sah mich vorsichtig um. Ich befand mich auf einer kleinen Plattform. Auf dem Dach konnte ich in der Nähe eine Sonnenheizung erkennen. Eine Leiter führte von der Plattform nach oben in das Gitterwerk. Hier war ich nur so lange sicher, als man mich nicht entdeckte. Das einzige, was mir blieb, war mich niederzukauern und zu hoffen, daß die Tiermenschen wieder weggehen würden. Doch sie ließen durch nichts erkennen, daß sie dies beabsichtigten. Ihre blutige Arbeit war fast beendet. Während einige der kleineren Kreaturen immer noch an Warrens Leiche herumzupften und -zerrten, rannten die anderen, wie ich hören konnte, um die Gebäude.
Die Stimme von Rotfuchs drang an mein Ohr: „Sucht andere Vier Glieder Lang, Helden!" Ich hoffte, daß die Angst vor Menschen sie den Bungalows fernhalten und zu guter Letzt in den Busch zurückjagen würde. Andernfalls, so hoffte ich, würden sie vielleicht alle Warrens Bungalow aufbrechen, so daß ich dann entkommen konnte — die herannahende Morgendämmerung sollte mir genügend Licht liefern, um mir den Weg nach unten zu Darts Festung zu weisen.
Jetzt untersuchten sie die einzelnen Gebäude. Ich konnte ihr schwerfälliges Grunzen und ihre primitiven Stimmen hören. Ich kauerte mich nieder und wagte kaum zu atmen, Warrens Schicksal hatte sich mir unauslöschbar eingeprägt.
Sie begannen, an Türen zu hämmern — ob nun an die meine oder die Warrens, konnte ich nicht sagen, da das Dach mir den Blick versperrte. Glas splitterte. Ein Ausruf des Schmerzens war zu hören. Unsinnig herumhuschende Füße. Ausrufe und Schreie, belegte, streitsüchtige Stimmen. Dann wieder ein Krachen — offenkundig von drinnen —, Schreie, Fetzen wilder Lieder. Wieder ein Krachen,

wahnsinniges Gelächter. „Die Form, die dir am Tag der Geburt verliehen, geht verloren, wenn wir dich in die Erde schaufeln ..." Wilde Rufe, ein Schlag, Wimmern.

Dann sah ich eine der scheußlich aussehenden Schweinefrauen über das unebene Terrain trotten. Sie hielt eine Blechdose in der einen und die zerfetzten Hosen in der anderen Hand. Eine haarige Kreatur, die mich an einen Bären erinnerte, verfolgte sie. Beim Laufen gab sie schrille Geräusche von sich — es war mir unmöglich zu sagen, ob aus Angst oder Vergnügen. Der Bär holte sie ein, packte sie, und als sie zusammen auf den Boden fielen, flog die Dose davon. Bier spritzte heraus.

Sie hatten sich ohne Angst gewaltsamen Zutritt zu Warrens Haus verschafft und seinen Biervorrat gefunden. Das Wissen verschaffte mir frischen Mut. Sobald sie betrunken waren, würden sie untereinander kämpfen und mich vergessen.

Etwas entspannt, richtete ich mich auf, um meine Glieder zu lockern und drehte mich dabei herum, um die Abendbrise aufzufangen. Ich ertappte mich dabei, wie ich in ein paar Augen starrte, die nur einen reichlichen Meter von mir entfernt waren.

Der nächste Pfeiler des Energiegitters ragte neben dem Bungalow zum Himmel. An einer der Quersparren hing einer der Affenmenschen, Alpha oder Beta. Der mißgestaltete Kopf mit dem Babyschädel und der an einen Tapir erinnernden Nase war nicht zu verkennen. Das Geschöpf klammerte sich mit beiden Händen an den Mast und hielt eine Bierdose mit den Lippen fest.

Keiner von uns beiden bewegte sich. Ich hatte keine Waffe. Von unter mir war jetzt wieder Geschrei zu hören. Ich stieß meinerseits einen Ruf aus und warf dabei die Arme hoch. Der Affenmensch öffnete den Mund, ließ die Dose fallen, fing sie aber gleich wieder mit einer Hand auf. Er stürzte nicht ab, wie ich gehofft hatte, sondern stieß einen lähmen-

den Schrei aus, gleichsam als Antwort, huschte durch das Gitterwerk des Masts und warf sich auf mich.
Die Plattform war von einem dünnen Schutzgitter umgeben. Dieses Gitter bildete eine Art Barriere zwischen ihm und mir. Als er landete und sich an dem Gitter festklammerte, stieß ich den rechten Arm vor und verpaßte ihm mit dem Rücken meiner offenen Hand einen mächtigen Schlag unter das Kinn. Dann trat ich nach der Pfote, die sich an dem Schutzgitter festklammerte.
Er fiel brüllend auf das Dach zurück. Am Rand meines Sehfeldes sah ich, wie die Schweinefrau und das Bärengeschöpf aufstanden, auf mich deuteten und wütende Schreie ausstießen. Jetzt war es Zeit zu fliehen. Jedenfalls legte ich keinen gesteigerten Wert auf einen Kampf mit Alpha oder Beta, wer auch immer es sein mochte. Und der Affenmensch war noch dazu bereits im Begriff, sich wieder aufzurichten.
Ich riß die Dachluke auf und sah in dem schwachen Lichtschein, der von unten heraufdrang, daß man bereits in das Zimmer eingedrungen war. Einer der Tiermenschen ging alleine herum, die Bierdose am Mund. Seine freie Hand beschrieb Kreise über seinem Kopf, während er lautlos im Zimmer herumstöberte. Ich schlug die Tür zu. Es blieb mir nichts anderes übrig, als vom Dach zu springen.
Ich kroch zum Rand und spähte hinunter. Die Wahnsinnigen waren überall, lachten und rannten herum, aber jetzt war nicht die Zeit, irgendeine Wahl zu treffen. Der Affenmann näherte sich bereits von hinten. Ich sprang, zog die Knie an und fiel zu Boden.
Als ich mich wieder aufrappelte, landete der Affenmensch neben mir. Er überstand den Aufprall viel besser als ich. Er wollte seine Entdeckung hinausbrüllen, so daß ich zu rennen anfing, während die anderen langsam reagierten und nachkamen. Meine Absicht war es, um die Häuser herumzurennen, weg von der See. Der Weg war mir versperrt. Eine scheußliche Kreatur mit einer blutigen Visage stand

dort, schwankte leicht und fuchelte drohend mit irgendeiner Waffe herum, die er in der rechten Hand hielt. Er hatte von ihr gegessen. Das schwache Licht reichte aus, um mich erkennen zu lassen, daß es sich um einen von Jed Warrens Armen handelte.

Da waren auch andere Gestalten, die ich nur als bisher unbekannte Manifestationen der Unterwelt ansehen konnte. Das Herz verkrampfte sich mir im Leibe. Der Affenmensch packte mich von hinten, klammerte sich an meiner Schulter fest.

Ich drehte mich herum, um seiner anderen Hand auszuweichen. Der Rhinomann, der Warren zerdrückt hatte, kam von hinten herangeschossen und stieß ihn in seinem Eifer, mich zu erwischen, aus dem Wege. Das war meine Chance. Ich rannte zwischen ihnen durch auf das nächste Gebüsch zu.

Jetzt befand ich mich im Freien. Am äußersten Rand meines Sehfeldes — ich wagte nicht, nach links oder rechts zu blicken, weil ich Angst hatte zu fallen — erhob sich eine hagere Gestalt und richtete einen Karabiner auf mich, langsam und bedächtig, wie ein Jäger das tut. Ich warf mich mit einem Hechtsprung in die Büsche, als die Maschinenpistole sich entlud. Die Kugel bohrte sich für mich ungefährlich ins Blattwerk.

Ich rappelte mich auf und sah, daß die Verfolgung jetzt begonnen hatte. So schlecht organisiert sie auch sein mochte — noch dazu waren einige der Verfolger von Warrens Bier betrunken, waren sie nichtsdestoweniger imstande, mich zu stellen und zur Strecke zu bringen. Ich war ein menschliches Opfer für sie, und allein schon meine Gestalt machte mich als Feind kenntlich. Sie würden mich in Stücke reißen, bis diese verhaßte Gestalt nicht mehr war. Sie würden mein Fleisch in Fetzen reißen und meine zartesten Stücke auffressen.

Während ich durch den Busch rannte, erfüllte mich nur eine Hoffnung — ich mußte Rotfuchs erwischen, wenn der nicht aufpaßte, und ihm die Maschinenpistole wegnehmen. Wenn ihr Anführer entwaffnet war, würde der Rest des Mobs Vernunft annehmen.
Meine beste Hoffnung bestand darin, auf einen Baum zu klettern und dort zu warten. Aber es gab hier keine Bäume, auf die man klettern konnte. Entweder waren es hohe Palmen oder kleine Dornbüsche und Bambusstangen. Sich im Busch zu verstecken, war unmöglich — diese Kreaturen würden mich ohne zu zögern an meiner Witterung erkennen.
Irgendein scheußliches Wesen, schwer und ohne Verstand, arbeitete sich links von mir durch den Busch. Ich blieb einen Augenblick lang stehen, und er tat es mir gleich. Hielt er mit mir Schritt, einfach nur, weil die Jagd ihm Vergnügen bereitete?
Plötzliche Hoffnung erfüllte mich. „Bernie?" Keine Antwort. „George?" Keine Antwort. Ich fing wieder zu rennen an, und das verborgene Ding begann ebenfalls zu rennen. Für ihn war dies ein Spiel und ich ein Teil seines Spiels. Wie in Trance warf ich mich durch den farblosen Dschungel der Morgendämmerung, ohne darauf zu achten, wie ich mich bei meiner Flucht zerkratzte.
Und dann drängte sich mir wie eine saubere, klare Vision der Gedanke an jene hohe östliche Klippe und den Felsvorsprung auf, von dem Warren mich gestern zu stoßen versucht hatte.
Ich würde springen!
Selbst wenn ich den ungeheuren Fall nie überlebte, würde mich das zumindest vor einem viel schrecklicheren Tode bewahren. Es gab keine andere Flucht für mich, das machten mir die Schreie und Rufe rings um mich klar. Das Rudel rückte auf.
Ich hetzte durch den Busch in die Richtung, von der ich glaubte, daß sie zu der Klippe führte. Das Geschöpf zu

meiner Linken hielt mit mir Schritt. Gelegentlich sah ich seine monströse Gestalt durch das Blattwerk.

Vor mir ertönte Lärm — Schreie und Krachen. Wieder wich ich zur Seite und erreichte kurz darauf freieres Gelände. Vor mit glitzerte der Ozean. Jetzt konnte ich auch die Sonne sehen — einen kleinen Splitter davon, nur ein winziges Segment, das sich über den Horizont erhoben hatte und seinen grellen Schein über den Ozean ergoß. Darüber türmten sich finstere Wolken auf, aber jener erste Strahl beleuchtete mich — und zugleich zwei der Tiermenschen, die an meiner rechten Flanke näherrückten.

Nur ein paar Meter lagen zwischen mir und dem Felsen, auf dem ich mit Warren gekämpft hatte. Ich wußte, meine einzige Hoffnung lag darin, daß ich mich ohne Zögern nach vorne stürzte, andernfalls würde mich möglicherweise der Mut verlassen. Ich war aus Raumschiffen in den leeren Weltraum getreten, aber dies war eine Herausforderung ganz anderer Art.

Was mich schließlich dazu antrieb, war das bestialische Gesicht eines Schweinemannes, der zu meiner Linken hervorschoß. Er war es, der neben mir hergerannt war und jetzt mit grinsenden gelben Zähnen auf mich zugeeilt kam, um mir den Garaus zu machen. Er war ein Schwein, und doch las ich auch den Fuchs in seinen Adern, es war ganz deutlich an seinen Fängen unter der Schweineschnauze zu erkennen. Er streckte die Arme aus, und ich rannte wie der Wahnsinn selbst auf die hohe Klippe zu.

Der Schweinemann schrie wütend auf. Unter meinen Füßen flatterte ein Seevogel auf. Das Universum kreiselte um meinen Kopf. Ich sah die Klippe, die endlose See, den Felsvorsprung, sah meinen Tod auf den Felsen in der Tiefe, rannte noch schneller.

Der Mut hatte mich verlassen. Aber jetzt war es zu spät. Ich hetzte an der Felsnadel entlang, als wäre sie ein Sprungbrett über einem Schwimmbad, schrie, so laut ich konnte, sprang. Der Schweinemann versuchte zu spät anzuhalten, taumelte, stürzte mit einem lauten Schrei, Luzifer ohne jede Grazie.

Während ich in die Tiefe flog, verließ mich jegliche Furcht. Ich stürzte mit ausgestreckten Armen und Beinen und drehte mich in der Luft langsam um meine eigene Achse. Ich sah den Ort, den ich verlassen hatte, die Klippenwand, den Himmel, die See, das Geschöpf, das in einiger Entfernung von mir stürzte. Ich fiel, und eine Vielfalt von Gedanken schoß durch mein Bewußtsein. Ich erinnerte mich sogar an die alte Idee, daß man in solchen Augenblicken vor dem Tod seine ganze Vergangenheit durchlebt; und doch konnte ich mich an nichts anderes erinnern als den Schrekken meiner Tage, die ich auf See getrieben war, und die Geheimnisse von Moreaus Forschungen — selbst in dieser äußersten Not war ich nicht frei von der Insel.
Indem ich dann meinen Körper straffte und die Kontrolle über meine Gliedmaßen zurückgewann, konnte ich mein Kreisen anhalten und mit den Füßen voran fallen. Der Sturz schien ewig zu dauern — und doch kam mir ebenso der Ozean entgegen, schoß auf meine Füße mit unglaublicher Geschwindigkeit zu. Als ich ihn schließlich erreichte, sah ich, daß ich frei von den Felsen war. Das taumelnde Geschöpf, das mir Gesellschaft geleistet hatte, schien nicht so glücklich.
Gerade in dem Augenblick, als ich auf die Wellen traf, ging die Sonne unter. Es war, als wäre ich in der Zeit zurückgereist — auf Meereshöhe war die Sonne noch einen Augenblick entfernt. Das Wasser war dunkel. Es traf mich hart und verschlang mich. Alles wurde verwirrt. Ich war nicht senkrecht gefallen. Der Atem wurde mir aus den Lungen herausgequetscht. Unter dem Wasser ragten drohend dunkle Felssilhouetten auf.
Ich versuchte, den Weg nach oben zu finden, verlor die Orientierung, sah, wie rings um mich rote und grüne Lichtflecken explodierten, verlor das Bewußtsein.

Nicht ganz. Man verliert nur selten ganz sein Bewußtsein. Aber meine Sinne lösten sich, und ich konnte nichts Wirksames tun, konnte nur ertrinken.
Und doch ertrank ich nicht. Das Durcheinander von Gedanken und der Schmerz, die mein Gehirn erfüllten, wichen schließlich wie eine Flut zurück. Ich nahm Menschen um mich herum wahr, ein Schindeldach. Hände berührten meinen nackten Körper. Eine entfernte und doch sinnliche Freude hatte mich geweckt. Ich schloß die Augen in unendlicher Müdigkeit, um sie kurz darauf mit einiger Mühe wieder zu öffnen.
Ich lag in einer primitiven Hütte. Zwei Seehundsmenschen knieten neben mir, lächelten und nickten, als sie sahen, daß meine Lider sich bewegten. Über mir lehnte eine Seehundsfrau, ihr langes Haar hing über meine Haut. Sie gab mir so etwas wie den Lebenskuß, wenn auch ihre Lippen sich nicht an den meinen festsaugten. Ich stieß einen lauten Schrei aus, als ich zu begreifen begann, und dann fingen all meine Glieder zu zittern an. Schließlich sank ich in tiefen Schlaf.

10.

Nach dem Sturz

Ich ziehe es vor, so wenig wie möglich über meinen zweitägigen Aufenthalt auf dem Seehundsfelsen zu sagen. Manches, was einem im Augenblick der Tat schön, natürlich und tiefgründig erscheint, kommt einem in der Erinnerung geschmacklos vor. Und das, was einem Menschen Vergnügen bereitet, kann in einem anderen Abscheu erregen. Vielleicht gilt dies in besonderem Maße unter den westlichen Nationen, wo die Sexualität auch heute noch mit viel unterschiedlicheren Wertbegriffen betrachtet wird als im Osten. Emotionen, die uns am tiefsten bewegen, durchlaufen nachher oft Metamorphosen.

Der Name der Seehundsfrau war Lorta. Es gab vier Seehundsmänner etwa ihres Alters, die sie völlig in ihren Bann gezogen hatte. Sie waren in Lorta förmlich vernarrt, und man konnte auch leicht die Gründe dafür erkennen. Sie gab sich ihnen mit solcher Ungezwungenheit hin, mit solcher Freude, daß selbst ich zu der Zeit keine Scham dabei empfand, ihre Liebe anzunehmen. Sie beherrschte sie völlig, weil sie sie beherrschten; sie konnte ihnen nicht widerstehen, weil sie unwiderstehlich war. Und ihre Großzügigkeit war von solcher Art, daß jene Seehundsmänner keinerlei Eifersucht untereinander empfanden, nicht einmal mir gegenüber, dem Fremden. Sie lebten im paradiesischen Glück und waren klug genug, es zu wissen.

Die Namen der Seehundsmänner lauteten Saito, Harioshi, Halo und Yuri. Zwischen unseren Liebesspielen schwammen und spielten wir im Meer. Und dann unterhielten wir uns — denn für sie war auch die Unterhaltung ein Spiel. Mein Verständnis für das, was sie sagten, wuchs schnell. Und vielleicht sprachen sie auch verständlicher, weil sie zu mir sprechen mußten. Ich erfuhr, daß der Schwei-

nemann, der mit mir von der Klippe gestürzt war, auf den Felsen den Tod gefunden hatte. Krabben und Haie hatten ihn verschlungen. Und da Krabben einen wichtigen Bestandteil der Nahrung der Seehunde darstellten, war dies für meine Freunde eine besonders gute Nachricht.
Ich erfuhr auch, daß es die Seehundsmänner gewesen waren, die in die Lagune getaucht waren und Maastrichts Maschinenpistole geborgen hatten. Sie hatten sie Rotfuchs gegeben als Gegenleistung für Beeren und gestohlenen Sirup in Dosen.
Sie wußten über das Unterseeboot Bescheid. Aber ihr Zeitsinn war nicht besonders gut ausgebildet, und sie hatten daher keine Ahnung, wann es Moreau Island wieder besuchen würde oder wie lange der letzte Besuch zurücklag. In vielfacher Hinsicht waren sie wie Kinder, und ihre bezaubernden kinderähnlichen Gesichter grinsten immer wieder, wenn sie ihr Unwissen gestanden.
Nein, indem ich dies so ausdrücke, verrate ich sie. Als ich bei ihnen war, war es anders — ich bin inzwischen zu meinem alten, steifen Ich zurückgekehrt. Natürlich wußten sie über die regelmäßigen Besuche des Unterseebootes Bescheid. Für sie war es jedesmal eine große Freude, wenn jenes fabelhafte, gefühllose Ungeheuer aus den Tiefen des Ozeans, die ihnen unerreichbar waren, erschien. Sie pflegten ihm in die Lagune zu folgen und es zu umkreisen, dabei obszöne Gesten zu machen und intime Spiel miteinander zu treiben — was der Mannschaft große Freude bereitete. Sie wußten nicht, wann das Schiff das letztemal dagewesen war oder wann es wiederkommen würde. Warum sollten sie auch? Für sie hatte es keine Bedeutung. Die Vorstellung, daß ich es besteigen und mich in das Unterseeboot einschließen lassen wollte, veranlaßte sie zu herzlichem Lachen. Sie wollten einfach nicht glauben, daß dies mein Ernst war. Was das betraf, daß sie ihre Unwissenheit gestanden — sie waren nicht mit unserer Schuld bezüglich Wissen oder Unwissen beladen.

Sie waren wie Kinder, sage ich und meine damit, daß sie nie die Regeln akzeptiert hatten, die die meisten von uns akzeptieren. Die Welt erstaunte sie ebenso wie ihr Glück, Teil dieser Welt zu sein.
Obwohl sie weder Arme noch gut ausgebildete Beine oder eine richtige Hand besaßen, stellte die Macht ihres Charakters, besonders was Lorta betraf, sicher, daß sie gleichsam in einer Seifenblase beständigen Glücks überlebten. Der warme Ozean half da mit; er war ihre Nährflüssigkeit und barg keinerlei Gefahr.
Sie besaßen auch eine Art Religion. Vielleicht war es eine tiefgründige und komplizierte Religion, und ich war nur nicht lange genug bei ihnen, um sie zu begreifen. Selbstgefällig wie ich war, versuchte ich, ihnen meine Religion so zu erklären, so wie ich es mit Warren versucht hatte. Aber ebensogut hätte ich versuchen können, sie dazu zu überreden, auf trockenem Land zu leben. Sie besaßen einen Glauben an den haiförmigen Geist der Tiefe (vielleicht glich er einem Nuklearunterseeboot), der in ihnen einen wohligen Schrecken erzeugte.
Jetzt muß ich mit der Wahrheit herausrücken. Es gab auch noch Satsu.
Als die Seehundsleute aus Darts Laboratorien entwichen, lebten sie an den gastfreundlicheren Nordküsten der Insel, bis Dart Jagd auf sie machte und eine von ihnen, eine junge Frau, erschoß. Anschließend suchten sie auf dem Seehundsfelsen Zuflucht. Es wurden ihnen auch noch andere Kinder geboren, aber sie überlebten nicht; Satsu überlebte und gedieh. Sie war ein ganz normales kleines japanisches Mädchen mit völlig intakten Gliedmaßen und äußerst lebhaft.
Satsu war vier oder fünf Jahre alt — das schätze ich, denn niemand wußte es genau oder interessierte sich dafür. „Jahr“ war für sie ein Wort ohne Bedeutung; sie dachten nur in Gezeitenfolgen, nicht in Tagen, Monaten oder Wochen. Sie wurde wie eine kleine Göttin behandelt, eine Köni-

gin, eine etwas unartige Schwester, ein kleiner Affe. Sie sang und spielte und rannte. Sie konnte schneller als ein Affe Bäume ersteigen, schwamm besser als ihre Eltern und nahm vergnügt am Liebesspiel der Erwachsenen teil. Sie war bildhübsch.

Da ist es. Für manche male ich hier ein Bild der Verderbtheit. Zuerst schockierten mich Satsus Liebesaktivitäten, besonders wenn sie der Mittelpunkt der Gruppe war. Ich wußte nicht einmal, daß solch junge Kinder einen Orgasmus erleben konnten. Aber so war es. Sie waren so natürlich, daß ich mich schnell an alles gewöhnte, was hier vor sich ging; mein erster Entschluß, meine ganze Energie darauf zu verwenden, Satsu in eine normale Umgebung zurückzubringen, verblaßte zu Nichts.

Außerdem beglückte mich dieses liebe Kind mit seiner besonderen Aufmerksamkeit. Lachend ermutigten ihre Mutter und ihre Männer Satsu dazu, unsere Wonne zu teilen. Ich hatte eigene Vorstellungen und ergriff die Initiative. Die Sonne und die See waren Teil unseres Vergnügens.

„Calvary" nannten sie mich. Und so blieb ich auf jenem glücklichen Felsen, ließ mich füttern und liebte in mannigfacher Weise, die ich mir früher nicht einmal in meiner Phantasie auszumalen gehofft hatte.

In jener zeitlosen Periode sah ich träge zu, wie die Sonne aufging und dann ihren großen Bogen über den Himmel beschrieb. Wenn sie dem Westen entgegensank, wuchs ein riesenhafter Schatten über Moreau Island und schwang sich über das Wasser hinaus, uns entgegen, kam aber nie weit genug. Wenn der Schatten dann auf wenige Meter an unser winziges Ufer herangekrochen war, löste sich die Sonne von den letzten westlichen Felsen der Insel, tauchte dramatisch aufs neue auf, und der lange, kalte Schatten fiel auf ihre eigene Küste zurück, so daß der Sonnenuntergang für uns golden und ungebrochen war.

In der Sprache, die ich zu lernen begann, hieß die Sonne, die unseren Alltag beherrschte, „Lob-Chy". Ich wußte nicht, ob dies ein japanisches Wort war, das aus der Sprache der Ahnen meiner Freunde stammte, oder eine Verballhornung des englischen Wortes „love-child“. Ich hoffte, daß letzteres der Fall war.

Wir schwammen um den Felsen. Ich schwamm mit ihnen. Obwohl ich mich nie ganz von meiner Angst vor dem Abgrund unter uns kurieren konnte, fühlte ich mich in ihrer Gesellschaft sicher.

Ich genoß die völlige Nacktheit meiner neuen Freunde, das völlige Fehlen jeglicher Zurückhaltung. Dies alles verführte mich so sehr, daß ich mich fragte, ob ich nicht für immer auf jenem Felsen bleiben könnte; in meinen Tagräumen stellte ich mir vor, wie der Rest der Welt sich selbst vernichtete. Ich schwamm dann mit meinen Freunden und Lieben hinaus, um den Planeten mit einer neuen Gattung Mensch zu bevölkern, deren Aggressionen sich einzig und allein auf die Wollust beschränkten.

Aber ich blieb Teil der kriegführenden Welt, und sie blieb auf eine Art und Weise Teil von mir, die ihnen fremd war. Ich mußte zurückkehren. Ich mußte mich mit Dart und dem Problem des Unterseebootes auseinandersetzen. Ich mußte zu der Insel und zu den Angelegenheiten Washingtons zurückkehren.

Und die Zeit, den Seehundsfelsen zu verlassen, war für mich gekommen. Es konnte für die Seehundsleute kein paradiesisches Leben geben, so lange ich dort war; ich störte das empfindliche Gleichgewicht ihrer Existenz, denn ich war ein großer, zusätzlicher Mund, den es zu füttern galt, und ich konnte nicht so jagen, wie sie das konnten. Ehe ich ging, kam mir in den Sinn, daß es ein Geschenk gab, das ich ihnen geben konnte. Sie aßen ihre Fische, Krustentiere und den Seetang roh, und ich wußte, daß es Zeiten gab, wenn es geregnet hatte, da sie sich kalt und elend eng aneinanderdrängten. Ich konnte sie lehren, Feuer zu

machen; mit Feuer konnten sie sich wärmen und ihre Nahrung kochen.
Zu ihren Besitztümern gehörten zahlreiche alte Coca-Cola-Flaschen und -Dosen, in denen sie das Regenwasser sammelten. Ich trug eine der Flaschen zu einem glatten Felsbrocken am Nordende ihres Felsen, zerbrach sie und benutzte den Boden als primitive Linse. Indem ich das Licht der Sonne auf Treibholz und trockenes Kelp konzentrierte, das der letzte Sturm an Land gespült hatte, nährte ich geduldig ein paar Funken. Satsu stieß einen vergnügten Schrei aus, als sich ein Rauchfaden nach oben kräuselte! Vorsichtig blasend, beschwor ich eine Flamme herauf. Bald hatten wir ein kleines Feuer in Gang gebracht. Ich steckte einen Fisch auf einen Zweig und briet ihn über der Flamme, ehe ich eine Hälfte Lorta, die andere Satsu gab. „Calvary schlau!" sagten sie.
Dann spuckten sie das Fleisch wieder aus und zogen angewiderte Gesichter, aber ich erklärte ihnen, daß sie sich bald an den Geschmack gewöhnen und ihn rohem Fisch vorziehen würden. Sie dankten mir herzlich. Zumindest bereitete ihnen die Neuheut des Feuers Freude.
Es war Nachmittag, als ich mich daran machte, zu der Insel hinüberzuschwimmen, die für den kleinen Satelliten des Seehundsfelsens wie ein Planet war. All meine Freunde kamen mit mir, auch die kleine Satsu, und schwammen zu beiden Seiten von mir. An der Mündung der Lagune zog ich mich an Land und saß eine Weile dort, einem jedem verborgen, der sich vielleicht auf der Insel herumtrieb, und winkte den anderen Lebewohl. Sie versprachen, mich wieder zu besuchen und verließen mich dann mit vergnügten und lasziv wirkenden Gesten.
So wandte ich mich um und ging vorsichtig landeinwärts. Moreau Island sah noch genauso aus, wie ich es zuletzt gesehen hatte.
Niemand arbeitete am Kai. Die Lagune lag stumm und ungestört da. Der Kran lag immer noch im Wasser, wo er umge-

fallen war. Ein Seevogel, der auf dem Krangerüst saß, flatterte in die Höhe und flog dann langsam auf die See hinaus, als ich näherkam. Ansonsten konnte ich keine Bewegung ausmachen. Das Dorf der Tiermenschen lag augenscheinlich verlassen auf der anderen Seite des Wassers.

Ich vermutete, daß Dart nach den letzten Unruhen erfreut sein würde, mich zu sehen; ich konnte vorgeben, daß ich seine Wünsche zu den meinen gemacht hatte, und dann die Ankunft des Unterseeboots abwarten. Wenn er dann zu ihm ging, würde ich ihm folgen und ihn überwältigen und den Kommandanten des U-Bootes dazu überreden, mich in die Staaten zurückzubefördern. Dem Kommandanten würde es ein Leichtes sein, in Funkverbindung mit seinem Stützpunkt zu treten und sich meine Indentität bestätigen zu lassen. Dann könnte ich einer höheren Behörde die Situation auf Moreau Island berichten und dafür sorgen, daß jene, die dies wünschten, zur Zivilisation zurückgeführt wurden.

Ich ging auf den Palisadenzaun zu, der Darts HQ umgab, und sah mich vorsichtig um, ob irgendwo Gefahr drohte. Jemand stand reglos ein paar Meter vor dem Tor unter den Bäumen. Ich blieb stehen und beobachtete ihn. Er ähnelte George, dem Eber-Hyänen-Mann, aber ich konnte wegen der herunterhängenden Zweige nicht genau sehen.

Ich schlug einen weiten Bogen und näherte mich, so daß ich die Gestalt besser sehen konnte und arbeitete mich schließlich an der Außenseite des Zaunes entlang.

Es war George. Ich konnte die Fliegen hören, die um ihn herumsummten.

Man hatte einen langen Pfahl in den Boden getrieben. George war an dem Pfahl aufgespießt worden und stand da, als wäre er noch am Leben. Sein Gesicht war noch schrecklicher, als es mir im Traum erschienen war. Er schien starr über die Lagune zu blicken, durch die Wolke von Schmeißfliegen, die ihn umgab.

Mit dem Erbrechen kämpfend, zog ich mich zurück. Diese Kreuzigung war raffinierter und sadistischer als irgend etwas, was die eher beiläufige Brutalität der Tiere sich ausdenken konnte. Und doch, wer sonst konnte es getan haben? Ich konnte nur annehmen, daß Rotfuchs dahintersteckte. Doch das Geheimnis blieb, wie Dart ihnen hatte erlauben können, die Scheußlichkeit so nahe bei seiner Festung zu begehen.

In der kurzen Zeit, die ich weg gewesen war, hatte sich das Gleichgewicht der Kräfte verändert. Das Schweigen, das mich umgab, betonte das. Es war bezeichnend, daß ausgerechnet George den Preis bezahlt hatte. Seine Position als Hans' Vorarbeiter hatte ihn in eine unhaltbare Mittlerposition gebracht. Seine Feindschaft gegenüber Rotfuchs (die ich unterstellte) hatte sein Schicksal besiegelt.

Aber wie viele andere waren noch gestorben?

Wohl wissend, daß ich von Fallen umgeben sein konnte, ging ich an der Barrikade entlang zurück, ohne jemanden drinnen anzurufen.

Als das Terrain unebener wurde, fiel mir der Weg schwerer, trotzdem arbeitete ich mich auf den hinteren Teil der Palisaden zu, wo die Laboratorien lagen. Hier blieb ich stehen. Ich lauschte, ob sich auf der anderen Seite etwas bewegte. Ich weiß bis heute nicht, weshalb ich nicht gerufen habe. Vielleicht lag es an der Art der Bewegungen, die mich unsicher machten — etwas Verstohlenes, das zugleich gereizt wirkte. Ich blieb mit trockenem Mund stehen und lauschte, während das unbekannte Wesen sich vielleicht einen Meter von mir entfernt bewegte.

Wie versteinert dastehend, sah ich eine lange Stange in der Nähe liegen. Sie hatte einen Durchmesser von etwa fünfzehn Zentimetern und war vermutlich während der Bauarbeiten als Gerüstteil benutzt worden — wenigstens vermutete ich das.

Als die Geräusche auf der anderen Seite der Barrikade verstummt waren, ging ich auf die Stange zu und versuchte, sie aufzuheben.
Aber sie bewegte sich nicht. Erst als ich sie hin- und herstemmte, rührte sie sich von der Stelle. Sie war zwischen lockerem Gestein festgezwängt. Ich gab mir weiter Mühe und schaffte es schließlich, sie herauszuziehen. Sie war drei Meter lang.
Mit viel Mühe zog ich sie bis zur Vorderseite der Barrikade, so nahe zu George, wie ich es fertigbrachte. Er war unnatürlich still — das war das wirklich Furchteinflößende an ihm. Dann ließ ich die Stange nach vorne fallen, so daß die Spitze über den Zaun ragte. Das lieferte mir eine Art Rampe, über die ich klettern konnte.
Die fallende Stange löste irgendwo im HQ einen Alarm aus. Ich hörte etwas endlos summen, ohne daß jemand darauf reagierte. Nachdem ich mich so gut wie möglich vergewissert hatte, daß mich niemand beobachtete, rannte ich die Stange hinauf und ließ mich auf der anderen Seite herunterfallen. Ich preßte mich im Inneren der Umfriedung gegen den Boden und lauschte. Nur das Summen des Alarms, endlos.
Als ich mich erhob, kam Heather ans Fenster und winkte mir zu. Meine Erleichterung, als ich sie sah, war groß. Ich hatte schon befürchtet, alle Bewohner der Insel wären tot.
Heather winkte mir ungeduldig zu und verschwand. Sie hatte nie so erregt gewirkt. Im nächsten Augenblick schloß sie die Haustür auf und ließ mich herein. Ihr dunkles, schulterlanges Haar wirkte etwas verwirrt, aber sonst schien sie mir ganz genauso wie bei unserem letzten Zusammentreffen. Sie trug ihre Tunika und Sandalen. Als sie meinen Blick bemerkte, warf sie mir ein kurzes und verführerisches Lächeln zu und bewegte dabei den ganzen Körper.
„Calvert, Sie ahnen nicht, wie froh ich bin, daß Sie wieder da sind!" Sie klammerte sich an mich. Ich legte automatisch

den Arm um sie und überlegte, wie seltsam es doch war, ganz gewöhnliches Englisch gesprochen zu hören, im Inneren von vier Wänden zu sein, den kühlen Luftzug einer Klimaanlage zu spüren und — ja, in der Tat — eine Symphonie von Joseph Haydn zu hören.

Alles war so *trocken*. Vor meinem geistigen Auge baute sich das Bild von Lortas feuchtem, beweglichem, unersättlichem kleinen Körper auf; das leugnete alles in diesem Haus, ebenso wie alles in diesem Haus für sie unzugänglich war — trotz des Mädchens, das sich jetzt an mich klammerte.

Der kurze Augenblick vermittelt mir eine ganz andere Erkenntnis von Heather; auch sie war ein sinnliches Geschöpf, aber ihre Sinnlichkeit war von dem verschlungen worden, was wir die Zivilisation nennen. Alles kam und ging völlig unter der Kontrolle ihres Intellekts vor sich. Ich würde nie wieder jemandem wie Lorta begegnen. Noch würde ich je versuchen, sie irgend jemandem zu beschreiben. Sie würde wie eine Hure klingen, eine Nymphomanin — wohingegen sie in Wahrheit frei, unberechnend, das völlige Gegenteil dieses kultivierten Kätzchens war.

„Wo ist Dart?“ fragte ich und nahm den Arm von ihr.

Heather starrte mich neugierig an. Sie legte den Finger an den Mund, eine Geste, an die ich mich wohl erinnerte. „Wir dachten, Sie wären tot. Es ist großartig, Sie wiederzusehen — und recht munter, wie mir scheint. Sind Sie denn gar nicht froh, mich zu sehen?“

Ich antwortete automatisch: „Ja, ich bin froh, Sie zu sehen.“

„Ein richtig formelles Ekel sind Sie!“ brummte sie. „Der typische Politiker. Entspannen Sie sich denn nie und sind einmal ganz Sie selber?“

Ich lachte. „Was für seltsame Fragen Sie doch stellen! Wo ist Dart?“

„Er ist krank.“ Sie zog einen Schmollmund.

„Was ist denn mit ihm?“

„Wenn Sie schon männliche Gesellschaft so vorziehen, kommen Sie am besten herein."

Sie führte mich ohne weitere Worte zu dem Korridor, den ich kannte, vorbei an meiner Zelle, durch eine rote Tür und durch einen wesentlich wohnlicher wirkenden Korridor, an dessen Wänden abstrakte Gemälde hingen. Der Teppich unter unseren Füßen zeigte parallele Radspuren. Am Ende des Korridors gab mir Heather mit einer Handbwegung zu verstehen, daß ich warten solle, und ging in ein Zimmer, dessen Tür offenstand. Ich hörte ein halblautes Gespräch, dann winkte sie mich zu Dart hinein.

Dart lag auf einem Bett in einem Raum, der eine Kombination aus Schlafzimmer und Operationssaal war. Er hatte keine Fenster. Über eine Wand huschten Comsatbilder. Mortimer Dart hatte sich Kissen in den Rücken gezwängt und hielt eine Maschinenpistole in der Hand. Er würde außerstande sein, die Waffe zu benutzen; sein Rollstuhl mit den Kyborgarmen stand in grotesker Weise neben dem Bett; ein Bademantel bedeckte die winzig kleinen Vorsprünge an seinen Schultern.

Er trug eine Bandage um den Kopf, wie einen Turban. Sie bedeckte sein linkes Auge und den Teil einer Wange. Ich sah tiefe Kratzwunden, die über seine Wange, den Hals und die Brust verliefen. Sein rechtes Auge starrte mich voll Wut an.

Irgendwie benommen trat ich neben ihn und fragte ihn, was passiert wäre.

Seine Stimme klang belegt, kaum zu erkennen.

„In ein oder zwei Tagen ist alles wieder gut. Ich bin mit Drogen vollgepumpt. Das ist ein Fieber, das ich mir an diesem verdammten Grab zugezogen hab. Sie müssen diese Anlage bewachen, bis es mir wieder besser geht, wo Sie jetzt schon zurück sind. Die greifen in der Nacht an. Heute Nacht kommen sie wieder. Wie sind Sie hereingekommen?"

Ich sagte es ihm, und sein Blick wanderte zu Heather hinüber.
„Du hättest Wache halten sollen. Die bringen uns um, wenn sie hier hereinkommen. Sie haben Blut geleckt und etwas Macht. Das ist kein Witz ... Wenn ich hier liege, geht mir die ganze Zeit ein Satz durch den Kopf, einer von dem alten Nietzsche; sollte mich eigentlich nicht überraschen. Macht korrumpiert, aber ein wenig Macht korrumpiert völlig, das ist in *sie* gefahren. Ich hätte es denen schon lange zeigen sollen, Bella und allen. Sie und Heather und Da Silva müssen sich abwechseln..."
„Was ist Ihnen passiert?" fragte ich noch einmal.
„Das habe ich Ihnen doch gesagt. Ich habe mir am Totenplatz ein Fieber zugezogen. Und die Fahrt hat mich durchgeschüttelt. Ich habe nicht aufgepaßt — Sie dürfen niemandem vertrauen, Roberts. Wenn ich mir überlege, wie die Welt sich gegen mich gestellt hat, selbst im Mutterleib, weiß ich nicht, wie es kommt, daß ich so lange überlebt habe. Eines Tages, wenn es mir besser geht, werde ich diese ganze verdammte Insel ins Meer hinunterziehen ..." Er verstummte und fing nach einer Weile zu husten an.
Ich sah Heather fragend an. Sie zwinkerte mir zu und sagte zu Dart: „Wir holen jetzt die Stange vom Zaun, *Meister,* damit wir sicher sind. Und dann komme ich gleich wieder. Liegen Sie ganz ruhig." Draußen im Korridor klammerte sie sich wieder an meinen Arm.
„Es ist das Fieber, er weiß nicht, was er sagt. Ich habe ihn voll Drogen gepumpt, aber ich habe solche Angst, wirklich, wir sind in einer schrecklichen Lage."
„Was ist passiert? Hat Bella ihn angegriffen? Wo ist sie?"
„Ich weiß nicht genau, was geschehen ist. Es war schon Bella — hey, Sie bilden sich doch nicht etwa ein, daß ich so kratze! Ich vermute, daß er über irgend etwas gestürzt oder gestolpert ist, und sie ihn dann angegriffen hat, als er am Boden lag. Ich habe mich nicht hineingetraut. Er hat auf sie geschossen, und dann ist sie verschwunden."

„Ist sie jetzt bei den Tierleuten?"

„Oh, wie ich mir wünsche, daß sie dort wäre! Nein, sie ist irgendwo hier. Sie ist in die Labors gerannt und hat sich eingeschlossen. Cal, Sie müssen hinein und sie töten — und alles andere, was Sie dort noch lebend vorfinden."

Mir gefiel, daß sie alle annahmen, ich stünde auf ihrer Seite.

Wir öffneten die Außentür, und ich begab mich ins Innere der Anlage, wo immer noch Maastrichts Farbkanister herumlagen. Ich konnte George über den Palisadenzaun riechen.

„Lassen Sie mich hinaus, dann hole ich die Stange herein. Dann kann sie auch kein anderer benutzen." Ich hatte die Vorstellung einer Belagerung ohne lange Überlegung akzeptiert.

„Können Sie dieses scheußliche Ding wegschaffen, das die dort draußen aufgestellt haben?"

„Vielleicht ein andermal."

„Der Gestank allein könnte mich zum Erbrechen bringen, wenn es nicht so würdelos wäre ..."

Wenn man die Umstände bedachte, war Heather kühl und effizient. Ich versuchte, ihr gegenüber weniger Feindseligkeit zu empfinden, während ich die Stange nach innen zog. Sie stand am Tor und hielt Wache. Ich erinnerte mich, daß sie sich gut auf Karate verstand und wußte, daß sie bereit sein würde, ihre Kunst gegen die Tierleute einzusetzen, wenn die Umstände es verlangten.

Kurz darauf hatten wir die Stange an den Palisadenzaun gelehnt und das Außentor wieder verschlossen.

Als wir hineingingen, froh, dem süßlichen Geruch der Verwesung zu entgehen, sagte ich: „Dart hat mich im Friedhof liegen gelassen, ich hätte dort sterben können. Ich habe wirklich die Hölle mitgemacht, bis ich hierher zurückkam. Sie würden nicht etwa einem Besucher ein Sandwich anbieten?"

Sie antwortete: „Ich nehme an, ich mache mir zuviel Sorgen um Morty. Er wird am linken Auge blind werden, wenn er nicht großes Glück hat ... Sicher mache ich Ihnen etwas zu essen — Sie müssen hungrig sein. Dann könnten Sie vielleicht duschen und sich umziehen. Sie riechen fast so streng wie George dort draußen."

Ja, ein wirklich zivilisiertes Mädchen, dachte ich. Ich war drei Nächte weg gewesen, und drei Nächte des Überlebens auf Moreau Island waren fast wie ein Jahrhundert andernorts; und sie sagte nur „ich mache Ihnen etwas zu essen". Es war klug von ihr, daß sie nicht wissen wollte, was mir alles passiert war.

Ich vergeudete keine Zeit mehr darauf, über sie nachzudenken. Kaum hörte ich sie in der Küche, als ich in den anderen Korridor hinausrannte und dort jede Tür probierte. Bei der zweiten Tür hatte ich Glück. Es war der Radioraum. Ich ging hinein und schloß die Tür hinter mir ab. Der Gerätepark, den ich vorfand, war eindrucksvoll. Die meisten Teile der Anlage waren mir vertraut. Größtenteils handelte es sich um eine übliche USCF-Station, eine Mk IV MVFQ 12. Sie brummte selbstgefällig vor sich hin, und die Bänder standen bereit, sich abzuspulen, sobald ein ankommendes Signal sie auslöste. Es sah wirklich schön aus.

Ich schaltete auf die Wellenlänge von San Diego, ging auf Sendung und schickte eine Trägerwelle hinaus. Die Reaktion kam fast sofort. Klare, amerikanische Stimmen erklangen, und ein paar Sekunden später sprach ich mit Captain Jimmy Hobarts vom Marine-Rettungsdienst. Ich gab ihm meine geographische Position so genau ich das konnte an und schilderte ihm die Lage.

„Klingt wie ein richtig nettes Zuhause", sagte er. „Warten Sie." Zehn Sekunden Schweigen. „Wir schicken Ihnen einen Marine-Chopper von einem Stützpunkt auf Fidschi. Er sollte bei Ihnen sein — warten Sie, ich erkundige mich nach dem Wetter..."

Ich konnte die Hintergrundgeräusche seines Büros in San Diego hören, bis er wieder kam. „Das Wetter in Ihrer Gegend ist für die nächsten vierundzwanzig Stunden gut vorausgesagt, wenn auch feindliche Störtätigkeit gemeldet wird. Aber wir geben dem Chopper Anweisung, er soll tief fliegen, dann sollten die ihm sagen, daß wir in sieben Stunden bei Ihnen sind. Siebeneinhalb vielleicht. Nein, später. Maximal acht Stunden."
Ich sah auf die Uhr. Es war jetzt 16.09. Bis der Helikopter eintraf, würde es Mitternacht sein.
„Ich werde warten", erklärte ich Hobarts.
„In der Maschine wird Platz für fünf Leute und eine Tragbahre sein, okay?"
„Mehr als genug." Ich nannte ihm eine Nummer in Washington, die er anrufen sollte, damit er meine Abteilung von meiner Existenz informierte, und er bestätigte sie mir.
„Bis bald."
Hoffentlich, dachte ich, als ich abschaltete. Bis Mitternacht war es noch weit.

11.

Ein weiterer Besucher für den großen Meister

Ich war wieder Herr meines Geschicks, soweit dies in unserer komplizierten Gesellschaftsform überhaupt möglich ist. Der Krieg veränderte alles. Mochten Staaten und die alte Ordnung untergehen und neue sich erheben, aber die Radiostationen waren zumindest noch besetzt, und die Helikopter flogen. Dies waren die Dinge, die ich verstand, und auf die ich mich verließ, wenn auch das, was ich auf der Seehundinsel erlebt hatte, noch zu frisch in meinem Gedächtnis haftete, als daß ich im Augenblick Freude daran hätte finden können.

Doch wie dem auch sei. Die Dinge ließen sich arrangieren. Ordnung konnte ins Chaos eingreifen. Schon ehe ich den Radiotisch verließ, begann ich, Pläne zu machen. Wenn der Helikopter eintraf, würden Dart, Heather und Satsu mit mir an Bord gehen. Dart brauchte ärztliche Behandlung. Ich würde gleich nach meiner Rückkehr nach Washington einen Bericht über die Zustände auf der Insel machen. Dann würde eine offizielle Untersuchung angestellt werden, und es würde zu peinlichen Fragen für die Abteilung kommen, die die Experimente so lasch finanziert hatte. Man würde die Experimente untersuchen, sie abbrechen, und die finanzielle Unterstützung einstellen, wenn ich in der Sache etwas zu sagen hatte. Anschließend würde man eine ärztliche Verwaltung errichten, um dafür zu sorgen, daß die Tiermenschen für den Rest ihres natürlichen Daseins human behandelt wurden. Am besten würde wohl sein, sie zu sterilisieren, damit sie nicht eine Generation Unglücklicher in die Welt setzten.

Richtig. Jetzt, da Dart außer Aktion gesetzt war, blieben nur noch zwei Probleme, die vor Mitternacht gelöst werden mußten. Diese Probleme hatten ihren Ursprung in Bella und Rotfuchs.

Man mußte Bella finden und sicherstellen, daß ihr kein weiteres Leid geschah. Rotfuchs — nun, wenn es mir gelang, mit ihm vernünftig ins Gespräch zu kommen, dann war es durchaus möglich, daß er die Tiermenschen unter Kontrolle brachte; vielleicht könnten wir ihn sogar zu ihrem ganz legitimen Anführer machen — wir brauchten dann vielleicht gar nicht mehr mit weiteren Störungen von Gesetz und Ordnung zu rechnen.

Jedenfalls galt es, weiteres Blutvergießen zu vermeiden. Und wenn ich mit Rotfuchs sprach, wollte ich auch herausfinden, was aus dem armen Bernie geworden war. Vielleicht war es möglich, ihn in ein glücklicheres Leben zu bringen, falls er noch überlebte. Vielleicht würde ich sogar leichte, ihm verständliche Arbeit finden, zu Hause, auf der Farm meines Vaters vielleicht.

All dies hatte ich bereits zu meiner vollen Befriedigung beschlossen, ehe ich den Funkraum verließ.

Heather stand vor der Tür.

Alles Weiche war jetzt von ihr gefallen. In den Linien ihres Gesichtes, der Spannung ihres Körpers, sah ich die tödliche Entschlossenheit. Sie hatte eine Waffe auf mich gerichtet, die ich schon einmal gesehen hatte — sie ähnelte der, die Da Silva vor ein paar Tagen bei sich getragen hatte, aufs Haar. Ich sah, daß der Augenblick der Wahrheit zwischen uns gekommen war.

Keiner von uns beiden brauchte etwas zu sagen. Sie hatte mich im Funkraum erwischt und beabsichtigte, mich zu töten! Ich würde sie daran hindern und sie entwaffnen oder töten.

Ich sprang sie an.

Es war ein langer Sprung; in der mit Spannung geladenen Luft zwischen uns sah ich, wie sich ihr rechter Arm hob. Ohne sonst ihre Stellung zu verändern, feuerte sie die Waffe auf mich ab. Das Geräusch, das sie verursachte, klang etwa wie *sslitt,* ganz leise.

„Sie arbeitet mit Luftdruck“, sagte ich mir, recht überflüssigerweise, während mir die Knie den Dienst versagten und ich nach vorne fiel und dabei versuchte — was mir allerdings mißlang —, nach einem brennenden Stich zu greifen, der unter meiner linken Schulter begann und über den ganzen Körper ausstrahlte. Heather trat zurück und sah zu, wie ich zusammensackte.

Meine sämtlichen Muskeln hatten sich gelockert. Ich konnte mich nicht retten. Ich stürzte wie ein gefällter Baum, rollte zur Seite und blieb mit dem Gesicht nach oben in verkrümmter Haltung liegen. Heather trat über mich und blickte mit einer professionellen Kälte auf mich herab, die noch unwandelbarer als das Schicksal war.

Hitze floß durch meinen Körper; ich glaubte, ich müsse sterben. Doch mein Bewußtsein blieb ganz klar. Losgelöst von körperlicher Existenz entschied ich, daß mich ein Bolzen getroffen hatte, der mit einem tödlichen Gift imprägniert war, welches unverzüglich arbeitete.

Unterdessen hörte ich Dart mit schwacher Stimme durch den Korridor rufen. Heather beugte sich über mich und sagte: „Der *Meister* dachte immer, Sie wären ein feindlicher Agent. Ich dachte das nicht, aber anscheinend hatte ich unrecht. Jetzt kann ich das überprüfen.“ Sie trat in den Radioraum. Ich hatte gehört, was sie gesagt hatte, aber es war schwierig, die Worte zusammenzufügen und ihnen einen Sinn abzugewinnen.

So lag ich da, während ganze Landschaften aus Schmerz und Zeit vorüberzogen. Nach einer Weile tauchte Heather wieder auf. Sie ging um mich herum und verschwand in Richtung auf — wie hieß der Mann doch? — Darts Zimmer. Weitere Landschaften, weitere Ewigkeiten. Ich versuchte, an Lorta zu denken.

Jetzt war Heather wieder da und beugte sich über mich. Sie hob meinen Kopf.

„Cal, ich weiß, daß Sie mich hören können. Hören Sie zu, Sie sind sauber. Jede Nachricht, die hier hinausgeht, wird automatisch aufgezeichnet. Ich konnte also Ihr Signal abspielen. Sie sind sauber. Sie sind kein Sowjetagent, Sie sind bloß der verdammte, tolpatschige, schiffbrüchige Politiker, als der Sie sich ja auch immer ausgegeben haben. Ich werde Ihnen jetzt etwas geben, das gegen das Lähmungsmittel wirkt, das sich in Ihrem Kreislauf ausgebreitet hat. Sie werden gleich wieder in Ordnung sein."
Die Kämpferin hatte ihre Schuldigkeit getan. Mit krankenschwesternähnlicher Fürsorge lehnte sie mich gegen die Wand, holte eine Spritze und injizierte mir eine klare Flüssigkeit in die Vene. Dann brachte sie mir eine Tasse Kaffee — echten, keinen synthetischen. Die Zeit begann für mich wieder.
Sie zog mich in die Höhe, brachte mich zum Gehen und schleppte mich zu meinem alten Bett, wo sie es mir bequem machte.
„Sie haben mich hereingelegt, Cal, Sie Schuft, und ein Sandwich verlangt", sagte sie. „Es war dumm von mir, mich so leicht austricksen zu lassen. Aber es hat ja geklappt — Sie sind jetzt sauber. Der *Meister* war überzeugt, daß Sie nicht das waren, was Sie behaupteten. Ich nehme an, Sie wissen, warum?"
Ich wußte nicht warum, war aber außerstande zu reden, die Frage in Worte zu kleiden. Ich konnte spüren, wie das Gegenmittel wirkte, mich wieder zu Kräften brachte.
„Jetzt muß ich mich erst daran gewöhnen, daß Sie jemand sind, der in Washington eine Menge zu sagen hat", meinte sie. „Es ist schon komisch, Mort hier in einem Zimmer im Bett liegen zu haben und Sie in einem anderen ... das gibt mir Gelegenheit, ein gutes Wort für ihn einzulegen. Er braucht wirklich mehr Geld, mehr Unterstützung; die Verwaltung ist in der Beziehung sehr sparsam. Sie können ein gutes Wort für uns einlegen. Ich weiß, Sie haben ein Vorurteil gegen das, was sich hier abspielt, Cal, aber ich

werde Sie durch die Labors führen, die Sie bis jetzt noch nicht besucht haben. Dann werden Sie sehen, wie gut sie geführt werden, trotz all der Schwierigkeiten, die wir hier haben. Wir brauchen Ihre Hilfe Cal, wirklich ..."
Sie setzte sich auf das Bett und kuschelte sich an mich und sah mich verführerisch an.
„Die Abteilung hat mich hierhergeschickt. Ich habe mit Tieren gearbeitet. Die Abteilung dachte, ich sollte Mortys persönliche Leibwächterin und Assistentin sein ..."
Ihre Wärme und ihr angenehmes Parfüm machten mir selbst in meinem geschwächten Zustand zu schaffen. Aber ich gab einen krächzenden Laut von mir, um gegen das, was sie sagte, Protest einzulegen.
„Das haben Sie nicht gewußt, Cal, wie?" Sie blickte verträumt ins Leere. „Mag schon sein, daß Morty inzwischen ziemlich verdreht ist. Erinnern Sie sich noch, wie der Islam das Kriegsbeil ausgrub und gleichzeitig die cubanischen Soldaten eine Invasion in Samoa starteten? Ziemlich schlimme Zeiten zu Hause. Ich kam mit einer Privatmaschine, die mir die Abteilung zur Verfügung stellte, auf Moreau Island an und gab vor, ein Flüchtling aus Samoa zu sein. Morty hat mich und meine Geschichte akzeptiert. Warum auch nicht? Er weiß ja schließlich, daß die ganze verdammte Welt in Stücke geht ..." Sie seufzte.
Schweigen lastete schwer auf dem Raum — das Brüllen und Tosen, das ich hörte, war diesmal nicht der Ozean draußen, sondern kam aus meinem inneren Ohr, wo langsam die Gezeiten des Lebens zurückkehrten. Jetzt sprach sie wieder, die Lippen dicht an den meinen.
„Was ich Ihnen klarmachen möchte, Cal, ist, wie wichtig Morty für unsere Kriegsanstrengungen ist. Ich bin stolz, hier zu dienen, etwas zu tun, irgend etwas — um das Gefühl zu haben, daß ich zumindest, nun, es ist schwer, es in Worte zu kleiden, aber ich glaube, daß ich hier zumindest einen Job habe, der meinen Kenntnissen und Fähigkeiten angemessen ist. Freilich, manchmal ist es langweilig, weil

man hier so isoliert ist, aber schließlich bekommt nicht jede Frau die Chancen, die ich hier habe. Ich meine, ich tue hier Männerarbeit — nun, mehr als das ..."

Sie schob sich noch näher an mich heran. „Noch acht oder zehn Jahre, und wir werden eine Frau als Präsidenten der Vereinigten Staaten haben — jedenfalls von dem, was noch von den Staaten übrig ist. Meine Vorgesetzte in der Abteilung empfinden das ganz genauso."

Sie strich mir über das Gesicht.

„Das ist immerhin ein Gutes, was man dem Krieg zuschreiben kann. Ich weiß, daß es schrecklich ist, wenn Tausende von Menschen wie Vieh auf der ganzen Welt abgeschlachtet werden. Aber zumindest ist die Haltung überall klar, und man kann sie so sehen, wie sie wirklich ist. Keine Lügen. Die Leute sind entweder Freunde oder Feinde, verstehen Sie, wie ich das meine? Ich meine, entweder gewinnen *wir* oder *die anderen,* und das vereinfacht alles Mögliche. In gewisser Weise ist es wie in einem alten Gangsterfilm."

Jetzt lag sie förmlich auf mir.

„Sie *müssen* einen guten Bericht über uns abgeben, wenn Sie nach Washington zurückkommen, Cal. Sonst könnten *Sie* Ärger bekommen. Ich meine, es ist ja immerhin Krieg, und man muß die Geheimnisse hüten. Sie haben den *Meister* bedroht, mit dem Tode, und das hat ihm nicht gefallen ... Wir sind Ihre Freunde, vergessen Sie das nicht. Okay, einige der Dinge, die hier geschehen, gefallen Ihnen nicht, aber im Sowjetblock und bei den Moslems geschehen viel, viel schlimmere Dinge in viel, viel größerem Maßstab. Moreau Island ist nur ein Tropfen im Ozean. Die Menschen müssen leiden ..."

Ich brachte ein lautes Stöhnen zuwege.

„Cal, spüren Sie schon wieder etwas?"

„In welcher Abteilung sind Sie tätig, Heather?" Endlich konnte ich die Worte bilden.

Sie lächelte. „Darüber hat der *Meister* sich auch den Kopf zerbrochen, denke ich. Sehen Sie, wir werden von *Ihrer*

Abteilung finanziert — dem Außenministerium. Wir nahmen an, wenn Sie wirklich der waren, der Sie behaupteten, hätten Sie doch die ganze Zeit über Moreau Island Bescheid gewußt."

Das Leben und die Kontrolle über meine Gliedmaßen waren in mich zurückgekehrt. Vielleicht hatte der Schock mitgeholfen, den Heather mir verpaßt hatte. Ich überredete sie, mir etwas zu essen und zu trinken zu holen, und setzte mich auf die Bettkante. Es war zehn Minuten nach fünf.

Das, was sie mir geschildert hatte, würde an dem, was ich nach meiner Rückkehr nach Washington zu tun hatte, nichts ändern. Ich würde meinen Bericht abgeben und gleichzeitig meinen Rücktritt einreichen. Irgendwo in dem Gebäude, in dem ich arbeitete, vielleicht sogar in seinem Safe in einem Büro auf meinem Korridor, gab es eine Akte.

In dieser Akte lebte Moreaus andere Insel, ein Doppelgänger der wirklichen Insel. Ein ordentliches kleines Land Utopia, das die Bürokratie in Paragraphen und Abschnitte aufgelöst hatte. Im juristischen Sinne würde diese Insel eine ganz abstrakte, trockene Existenz führen. Und dort würde es auch sorgfältig eingetragene Zahlen geben, und alle Spalten würden ordentlich aufeinander abgestimmt sein.

Einmal im Jahr würden die Buchhalter sich überzeugen, daß alles immer noch stimmte.

Jene andere Insel war es, die ich vernichten mußte. Die echte Insel konnte in ihrer gegenwärtigen Form nicht existieren, wenn es jene andere Schatteninsel in einer Akte in einem Safe in Washington nicht gab.

Ich stemmte mich vorsichtig vom Bett und begann, auf und ab zu gehen. Als Heather mit einem kleinen Imbiß auf dem Tablett zurückkehrte, fühlte ich mich wieder ganz der alte. Als ich zu Ende gegessen hatte, hörte ich in der Ferne ein Krachen.

„Das ist Morty", sagte Heather mit bestürztem Blick. „Er versucht, aus dem Bett zu steigen. Ich muß mich um ihn kümmern, sonst verletzt er sich."

Ich saß einen Augenblick alleine da, dann stand ich auf, verließ das Zimmer und ging leise über den Hauptkorridor. Heather war den Nebenkorridor zu Darts Zimmer gegangen. Ich ging weiter, bis ich die Tür gegenüber der Zentrale erreichte. Sie diente als einer der Eingänge in den Laborkomplex.

Obwohl Heather mir angeboten hatte, mich durch die Labors zu führen, war es vielleicht besser, wenn ich mich alleine umsah. So wollte ich zum Beispiel herausfinden, was aus Bella geworden war. Heather hatte behauptet, daß Bella irgendwo in den Labors unterwegs sei, aber je mehr von Heathers Behauptungen ich überprüfen konnte, desto besser war es.

Ich lauschte vor der Tür und versuchte dann, die Klinke zu betätigen. Die Tür war, wie erwartet, abgesperrt. In der Zentrale waren die Monitorschirme, von denen mir einige zeigen würden, was in den Labors geschah, dessen war ich ziemlich sicher. Aber ehe ich das versuchte, rief ich leise an der Labortüre Bellas Namen.

In dem Raum dahinter bewegte sich sofort etwas. Jemand hatte schweigend dort gestanden und mich belauscht. Es gab ein Geräusch wie eine Schlange, die über einen glatten Bretterboden kriecht. Ein Schlüssel klickte im Schloß. Als die Tür anfing sich zu öffnen, wußte ich, daß nicht Bella dort stehen würde.

Was ich sah, war ein Ding, das so fürchterlich, so unwahrscheinlich war, als wäre es aus den Seiten eines bösen Märchens getreten. Ich trat einen Schritt zurück, als es mich ansprach.

„Ich weiß nicht, wer Sie sind", sagte es, „aber wenn Sie im Dienste des *Meisters* stehen, muß ich Sie willkommen heißen."

Perfekte Diktion, gleichmäßig und wohlformuliert! Um wie vieles akzeptabler war doch das gebrochene Vokabular der Tiermenschen, das in jeder verzerrten Silbe ihr verzerrtes Leben widerspiegelte.

Das Geschöpf, das mir gegenüberstand, war in noch viel größerem Maße eine Karikatur der menschlichen Gestalt als die Tiermenschen. Es war weniger als eineinhalb Meter groß und von unproportionaler Leibesfülle. Es hatte außergewöhnlich kurze Beine, so daß seine Arme fast bis zum Boden reichten. Sein Kopf war völlig verbildet und lief hinten fast spitz zu. Das völlige Fehlen jeglichen Haarwuchses betonte seine Abnormalität noch.

Die verzerrte Knochenstruktur erklärte auch die Häßlichkeit des Gesichtes der Kreatur, das außergewöhnlich fleischig war. Die Stirn wölbte sich vor und senkte sich bis auf die Augen, während das Kinn sich nach oben bog und den Mund fast verbarg. Von einer Nase konnte kaum die Rede sein. Das Ganze erinnerte mich an Zeichnungen sieben Monate alter Fötusse. Aber insgesamt erzeugte die Kreatur den Eindruck eines bösartigen Gnoms.

Der natürliche Ekel, den diese Gestalt erzeugte, wurde noch durch ihre eigenartige Haut verstärkt, die tot und grau wirkte und fast schuppig aussah. Der Gnom war in eine Art Schlangenhaut gehüllt.

Weil seine geringe Körpergröße ihn zwang, zu mir aufzublicken, war der Eindruck, den das Gesicht vermittelte, der eines Geschöpfes, das lange Zeit unter Wasser gelegen hatte. Selbst die Augen wirkten wässeig und ohne Leben. Und doch bewegte es sich natürlich und leicht und trat zur Seite, daß ich den Raum betreten konnte, ja streckte mir sogar die Hand entgegen. Die Nägel der Hand hatten sich schützend über die Fingerspitzen gelegt. Ich brachte es nicht fertig, die Hand zu ergreifen.

„Bella", sagte ich. „Ich bin gekommen, um Bella zu sehen."

„Ja wirklich? Bella hat viel Zerstörung angerichtet, fürchte ich. Wir mußten uns also um sie kümmern. Sie stirbt im

Zimmer nebenan. Wir haben sie davon überzeugt, daß das Leben nicht lebenswert wäre, und ihr die Mittel zum Selbstmord verschafft. Sie brauchen sich keine weiteren Sorgen zu machen."

„Ich muß sie sehen. Bringen Sie mich schnell zu ihr."

Als ich auf die Tür zuging, die der Gnom mir gezeigt hatte, sagte er: „Ihr Vaterleute habt viele Impulse." Er sprach so ausdruckslos, daß ich nicht sagen konnte, ob aus seinen Worten der Neid oder der Hohn sprach.

Der Raum, in dem ich mich befand, war der erste im Laborkomplex, der voll unterschiedlicher Räume und Abteilungen war. Dieses Vorzimmer war ein Büro, in dem mir in erster Linie eine Anzahl Aktenschränke und ein Computerterminal auffielen. Ins Auge fiel, daß überall Blut war, so als hätte ein Kampf stattgefunden. In der Ecke lagen vier kleine Gnomenkörper, die schrecklich zugerichtet waren.

Der nächste Raum, ein großzügig angelegtes Labor mit teuren Gerätschaften und an einer Wand Reihen von Kulturen unter Glashauben, bot eine Szene von noch größerer Verwüstung. Ich fragte mich, wie viele der Gnomen wohl hier untergebracht sein mochten. Mindestens ein Dutzend lagen, im Tod verzerrt, in dem Raum herum. Aus ihren Wunden erkannte ich, daß Bella sie getötet hatte. Sie lagen in ihrem eigenen Blut, dessen schwerer Geruch die Luft erfüllte.

Bella selbst lag in einer der vier Ecken. Die Perücke war ihr heruntergefallen, und ich dachte, sie wäre tot. Vier der Gnome standen wachsam, mit herunterhängenden Armen, rings um sie. Der Kleidung nach zu schließen, waren zwei davon Frauen. Wie den Männern fehlte auch ihnen jegliches Haupthaar. Als sie sich herumdrehten, um mich anzusehen, entdeckte ich unter ihren Blusen eine leichte Brustentwicklung.

Sie fingen an, sich nach meinem Namen zu erkundigen. Ich ignorierte sie und ging zu Bella. Als ich neben ihr niederkniete, hob sich ihr Kopf vom Boden. Die Geste wirkte ärgerlich. Ich zuckte zurück, damit sie mich nicht beißen konnte. Sie erkannte mich und sagte: „Du Vier Glieder Lang. Du nicht sehen wollen ich Peitsche kriegen." Dann schloß sie die Augen wieder.

Neben ihr lag eine zerbrochene Spritze aus Plastikmaterial. Ihre Tunika und ihre mißbildeten Hände waren über und über mit Blut beschmiert.

„Warum bist du nicht zu deinen eigenen Leuten gegangen, als du die Gelegenheit zur Flucht hattest, Bella?"

„Eigene Leute machen tot. Ich zu lange *Meister* mitgehen." Sie fing zu keuchen an. „Bella wie *Meister* riechen. Ärger machen."

Ich nahm ihren Kopf in die Arme, und sie ließ es zu. Sie war nicht mehr als ein sterbendes Tier, und doch — der Wille, uns zu verständigen war so groß — in diesem Augenblick war sie vielleicht menschlicher, als sie das je gewesen war. Worte und Gedanken drängten aus ihrem Tierbewußtsein hervor.

„Ich hier Gutes tun — versuchen, *Meister* tot machen. Tot machen viele schlechte kleine Leute hier. Alle töten, beste Sache. Kein Ärger mehr. Ende Peitsche kriegen."

„Ja, ja, Bella. Dieser Ort ist böse. Man wird ihn bald schließen."

Sie schien mich mißzuverstehen. „Bella ganz schließen, liebes Ding." Sie würgte an jenem alten Kosewort und hob dann einen Augenblick den Kopf. „Bella jetzt mehr Ärger von Großem *Meister* am Himmel kriegen."

Welche Leidenschaft quälte mich?

„So ist es nicht, Bella! Das ist alles Lüge. Es gibt keinen Großen *Meister* im Himmel. Nach dem Tod ist nichts, gar nichts. Schweigen, Bella — nur Schweigen. Nur Frieden. Kein Großer *Meister*." Keine Phantomakten, in denen du eine Zeile in einer Budgetliste bist. Der Teufel sollte sie alle holen. Das ist das Beste, was man glauben kann, Bella. Keine anderen Inseln, zu denen du gehen kannst.

„Ich glaube, Sie werden feststellen, daß das Tier verendet ist“, sagte mir eine der Gnomfrauen. Als sie meine Schultern berührte, zuckte ich zurück.
Ich ließ Bellas Kopf auf den Boden sinken und richtete mich auf und ging an den kleinen Leuten vorbei. Einer von ihnen gab irgendeine hochtrabende technische Erklärung über die Situation ab, auf die ich aber nicht achtete. Warum erfüllte mich eigentlich solches Leid? Wie ein Messer bohrte es sich in mein Fleisch. Es war, als hätte ich mein eigenes Leben weggeworfen. Das von Verachtung erfüllte Gesicht meiner ersten Frau drängte sich mir plötzlich auf — ich hatte sie geschlagen, und sie hatte sich angewidert und wortlos abgewandt —, ich eilte aus dem Labor zurück in mein Schlafzimmer, wo ich eine Weile mit dem Kopf in den Armen, die Ellbogen gegen die Wand gestützt, dastand. Ihr warmer, animalischer Geruch hing mir immer noch an.
Ich hätte um die besudelte tierische Unschuld Bellas weinen können. Statt dessen dachte ich, von Scham erfüllt, über all das Böse nach, das meinen Aufenthalt auf diesem Alptraum-Eiland begleitet hatte.
Vor meinen Augen erhob sich ein elektromagnetisches Spektrum irdischer Qualen, in dem alles, das einem Menschen widerfahren konnte, der Reihe nach angeordnet war, vom Allerbesten am hellen Ende bis zum Schlimmsten am finsteren. Auf einem solchen Spektrum gab es keinen Platz für Begriffe wie gut und böse — ich dachte über all die Klischeebegriffe nach, die ich zu diesem Thema von mir gegeben hatte, und hätte lachen können. Die hellste Farbe des Spektrums war eine völlig erfüllte gebende Sinnlichkeit, die dunkelste manifestierte sich in den namenlosen Geschöpfen, mit denen ich gerade in Berührung gekommen war.
Wie verblendet ich doch gewesen war und wie sicher in meiner Verblendung! Und für vieles, das geschehen war, trug ich die Schuld. Freilich trug Dart die Verantwortung

für seine Herrschaft, aber auch ich war schuldig. Wie von einem Blitz beleuchtet, sah ich mich in Washington, beobachtete mich dabei, wie ich die Moreau-Akte fand und sie verurteilte — und gleich darauf meine eigene Unterschrift auf der ursprünglichen Bewilligung fand.
Meine Ankunft auf der Insel war das Signal für eine Kette des Todes gewesen.
Hans Maastricht. Er hatte es zuwege gebracht, jahrelang in Sicherheit zu trinken und zu arbeiten, bis ich kam und sein Gleichgewicht störte. Und von seinem Tod an hatten sich all die anderen angeschlossen. Ich hatte mich geweigert, Hans' Maschinenpistole aus der Lagune zu bergen. Also hatte Rotfuchs sie geholt und George damit verletzt und am Ende getötet. Jene Störung von Hans' Beerdigung hatte mich dazu getrieben, Warren mit der Hilfe Bernies zu suchen. Von all den Opfern war Warren derjenige, für den ich mir die größte Schuld gab. In jener schrecklichen Nacht, in der er gestorben war, glaubte ich, daß auch der getreue Bernie zu Tode gekommen war — und wenn ja, dann hatte man ihn getötet, weil er mein Freund gewesen war. Dann war da Bella ... Und damit fanden meine Selbstvorwürfe ihr Ende. Im nächsten Augenblick würde ich anfangen, mir wegen meiner ehemaligen Ehefrauen Vorwürfe zu machen. Es war sinnlos, in der Schuld herumzuwühlen. Nur indem ich jetzt handelte, konnte ich Erlösung finden. Wenn ich versuchte, den Rest meines Planes in bezug auf Rotfuchs zu erfüllen, ehe der Helikopter kam. Ich erkannte deutlich, daß ich einen Bericht aus erster Hand über die Kreaturen im Labor brauchte. Dart sollte mir den jetzt geben.
Ich sah auf die Uhr. Es war 17.51 Uhr. Genügend Zeit. Die Sonne war noch nicht einmal untergegangen.

12.

Der Frankensteinprozeß

Der *Meister* saß aufrecht im Bett, von Kisten gestützt, den Kopf und eine Gesichtshälfte immer noch von Verbänden umhüllt.

„Sie erinnern sich vielleicht an ein kleines Gespräch, Mr. Roberts, das wir vor einer Weile führten, und das sich damit befaßte, wer eigentlich diesen Krieg führt. Ich glaube, ich habe Ihnen schon bei diesem Gespräch dargelegt, daß es Normale wie Sie sind, und nicht Krüppel wie wir. Die Angelegenheit hat jetzt ein Ausmaß angenommen, daß wir alle davon betroffen sind. Sie machen sich keine Vorstellung davon, wie sehr das mich betrifft — schließlich ist das hier ja kein Zirkus, den ich führe, wissen Sie.

Da Sie endgültig den Beweis dafür geliefert haben, daß Sie der Kissenwärmer sind, der Sie stets zu sein behauptet haben — ein weiterer aufgeblasener Politiker, bei dem die linke Hand nicht weiß, was die rechte tut —, darf ich Ihnen jetzt sagen, daß viele Male hochrangige Militärs und Mediziner aus den ko-alliierten Hauptquartieren hierher geflogen sind, um vor mir den Kotau zu verrichten und sich irgendein neues Gen hier abzuholen, wenn sie Glück hatten. Stimmt's, Heather?"

Sie stand neben seinem Bett und musterte interessiert einen Punkt an der anderen Wand. Sie nickte.

„Sie sehen, Sie bilden sich ein, daß Sie jetzt Oberwasser haben, Mr. Roberts. Sie wissen gar nicht, worum dieser Krieg geht."

„Wenn Sie mit den Gemeinplätzen fertig sind", sagte ich, „werden Sie sich vielleicht daran erinnern, daß ich Sie um eine Erklärung, wenn auch meinetwegen skizzenhaft, jener Gnomgeschöpfe gebeten habe, die Bella getötet haben."

„Diese Gnomgeschöpfe, wie Sie sie nennen, werden in den Büchern als EUR bezeichnet, stimmt's? Das sind die EURs, Roberts, und keine Gnome, die Sie in Ihrer Verwirrung vielleicht verachten. Sie würden mir vielleicht gerne sagen wollen, was diese Bezeichnung bedeutet. EUR bedeutet Ersatz-Unter-Rasse. Ersatz-Unter-Rasse. Und genau das sind sie. Modell I.

Ich habe Ihnen gegenüber schon früher angedeutet, daß ich hier für ein kompliziertes Programm verantwortlich bin und es auch leite. Die EURs sind der Höhepunkt einer Phase dieses Programms — so einfach ist das. Darum geht es hier auf dieser Insel. Moreaus primitive Vivisektionstechniken waren nur der Anfang mit amateurhaften Mitteln. Anschließend kamen meine frühen Experimente der Genchirurgie, von denen bedauerlicherweise im Augenblick nur die zwei Affenmenschen Alpha und Beta überleben. Sie repräsentieren eine wichtige Forschungsarbeit in Richtung auf das Ziel, das ich stets im Auge habe.

Sie sehen ja, was mir eine pränatale Droge angetan hat — willkürlich und mit unvorhersehbaren Effekten eingesetzt. Seit dem Thalidomid ist eine ganze neue Generation von Drogen zur Lenkung der Zellen- und Drüsenaktivität entwickelt worden. Die Schwierigkeit bestand darin, sie unter kontrollierten Umweltbedingungen an Menschen zu erproben. Es gibt einfach Grenzen für das, was man mit beliebigen Zahlen von Meerschweinchen, Mäusen, Ratten, Affen, Fröschen und all dem übrigen erreichen kann. Man braucht dazu Menschenmaterial, so einfach ist das. Und dafür eigneten sich die Tiermenschen. Das Nächstbeste zum Menschen. Ich konnte hier Fortschritte machen, sicher auf meiner kleinen Insel, die Ländern mit allen möglichen albernen Antivivisektionsgesetzen versagt waren.

Ich, und ich allein bin es, der diese EURs entwickelt hat und dies trotz einiger schwachsinniger Biologen und sonstiger -logen, die von Zeit zu Zeit hier auftauchen." Seine Lippen zitterten, als widerte ihn die bloße Erinnerung an sie an. „Ich habe keine Ahnung, was Sie von mir denken, Mr. Roberts, und es berührt mich auch nicht sonderlich. Aber lassen Sie mich Ihnen sagen, daß ich — ich, ohne Hände und ohne Füße — mehr erreicht habe als Kolumbus oder Dschingis Khan. Es hat wenig Sinn, wenn ich erkläre, was ich getan habe, weil Sie die Fachausdrücke nicht verstehen würden. Aber ganz grundsätzlich gesprochen, habe ich Drogen zweier Arten entwickelt, die radikale Wirkungen auf die Struktur des Fötus zeitigen.

Eine Droge (Kollektivum) ändert die fundamentale Funktion der Epidermis und liefert eine äußere Schutzhaut, die sehr ähnlich den Schuppen einer Schlange ist und gewisse Arten der Radioaktivität abhält. Die andere Droge wirkt den Stimuli der Zellaktivität entgegen und verändert verschiedene, grundlegende Abläufe im Stoffwechsel, insbesondere das gesamte pleiotypische Programm.

Durch Einsatz unterschiedlicher Kombinationen dieser beiden Drogen an Fötussen, die die Tiermenschen geliefert haben, haben wir — ich stelle das hier sehr verkürzt dar — die EURs entwickelt, eine echte Unterrasse, die gegenüber der menschlichen Rasse verschiedene Vorteile besitzt."

„Vorteile?" fragte ich.

„Sie sind gegenüber bestimmten Strahlungen, die für uns tödlich sind, immun, werden in nur sieben Monaten ausgetragen, reifen früh, sind kleiner und kompakter gebaut, verbrauchen weniger Nahrung, weniger Sauerstoff. Alles wichtige Plusfaktoren in dem Katastrophenszenario, für das sie bestimmt sind."

Während er sprach, waren unauffällig verschiedene Szenen ländlichen Friedens über seine Wand gehuscht, begleitet von den langsamen Weisen einer Haydn-Symphonie. Alte, weißgetünchte Häuser mit modernen Dachziegeln, sich träge bewegende Frauen mit Kübeln an Brunnen mit langen Hebeln, baufällige Zäune, endlose Wiesen, über die sich die Nebel senkten, alte Männer mit alten Hüten, Berge,

Ströme, Ochsen, die dekorierte Karren zogen, Rentiere, Limonen- und Akazienbäume in der Pracht ihrer bunten Blüten, Kinder, die über Wiesen tollten — all diese Bilder zogen im Rhythmus der Musik herauf und verblaßten wieder.
Ich sagte mit belegter Stimme zu Dart: „Was für eine Befriedigung empfinden Sie jetzt, da Ihre Arbeit beendet ist?"
„Sie ist noch lange nicht beendet. Machen Sie da ja keinen Fehler. Wir haben die EURs — und drei der besten Exemplare befinden sich im Augenblick zu Studienzwecken in den Vereinigten Staaten —, aber sie sind noch nicht perfekt. Man muß erreichen, daß sie auch in der zweiten Generation wieder zum Vorschein kommen, mit all ihren Eigenschaften, daß keine Ungeheuer aus ihnen werden. Ursprünglich waren sie unfruchtbar, aber das haben wir abgestellt. Jetzt ist eine der Frauen schwanger, wir setzen große Hoffnungen auf sie. Aber es muß noch viel getan werden. Rom ist auch nicht an einem Tage abgebrannt, wie man immer sagt."
„Warum tun Sie das? Wie können Regierungen, die einen totalen Krieg führen, solch unmenschliche Experimente dulden?" fragte ich ihn. „Welchen Nutzen haben Ihre EURs — wie sehr steigern sie Ihre Zufriedenheit und Ihr Glück?"
„Sie sind nicht so schlau, wie ich annahm. Ich dachte, das hätten Sie schon begriffen, Freundchen. Richtig, Sie erwähnen den totalen Krieg — aber welches Ergebnis wird er denn haben? Am Ende werden die Ko-Alliierten gewinnen, aber der Preis an Leben wird beträchtlich sein. Sie glauben, solche Dinge seien mir nicht wichtig, aber das stimmt nicht. Die Folge wird eine Welt der Not sein — das ist der Preis des Sieges. Und darum geht es. Die menschliche Rasse wird dezimiert sein, und Luft und Boden werden radioaktiv sein."
Er richtete sich in seinem Bett auf und legte die mißgebildeten Hände auf die schmale Brust.
„Aber wenn wir die EURs züchten können, dann können sie die ungeheure Aufgabe des Wiederaufbaus überneh-

men. Sie werden bereits gemäß den ko-alliierten Zielen indoktriniert. Sie werden gegenüber Strahlung weniger verletzlich sein als wir übrigen und sich schneller vermehren, werden weniger Vorräte verbrauchen, weil sie kleiner gebaut sind. Und selbst, wenn das Bild nicht so düster ist, wie ich es gemalt habe, werden wir andere Einsatzmöglichkeiten für sie finden. Kampf dem Verderb, wie ein kluger Mann einmal gesagt hat. Die EURs wären ideal als Mannschaften für Raumschiffe. Vielleicht erleben Sie es noch, wie sie hinausziehen und die Sterne erforschen, während die arme, alte Menschheit zu Hause bleibt — das, was von ihr übriggeblieben ist..."

Wenn man diesem Monstrum glauben durfte, dann erlebte ich hier den Höhepunkt des Frankensteinprozesses. Die ersten, vorsichtigen Schritte, die Victor Frankenstein gemäß der Schilderung von Mary Shelley getan hatte, und die darauf abzielten, ein Leben zu schaffen, das außerhalb der natürlichen Schöpfungsordnung stand, hatten dies bewirkt: daß man sich eine Zeit in naher Zukunft vorstellen konnte, in der die natürliche Ordnung in vollem Maße von der unnatürlichen, der künstlichen, ersetzt wurde. Die Argumente der Logik mit Appellen an den Fortschritt und die Notwendigkeit des Überlebens wurden von Mortimer Dart ebenso eingesetzt, wie sie Frankenstein, und was das betraf, Moreau, eingesetzt hatten.

In diesem Schauspiel einer pervertierten Fortpflanzung war ich verloren. Es gab keinen Dialog, den ich mit einem Mann wie Dart führen konnte.

„Die Dinge sind unserer Kontrolle entglitten", sagte Dart zu Heather und stöhnte. Sie legte ihm voll Mitgefühl die Hand an die Wange. Sie tauschten Blicksignale, die ich nicht zu interpretieren vermochte. Ich stand, wo ich war, und dachte fieberhaft nach. Das, was ich gesehen und gelernt hatte, hatte mich erschüttert; ich würde sofort nach meinem Eintreffen in Washington handeln. Darts Experimente mochten unseren Kriegszielen dienlich sein oder nicht, aber in jedem Fall wurden sie in krassem Maße falsch geführt; in einer ordentlich geführten Organisation wäre keiner der Todesfälle nötig gewesen. Dart verstand sich um kein Jota besser darauf, seine Angelegenheiten in Ordnung zu halten als Wells' Moreau das gekonnt hatte.

Wenn ich mir den heruntergekommenen Zustand der Insel vor Augen führte und insbesondere das Fehlen von Personal — warum gab es eigentlich kein amerikanisches Pflegepersonal, das bei den EURs Dienst tat? —, so schloß ich daraus aus langer Erfahrung mit ähnlichen Projekten, daß man im Begriffe war, die Operation Moreau abzubauen. Dart mochte diese Tatsache bis jetzt noch nicht erfaßt haben, aber seine großen Pläne waren zu Hause bereits abgewürgt worden. Er war überflüssig. Vielleicht hatte man die alten Klon-Programme aus den achtziger Jahren abgestaubt und mit neuem Leben erfüllt; seine Untersuchungen jedenfalls waren bereits abgeschrieben worden. Aber wie auch immer das sein mochte, ich wußte plötzlich tief in meinen Knochen, daß Dart erledigt war, was weitere Finanzen betraf.

Ich konnte mir gut vorstellen, wie wütend er sein würde, sobald er das erfuhr.

Wahrscheinlich würde er die EURs töten. Und mich auch, wenn ich dann noch da war. Mag sein, daß er einem leid tun konnte, aber gefährlich war er trotzdem.

Dart und das Mädchen hatten ihr wortloses Zwiegespräch beendet. Während er sich in seinen Harnisch zwängte, fixierte er mich.

„Haben Sie verstanden, was ich zu Ihnen sagte? Sie sehen, was für Dinge hier vor sich gehen, Mr. Under-Secretary of State Roberts — große Dinge. Größer als Ihr bürokratischer Kopf begreift. Wir verändern die Zukunft, ich verändere hier auf Moreau Island die Zukunft. Die Dinge werden nie wieder so sein, wie sie einmal waren. Es wird radikale Unterschiede geben. Die Menschen brauchen nicht ihre alte antiquierte Gestalt zu behalten. Und wenn man die

Form ändert, ändert sich auch die Funktion, das Denken ... Wirklich eine großartige Sache ..."
Und während er das sagte, wurde sein Gesicht häßlicher, sein Mund brutaler. Seine Augen wichen den meinen aus. Er schwitzte.
Ich drehte mich um. Da stand Heather und richtete die Waffe auf mich. Wenn jemand eine Waffe auf einen richtet, sieht man ihm immer zuerst in die Augen, um zu erkennen, ob er es ernst meint — das tat sie —, und dann erst auf die Waffe, um zu sehen, was für ein Mechanismus einen erledigen wird, wenn es soweit kommt. Sie hielt die Injektionspistole in der Hand, die sie schon einmal benutzt hatte. Es war ein schweres Modell, offenbar dazu geeignet, Hünen wie George in Sekundenbruchteilen gefechtsunfähig zu machen.
„Sorry, Roberts", sagte sie. „Wir haben schon genug Ärger. Sie sind sauber, das räumen wir durchaus ein, aber wir können Sie jetzt nicht herumstöbern lassen."
„Wir schließen Sie auf ein paar Stunden ein, Mr. Roberts", sagte Dart.
Ich stand am Bett und blickte von einem zum anderen. Heather war durchaus bereit, mir einen Schuß zu verpassen, aber sie war nervös, weil sie nicht sicher war, ob sie treffen würde. Sie trat näher heran.
„Fessele ihn", befahl Dart und beugte sich vor. Ich hörte, wie sein Panzer ächzte.
Das wurde zu einem Problem für sie. Sie wollte die Waffe nicht weglegen. Sie sah zu einem langen, gewebten chinesischen Gürtel hinüber, der hinter der Tür hing. Ich sprang sie an.
Heathers Reaktion war schnell. Mit einer einzigen flüssigen Bewegung ließ sie die Waffe aufs Bett fallen, wirbelte herum und schmetterte mir die Handkante gegen die Kehle. Aber ich bewegte mich ebenfalls. Ihr Schlag traf mich unter dem Arm, ohne Schaden anzurichten, und ich verpaßte ihr einen Fausthieb gegen die Schläfe.

Fast im gleichen Augenblick stürzte ich mich auf die Waffe. Dart trug seine Prothesenarme. Eine Hand aus Metall und Plastik packte mein Handgelenk und fing an, zuzudrücken. Ich krümmte mich vor Schmerz — Darts prothetische Gliedmaßen waren von Servomotoren unterstützt. Als der Druck nachließ, hatte Heather die Waffe wieder und verschnürte meine Handgelenke fachmännisch. Sie hatte nicht die ganze Wucht meines Schlages abbekommen.

„Gutes Mädchen", sagte Dart. „Nicht richtig verletzt, oder? Du mußt mich in den Stuhl setzen. Gehen wir hinaus und sehen nach, was im Labor geschehen muß. Hoffentlich kommt Da Silva klar."

„Lassen wir Roberts hinten?" Ihre Stimme klang ganz ruhig. „Ganz bestimmt nicht! Er kommt mit uns, damit wir ihn im Auge behalten können. Roberts, mir tut das echt leid, aber Sie sind wirklich lästig gewesen, und wir werden nicht zulassen, daß Sie nach Washington zurückkehren und uns dort Ärger machen."

„Sie dreckiger, kleiner Krüppel. Ich rate Ihnen gut, mich loszulassen, sonst kriegen Sie noch mehr Ärger. Sie wissen, daß dieser Helikopter bereits unterwegs ist, und er wird ganz bestimmt nicht ohne mich abfliegen, selbst wenn die zuerst Sie auf Eis legen müssen!"

Während Heather ihn vorsichtig vom Bett hob und auf den Rollstuhl setzte, sagte er — wobei er nicht mich, sondern einen Punkt an der Wand ansah — „Sie werden wir auf Eis legen, Freundchen. Ich darf Sie an etwas erinnern, das Sie bereits wissen sollten; Sie können das jetzt auf die gegenwärtige Situation anwenden. Haß zwischen Nationen ist im Vergleich zum Haß zwischen einzelnen Teilen einer Bürokratie gar nichts. Wir werden Sie auf lange Zeit auf Eis legen."

Er hatte eine Digitaluhr über dem Bett. „Dann sollten Sie sich beeilen", sagte ich. „Ihre Herrschaft hier dauert noch genau fünfdreiviertel Stunden."

Aber ich war beunruhigt. Ich wußte nicht, was er meinte. Und die Art und Weise, wie sie mich aus dem Zimmer führten, um die Ecke herum und durch den anderen Eingang in das verfluchte Labor, gefiel mir gar nicht.

Da Silva arbeitete mit einem Ausdruck wortloser Unzufriedenheit und wischte langsam die Blutflecken mit einer elektrischen Bodenreinigungsmaschine auf. Die Leichen der toten EURs — ich nehme an, daß man sie so bezeichnen mußte — hatte er bereits entfernt, ebenso auch Bellas Leiche.

Die überlebenden EURs männlichen wie weiblichen Geschlechts standen stumm herum und sahen ihm zu. Sie machten keine Anstalten, aus dem Labor zu entfliehen, noch begrüßten sie den *Meister* mit den halb spöttischen, halb drohenden Ehrfurchtsbezeigungen, wie sie bei den Tiermenschen selbstverständlich gewesen wären. Sie musterten ihn irgendwie kühl, und eine der Frauen sagte in ihrer perfekten Diktion und völlig ausdruckslosen Stimme: „Bella hat Sie gar nicht so sehr verletzt, wie man uns glauben machen wollte."

„Es reicht", erwiderte er und griff an seinen Turban.

„Der *Meister* wird wahrscheinlich auf einem Auge für immer blind sein", sagte Heather und wandte sich damit in erster Linie an die Frau. „Er braucht liebevolle Pflege."

„Er wird mit Ihnen vorlieb nehmen müssen", erwiderte EUR beißend.

„Äh — nun, wir werden überleben", sagte Dart. „Ich bedauere all den Ärger. Schließlich ist das hier ja kein Zirkus."
Die EUR meinte dazu: „Wenn das alles ist, was Sie zu sagen haben, ist Ihr Verantwortungsgefühl sehr gering. Elf von uns sind getötet worden, darunter 415, die, wie Sie wohl wissen, schwanger war. Wir sind alle erschreckt worden. Soweit wir feststellen können, ist es einzig und allein Ihrer Unvorsichtigkeit zuzuschreiben, daß Bella hier hereinkommen konnte. Wir hatten Sie bereits gewarnt, daß sie

gefährlich sein könnte, und Ihnen nahegelegt, sie zu beseitigen. Sie war ein reines Tier, ohne Intellekt."

Ich konnte deutlich erkennen, wie wenig wohl sich Dart bei dieser herausfordernden Anklage fühlte, und es blieb Heather, darauf scharf zu antworten: „Wir hören zu viele von deinen Klagen, 402. Du weißt ganz genau, wie knapp wir an Personal sind. Warum tust du denn nicht zur Abwechslung etwas? Warum hilfst du denn Da Silva nicht beim Saubermachen?"

„Wir haben keine Schuld an dem ganzen Schlamassel."

„Hinaus in den Untersuchungsraum, ihr alle", sagte Dart. „Ich möchte euch alle untersuchen, zusätzlich zu der üblichen Blutprüfung."

Darauf protestierten alle heftig, gingen aber, und Heather folgte hinter Darts Stuhl, ohne mich aus den Augen zu lassen. Als wir alle im Untersuchungsraum waren, einem großzügig ausgestatteten Operationssaal, schloß sie die Tür hinter uns.

Die EUR, die sie als 402 bezeichnet hatte, sah mich an und sagte: „Was macht dieser Mensch hier? Gehört der zum Programm? Wenn ja, so erkenne ich ihn nicht. Ich wünsche, in bezug auf ihn besser informiert zu werden."

„Wenn er Teil des Programmes wäre, wäre er nicht gefesselt", sagte Dart. „Er ist ein Gefangener, und wir behalten ihn im Auge, bis das Unterseeboot eintrifft. Dann schaffen wir ihn hier weg."

Er senkte den Kopf, während er das sagte, so daß ich seinen Gesichtsausdruck nicht beobachten konnte.

„Wenn er kein Mitarbeiter des Programms ist, werden wir nicht in seiner Gegenwart untersucht", sagte 402 und sah mich in fischhaftem Ekel an. „Das steht in unserer Charta, und wir haben noch nicht vergessen, wie wir uns einsetzen mußten, um das zu erreichen."

Die Auseinandersetzung ging weiter, aber ich konnte bald nicht mehr folgen. Der *Meister,* den seine EURs mit ihren scharfen Zungen offenbar verwirrt hatten, hatte etwas erwähnt, das bestimmt nicht für meine Ohren bestimmt war. Das Nachschub-U-Boot!

In dem allgemeinen Durcheinander hatte ich das Unterseeboot und seinen bevorstehenden Besuch vergessen. Sie beabsichtigten, mich als Gefangenen auf das Boot zu bringen, seine Ankunft stand also vermutlich in Kürze bevor. Da sie wußten, daß der Helikopter bis Mitternacht eintreffen würde, war es da möglich, daß sie das U-Boot vorher erwarteten? Wahrscheinlich war es so. Sonst hätten sie mich ja wieder in die Zelle werfen können und sich nicht mehr um mich zu kümmern brauchen, während sie sich Wichtigerem zuwandten.

Wenn man mich als Gefangenen an den U-Boot-Kommandanten auslieferte, so würde mich das auf eine Weile außer Aktion setzen, das war mir klar. Das meinte Dart mit seiner Bemerkung „Haß zwischen Nationen ist nichts im Vergleich zum Haß zwischen den verschiedenen Abteilungen einer Bürokratie..." Sobald die US-Navy mich einmal vereinnahmt hatte (und Dart würde dafür sorgen, daß er eine ordnungsgemäße Quittung für mich bekam, damit ihm der Offizier des Such-Helikopters nichts anhaben konnte), würden sie sich meiner Auslieferung an das State Department widersetzen, und Monate der Verwirrung würden ins Land gehen, ehe alles wieder klar war. Monate, wenn nicht Jahre. Jedenfalls lange genug für Dart, um weitere Beschwerden gegen mich vorzubringen und Maßnahmen gegen ihn zu entkräften.

Sobald ich einmal das Unterseeboot betreten hatte, war meine Sache verloren.

Die EURs bezogen eindeutig Position gegen meine Anwesenheit im Raum.

„Also meinetwegen, wenn ihr unbedingt Schwierigkeiten machen müßt", sagte Dart. „Heather, schaff unseren Freund Roberts durch die Tierpferche am anderen Ende und schließ ihn dort ein, ja? Laß ihn gefesselt."

„Okay“, antwortete sie. „Ich bin allerdings der Ansicht, daß du diesen Projektleuten viel zu leicht nachgibst.“

Sie nahm mich fast freundlich am Arm und führte mich tiefer in den Laborkomplex hinein. Die Lichter waren hier ausgeschaltet, aber ich konnte erkennen, daß man wirklich großzügig geplant hatte. So geringschätzig Dart auch von Versuchstieren wie Mäusen und Meerschweinchen gesprochen hatte, gab es doch eine ganze Menge von ihnen, die in ihren Käfigen kauerten. Ein Affe rief uns schnatternd etwas nach, als wir an ihm vorbeigingen, und streckte uns bittend die Hand durch die Gitterstäbe seines Käfigs entgegen.

„Sie sind wirklich eine Sklavin unseres verkrüppelten Freundes“, sagte ich. „Sie arbeiten für ihn, kochen für ihn, ziehen sich aus, wenn er es verlangt — was tun Sie sonst noch?“

„Alles“, antwortete sie. „Man hat mich für diese Arbeit ausgebildet, und ich bin stolz darauf, sie gut zu verrichten. Und ich werde auch stolz darauf sein, Ihnen einen Tritt in die Eier zu verpassen, wenn Sie nochmal Schwierigkeiten machen.“ Sie warf mir einen finsteren Blick zu.

„Die EURs müssen Ihnen ja mächtig Spaß machen! Jetzt werden Sie für die kochen und saubermachen müssen, ihre Käfige säubern, wo Bella doch tot ist.“

„Ich hasse diese kleinen Bastarde, wie Sie ja schon wissen müssen. Aber zufällig gehören die eben zu meinem Job. Und was das U-Boot angeht — bei dem Sie die Ohren so gespitzt haben —, wir haben schon vor langer Zeit mehr Personal und Wächter verlangt, und die werden jetzt auch an Bord dieses Schiffes sein. Machen Sie sich um sich selbst Sorgen, nicht um mich. Ich kann mich um mich kümmern.“

„Selbst wenn der Sex dabei etwas zu kurz kommt“, sagte ich, als sie mich einschloß.

„Als ob Sie das interessieren würde!“

Heather hielt mir den Schlüssel hin, damit ich ihn auch ja gut sehen konnte, schob ihn in die Tasche und ging mit wiegenden Hüften davon.
Ich blieb in einer kahlen, kleinen Zelle zurück, einer von sechs, die in einer Reihe angeordnet waren. Die Zellen bestanden aus fünfzig Millimeter dicken Metallstangen. Es waren richtige Käfige mit Stangen vorne, hinten, an den Seiten, oben und unten. Sie wurden von massiven Bolzen festgehalten, die im Betonboden eingelassen waren. Der Gefängniswärter konnte an der Hinterseite der Käfige entlanggehen und die Tröge füllen, die dort für Wasser und Nahrung bereitstanden. Meine Tröge waren leer, obwohl einer von ihnen noch mit Resten einer alten Mahlzeit verkrustet war.
Der Geruch, der mich umgab, ließ mich erkennen, daß die Tiermenschen hier eingepfercht waren, während Dart an ihnen arbeitete.
So viel sah ich, ehe Heather die andere Seite des Raumes erreicht hatte. Sie schloß die Tür hinter sich, als sie hinausging, und ließ mich im Halbdunkel zurück. Die einzigen Fenster befanden sich an der Decke. Ich konnte den blauen Himmel durch sie sehen und ein paar Blätter. Das einzige künstliche Licht kam von einer Maschine, die ein paar Meter von mir entfernt glühte und vor sich hintickte.
Wenn man erkennen muß, daß man eingesperrt ist, überkommt einen eine ganz besondere Art der Verzweiflung. All meine Muskeln verkrampften sich: Mein vegetatives Nervensystem weigerte sich, einen Impuls zu überprüfen, ob ich mich tatsächlich in einem Käfig befand, aus dem ich nicht entkommen konnte.
Während ich so dastand und mit beiden Händen die Gitterstangen umfaßt hielt und die faulige Luft atmete, drangen Klänge an mein Ohr, Musik, die ich zuerst nicht identifizieren konnte. Die Musik war nicht viel lauter als ein Flüstern; indem ich mir Mühe gab, sie zu hören, lockerte sich meine Starre. Das Flüstern schien mir zu sagen, daß irgendwo,

und wenn auch nur in der Theorie, glücklichere und angenehmere Dinge existierten als die Folge von Erniedrigungen, die ich erlitten hatte.
Trotz meiner hilflosen Lage richtete mich diese Musik etwas auf. Dann erkannte ich, um was für Musik es sich handelte. Es war Haydn, wieder Haydn, und seine verfluchte Uhrensymphonie. Nicht Haydn, sondern ein Band von Haydn, das automatisch im Laborkomplex abgespielt wurde. Niemand hörte zu, nicht Bart, nicht Bella, nicht Heather, kein postoperativer Affe, der lernte, die Beine eines Löwen zu manipulieren. Jener zivilisierte Narr Haydn hatte nicht das Recht, zu uns zu sprechen, die wir am Ende dieses dunkler werdenden Jahrhunderts litten.
Indem ich laut rief, versuchte ich, die körperlose Musik zu übertönen. Der alte Wiener Hof war tot und mit ihm all die säuberlichen Resolutionen, die sich in ihren Harmonien fügten. Auf der Insel war das ein obszöner Anachronismus.
Eine Weile erfüllte mich sinnlose Aktivität, ich war wie von Sinnen. Als ich wieder zu mir zurückfand, ertönte die Symphonie immer noch, so leise, daß ich sie fast nur mit dem Unterbewußtsein wahrnahm.
Ich begann, nach irgendeinem Vorsprung im Boden zu suchen, um zu versuchen, da meine Fesseln zu lockern oder zu zerschneiden; aber die Käfigmacher hatten diesem Ehrgeiz schon vor langer Zeit Grenzen gesetzt.
Dann stand ich ganz reglos da und dachte daran zu beten. Aber diese komplizierte Angelegenheit war etwas, das ich später würde aussortieren müssen. Im Augenblick war ich wütend und empfand kein anderes Bedürfnis, als nach Flucht. Ich versuchte an den Käfigstangen zu rütteln; sie ließen sich alle ein paar Millimeter bewegen, wahrscheinlich war an ihnen schon von vielen gequälten Kreaturen gerüttelt worden, aber die Hoffnung, sie zu entwurzeln, war vergebens. Ich rüttelte an der Tür; sie klapperte, ließ sich aber nicht von der Stelle bewegen. Ich stand auf dem hölzer-

nen Regalsitz; von diesem Punkt aus konnte ich meinen Schädel gegen die Gitterstangen an der Decke stoßen. Aber es gab nichts Wirksames, das ich hätte erreichen können. Mir blieb also wenig anderes als dastehen und die Zeit verstreichen zu lassen. Wenn ich den Kopf etwas verdrehte, konnte ich das Zifferblatt meiner Uhr erkennen. Es war 18.35 Uhr. Vielleicht noch fünf Stunden bis zur Landung des Hubschraubers. Die Sonne würde bald untergehen.

Die Zeit floß dahin. Die Luft wurde dicker, das Licht schwächer. Die Nacht nahte. Und das Unterseeboot.

Während ich wütend in meinem Käfig wartete und meine Augen in sinnloser Hoffnung auf jeden Gegenstand in Sichtweite richtete — wenn ich nur an jene Leiter heran könnte, wenn ich nur näher an jener Drehbank wäre —, erweckte ein schlurfendes Geräusch meine Aufmerksamkeit. Ich konnte die schwachen Bewegungen der Tiere in ihren Käfigen am anderen Ende des Raumes hören; aber das hier war anders, näher.

Das Labor bestand aus vorfabrizierten Metallteilen, die einfach festgeschraubt worden waren. An diesem Ende des Labors, das zum Südosten der Insel blickte, neigte sich das Dach bis zu der Wand hinter mir, wo die Zellenhöhe höchstens noch zwei Meter betrug. An diesem geneigten Abschnitt befand sich das Oberlicht, durch das ich ein paar Blätter, einen Ast und den dunkler werdenden Himmel sehen konnte. Jemand war auf dem Dach.

Im nächsten Augenblick erschien ein Gesicht hinter dem Glas.

Ich konnte nur die undeutlichen Umrisse eines Kopfes und eine spitz zulaufende Schnauze sehen.

Obwohl die Tiermenschen nicht gerade meine Freunde waren, war in dieser Notlage jeder ein Verbündeter. Was auch immer sie dort oben im Schilde führten, sie waren gegen Dart und somit auf meiner Seite. Meine Angst war, daß man mich in der herrschenden Dunkelheit nicht sehen könnte.

Ich verkrümmte mich nach hinten, zog einen meiner Schuhe herunter und schlug damit wiederholt gegen die Gitterstangen, machte soviel Lärm, wie ich gerade nur konnte.

Der Kopf wurde vom Fenster zurückgezogen. Im nächsten Augenblick traten an seine Stelle zwei Köpfe. Ich hörte auf, mit dem Schuh gegen die Gitterstangen zu schlagen, und bewegte mein Bein, verließ mich auf ihre scharfen Augen. Außerdem, so erkannte ich, war es durchaus möglich, daß sie hierhergekommen waren, um nachzusehen, ob einer ihresgleichen hier eingeschlossen war. Schließlich mußten sie die Käfige ja kennen.

Sie hatten mich gesehen! Einer von ihnen — ich war jetzt fast sicher, daß es Bernie war — hob eine Stange und trieb sie durch das Glas. Das Fenster zersplitterte, und die Scherben fielen klirrend zu Boden. Es war mit einem Drahtgeflecht verstärkt. Die beiden schlugen wütend auf das Geflecht ein und rissen es schließlich aus seiner Verankerung. Ich wagte nicht, ihnen aufmunternd zuzurufen, aus Sorge, sie könnten mich im Stich lassen, sobald sie einmal herausgefunden hatten, wer hier unten war.

Das Drahtnetz fiel herunter. Eine der zwei Gestalten sprang herunter, landete elastisch auf allen Vieren vor meinem Käfig.

„Bernie!" sagte ich. „Ich bin es, Roberts — dein Freund, erinnerst du dich? Guter Junge, gut gemacht!"

„Guter Junge, guter Mann, Held. Ja. Große Sache! Kein Ärger."

Er schob sich näher an die Gitterstangen heran, und ich konnte in der Dunkelheit das rote Leuchten seiner Augen erkennen.

„Hol mich hier raus, Bernie. Du mußt den Käfig öffnen, ihn aufbrechen. Vielleicht kannst du irgendwo eine kräftige Stange finden."

Er rüttelte an den Stangen. „Kein Schlüssel, *Meister* weg. Du in Käfig sein wie trauriges Tier."

„Hol mich hier raus! Hol eine Stange, such sie, guter Junge!“
Er entfernte sich, suchte schnüffelnd herum. Die Affen fingen laut zu schnattern an und sprangen in ihren Käfigen herum, und ich hatte Angst, Heather oder Dart würden hereinkommen. Aber Bernie kehrte nach einer Weile mit einer kräftigen Stange zurück.
Wir schoben sie zwischen Tür und Türstock unmittelbar über dem Schloß und warfen unser ganzes Gewicht darauf. Die Stange war mit Zähnen versehen, es mußte sich um eine Art Ratsche handeln, und diese Zähne fingen sich, und es hatte tatsächlich den Anschein, als gäbe der Stahl etwas nach. Immer wieder lehnten wir uns mit unserem ganzen Gewicht darauf. Langsam gab das Schloß unter dem vereinten Druck nach. Ein letztes Mal drückten wir zu, und es sprang klirrend auf. Ich taumelte aus dem Käfig. Bernie brauchte eine Weile, bis er den Strick gelöst hatte, mit dem man mir die Hände gefesselt hatte. Schließlich fiel er herunter. Ich legte ihm die Hand auf die Schulter.
„Sehr guter Junge, mein Freund“, sagte ich.
„Du hier schlechter Ort, mein Freund. Bald Rotfuchs-Mann Flamme bringen. Du Rotfuchs-Mann, er Flamme bringen, Flamme ganz Meister. Schlimmer Ort, bald gehen. Labratorium großer Himmel gehen.“
„Prima! Verschwinden wir hier“, sagte ich. „Je früher, desto besser.“ Ich schlüpfte wieder in meine Schuhe und rannte auf die Leiter zu, die ich vorher so neidvoll angestarrt hatte, und stellte sie unter das zerbrochene Fenster. Ich stieg als erster in die Höhe, kletterte aufs Dach und half dann Bernie, der hinter mir kam.
Daß sein Begleiter auf dem Dach einer der Affenmenschen war, bedeutete für mich einen Schock — ich konnte nicht sagen, ob es Alpha oder Beta war, der, mit dem ich auf Warrens Dach gerungen hatte, oder der andere. Es kam mir jedenfalls in den Sinn, daß es wohl besser wäre, wenn ich mich in Zukunft von Dächern fernhielt. Er kam auf mich

zu, aber ein paar gemurmelte Worte der Erklärung schienen ihn zu beruhigen.

Draußen war es nicht so dunkel, wie ich vermutet hatte. Es war kurz nach sieben. Ich sah, wie die Tiere es angestellt hatten, sich Zugang zum Dach zu verschaffen. Sie hatten an einem Ende der Gebäude ein langes Seil hoch oben an einem Baum festgebunden und das andere Ende anschließend zu einem Baum auf der anderen Seite geschleppt und in gleicher Höhe dort festgebunden. Von diesem Augenblick an war es ganz einfach, an dem Seil entlang über den hohen Zaun zu klettern und sich dann hinunterfallen zu lassen. Trotzdem hätten sie ihren Plan wohl kaum durchführen können, wenn die Bewohner des HQ nicht anderweitig beschäftigt gewesen wären.

Es war sicherlich ein ehrgeiziger Plan. Ich wußte sofort, wer dahinterstand, selbst ehe ich ihn sah. Aus den Büschen hinter uns ertönte ein ungeduldiges Kläffen, auf das Bernie in ähnlicher Stimmlage antwortete, und dann konnte man Rotfuchs erkennen, der auf der anderen Seite des Zauns auf- und abging. Jetzt konnte ich auch andere Gestalten, andere Augen hinter ihm erkennen; die Tiermenschen waren in voller Besetzung erschienen. Rotfuchs trug eine Art Lampe.

Er rief mir zu: „Hey, Held, was du tun? Du nicht Tiermensch. Ich habe immer noch Schießgewehr, ich dich jetzt leicht erschießen."

„Ich komme herunter. Ich bin kein Freund des *Meisters,* ich fliehe vor ihm."

„Du schnell herunterkommen."

Ich war froh, das Dach zu verlassen. Es war nicht schwer, mich an dem Seil entlangzuhanteln und dann an dem Baumstamm nach unten zu rutschen. Rotfuchs wartete bereits auf mich. Er trug ein altes Kochgeschirr in der Hand, in dem ein paar Zweige brannten.

„Feuer!"

Ich starrte ihn neugierig an, ihn, das Geschöpf, das versucht hatte, mich zu töten. Er sah wie ein richtiger Revolutionär aus. Er trug immer noch seinen zerfetzten Umhang, und auf seinem Kopf prangte jenes Symbol der Autorität, Georges alter Lederhut.

Er schlug sich an die spitz zulaufende Brust. „Ich Rotfuchs. Du nicht länger Angst vor Flamme wie alle Tiermenschen. Ich Schießgewehr schießen, George töten. Alle Leute töten. Du kapiert, Held? Ich Mann wie du, Feuer gebrauchen, kapiert?"

„Ich kapiere nur zu gut."

„Gut kapieren. Wir ihr Tiermenschen aufstehen, *Meister* rennen, Totenort, Laboratorium niederbrennen, *Meister* mit Schießgewehr töten, kapiert. Wir hier *Meister,* alle *Meister*."

„Mit diesem kleinen Feuer werdet ihr das Hauptquartier nie anstecken können. Hör zu, hol dir einen großen Ast und zünde den an. Dann klettert ihr ans andere Ende des Hauptquartiers. Schaut in den Hof, kapiert? Dort viele Farbkanister, gehören totem Hans. Farbe brennt schnell. Beste Idee. Brennenden Zweig auf Farbtöpfe werfen."

Seine roten Augen bohrten sich in die meinen.

Dann nickte er. Während er sich umwandte, um die anderen in Bewegung zu setzen, meinte er schlau: „Du kapieren, ich diese Flamme von Seehundsfelsen kriegen. Deine Freunde. Lorta, sie mir Flamme in Büchse geben, wenn ich ihr Rum geben und Dosenfleisch. Lorta mögen. Ich kapieren." Er tippte sich würdevoll an den Kopf und dann an seine Genitalien.

Dann drehte er sich um, um die anderen Tiermenschen in Bewegung zu setzen, und seinen Plan in die Tat umzusetzen. Sie schoben sich an mir vorbei wie Verschwörer und hatten offenbar keine Angst mehr vor meiner Gegenwart, ein groteskes Völkchen, grotesk an Auge und Gesicht und Körper, und doch mir nicht mehr halb so fremd, wie sie das einmal gewesen waren. Sie waren dem Menschen nähergerückt. Ich war ihnen ebenfalls nähergerückt.

Wie ich so in der Dunkelheit stand und zusah, wie sie sich an mir vorbeischoben, erinnerte ich mich an die Fabel von H. G. Wells, erinnerte mich, wie die Tiere auf seiner Insel langsam wieder degeneriert waren, die Menschen wieder zum Tier geworden waren, und wie melancholisch alles doch geendet hatte. Diese Tiere hier entwickelten sich langsam von Tieren zu Menschen, und ich brachte es einfach nicht übers Herz, darin etwas Melancholisches zu finden.
Es war jetzt völlig dunkel. Ich war zwischen den Bäumen im Nachteil. Rotfuchs war auf das Dach geklettert, zu den Affenmenschen und zu Bernie. Ich konnte Bernie wimmern hören, Rotfuchs' Anwesenheit tat ihm gut — der arme Bernie hatte einen neuen *Meister* gefunden, dem er folgen konnte. Die anderen Tiere schoben sich verstohlen am Palisadenzaun entlang und hielten mit jenen über ihnen Schritt. Ich konnte gehen, wohin ich wollte; ich hatte mich genügend eingemischt. Was jetzt geschah, mußte ohne meine Einschaltung geschehen.
Bald würde es halb acht sein. In vier oder fünf Stunden sollte der Hubschrauber von den Fidschi eintreffen. Und das U-Boot?
Für mich war es am sichersten, mich irgendwo versteckt zu halten. In der Dunkelheit konnte ich nicht sehr weit kommen. Ich bedauerte, daß ich weder Lampe noch Pistole hatte. Dann dachte ich über Heather nach. Dart und der mürrische Da Silva mußten jedes Schicksal hinnehmen, das sie ereilte; aber für Heather empfand ich eine Spur von Sympathie.
Ich würde am Eingang der Lagune warten. Das Unterseeboot würde dort ankommen, aber ich konnte mich an der Ostseite der Lagunenmündung verstecken, dort, wo die Klippen aufstiegen. Von diesem Punkt aus konnte ich auch das Hauptquartier im Auge behalten.
Der Mond, der im Abnehmen begriffen war, schien bereits, obwohl er nur wenig Licht lieferte. Ich bewegte mich langsam auf das Wasser zu, empfand etwas Widerstreben dabei,

die nähere Umgebung des Hauptquartiers zu verlassen. Dann sprang irgendwo hinter mir eine Flamme hoch.
Die einfache Strategie von Rotfuchs funktionierte. Die Farben brannten lichterloh. Die Flammen breiteten sich blitzschnell zwischen Maastrichts alten Kanistern aus, sprangen in die Höhe, entzündeten die Äste der Bäume innerhalb des Hofes. Immer heller wurde es. Die Faszination des Feuers ließ mich herumdrehen, um zuzusehen. Ich bezweifelte, ob das Feuer ausreichen würde, um das Hauptquartier selbst anzustecken.
Im grellen Licht der Flammen konnte ich Rotfuchs auf dem Dach tanzen sehen. Gleichzeitig drangen wilde Schreie an mein Ohr, und eine Gruppe von Tiermenschen stürmte auf das Tor des Lagers zu. Sie trugen eine Art Belagerungsramme. Jetzt prallten sie mit aller Wucht gegen das Tor. Sie zogen sich zurück und ließen die Ramme ein zweites Mal an die Tore krachen.
Ehe sie zum dritten Mal zuschlagen konnten, richtete sich ein neues Licht auf die Szene.
Es war ein kälteres, stärkeres Licht, von etwa kreisförmiger Form erwachte es irgendwo rechts von mir, in den Wäldern, wanderte schnell, bis es die Invasoren am Tor erfaßt hatte. Verstört blieben sie stehen und blickten in den Scheinwerferkegel.
Viel zu spät ließ ich mich zu Boden fallen. Das Unterseeboot war eingetroffen. Der Schweinwerferbalken kam von seinem Turm. Es war 19.35 Uhr.
Die Lagune war höchstens sechzig Meter von mir entfernt. Ich kniff die Augen zusammen und schätzte, daß das Boot etwa ebenso weit vom Unter entfernt war. Ich konnte die Stimmen der Mannschaft hören. Sie sprachen englisch. Darts Verbündete waren also eingetroffen. Vermutlich hatte er bereits Radiokontakt mit ihnen.
Die Tiermenschen waren nur einen Augenblick lang von dem Licht gelähmt. Dann löste sich das Rudel auf, und sie rannten nach allen Richtungen in die Finsternis davon.

Ein Maschinengewehr eröffnete vom U-Boot aus das Feuer. Es kam schon etwas spät, aber ich sah, wie einer der mürrischen Bullenmänner getroffen wurde. Er sprang hoch in die Luft, stürzte schwerfällig, wälzte sich zur Seite und blieb mit zuckenden Gliedern liegen.

Als mir klar wurde, daß ich mich in unangenehmer Nähe der Schußlinie befand, kroch ich ins Unterholz. Das war auch gut so, denn jetzt begann der Scheinwerferkegel das Terrain abzutasten; das Maschinengewehr knatterte immer wieder. Eine schwere, ziegenförmige Kreatur taumelte an mir vorbei, fiel in einen Busch und arbeitete sich durch das Unterholz, blökte verstört. Von dieser neuen Gefahr bedroht, waren die Tiermenschen ebenso gefährlich wie sie das je gewesen waren.

Am besten würde ich an meinem Plan festhalten und zusehen, die Klippen an der Mündung der Lagune zu erreichen. Ich bewegte mich wieder nach vorne und hielt mich geduckt. Jetzt verstummte das Feuer, wahrscheinlich, weil es keine beweglichen Ziele mehr gab. Aber ich war viel zu sehr damit beschäftigt, mich um mich selbst zu kümmern, um meine Umgebung im Auge zu behalten. Hin und wieder hörte ich Knacken im Unterholz, wenn einer der Tiermenschen zu fliehen versuchte.

Als ich die letzten paar Meter hochkletterte, ging mein Atem keuchend. Ich zog mich an einem Felssims in die Höhe. Dort konnte ich mich, halb von den Büschen geschützt, niederkauern. Eine Weile lag ich dort wie ein Hund und gab mir verzweifelt Mühe, wieder zu Atem zu kommen. Als ich dann wieder zum Hauptquartier hinübersah, sah ich, wie weit das Feuer sich ausgebreitet hatte. Ganze Bäume brannten wie Fackeln. Ich vermutete, daß das Hauptquartier selbst jetzt in Flammen stand.

Das Unterseeboot war deutlich zu sehen; der Widerschein des Feuers im Wasser zeichnete seine Silhouette ganz scharf ab. Man hatte ein Schlauchboot zu Wasser gebracht, das jetzt am Kai anlegte. Zwölf Marineinfanteristen und

ein Offizier gingen an Land und verteilten sich. Unterdessen wanderte der Scheinwerferbalken langsam über die Insel. Jetzt näherte er sich mir, und ich preßte mich gegen den Boden. Immer wieder knatterte das Maschinengewehr. Irgendein armseliges Geschöpf schrie im Busch.
Da ich der Ansicht war, es wäre besser, wenn ich ein paar Felsen zwischen mir und dem Geschehen hätte, wartete ich, bis der Scheinwerferkegel weitergezogen war, und kletterte dann hastig in die Höhe, legte mich gestreckter Länge hin und tastete auf der dunklen Seite nach einem weiteren Sims. Aber es war auch möglich, daß der Felsen jäh ins Meer abfiel; die Wellen brachen sich nur eineinhalb Meter unter mir — ich konnte die Gischt an meinem Arm und im Gesicht spüren.
Einen eigentlichen Felssims gab es nicht, nur einen ganz schmalen Vorsprung, an dem ich mich kurz festhalten konnte, während ich mir ein Bild von meiner Umgebung verschaffte.
Ich stemmte mich vorsichtig ab und sah draußen auf dem Meer ein Licht. Ich hatte zuviel Angst, abzustürzen und zu ertrinken, um darauf zu achten, bis ich endlich festen Halt gefunden hatte.
Dann sah ich, daß dem Feuer auf Moreau Island ein zweites auf dem Satelliten der Insel antwortete. Auf dem Seehundsfelsen flackerte es grell. Durch die Rauchschwaden, die über den Wellen schwebten, sah ich, wie die Palmen plötzlich in Flammen standen!
Mein Herz flog hinaus zu Lorta und den lachenden Männern und der kleinen Satsu. Meine Phantasie fand sofort eine mögliche Ursache der Katastrophe. Ich hatte ihnen das Feuer geschenkt. Sie hatten ihre eigenen Feuer gebaut und das Geschenk gegen — was Rotfuchs gesagt hatte, kam mir wieder in den Sinn — Rum und Dosenfleisch getauscht. Wie eifrig sie in ihrer verspielten Art doch das neue Erlebnis der Trunkenheit erprobt haben mußten! Und in jener trunkenen Orgie hatten sie ihre primitiven Häuser in Brand ge-

steckt und waren wahrscheinlich dabei umgekommen. Leiderfüllt starrte ich über die Wellen hinaus.

Hier war ein weiterer Aspekt des Vorgangs, in dem ich eine so fatale Rolle gespielt hatte...

Niedergeschlagen am Felsen kauernd, nahm ich die Rufe kaum wahr, die von der Lagune herüberhallten. Meine Sinne waren gesättigt; ich brauchte keine weiteren Daten, die die Welt betrafen. Nichtsdestoweniger hob ich, Mensch der ich war, schließlich den Kopf über den Felsen, an dem ich kauerte, und blickte noch einmal auf die gewalttätige Insel hinaus.

Weitere Marineinfanteristen waren an Land gegangen. Eine Gruppe war zum Eingeborenendorf marschiert. Ob nun unabsichtlich oder irgendwelchen Befehlen gehorchend, sie hatten es jedenfalls in Brand gesteckt, so daß jetzt ein weiteres, zerstörerisches Leuchtfeuer die Nacht erhellte.

Das Hauptquartier brannte jetzt lichterloh. Jenes älteste Feuer war auch das größte. Funken flogen hoch in die Luft, wirbelten in einem kurzlebigen Tanz den Sternen entgegen. Eine Gruppe von Marineinfanteristen hatte außerhalb der Palisaden Aufstellung genommen — ein gutes Stück entfernt, so stellte ich fest, von dem aufrechten George, der während all dieser Vorgänge reglos an seinem Posten geblieben war.

Die Marineinfanteristen hatten Eskortenpflichten, gerade war der Grund für ihre Gegenwart erschienen. Mortimer Dart und seine Gesellschaft verließen in guter Ordnung das dem Untergang geweihte Gebäude. Das Licht der Feuer war so hell, daß ich die einzelnen Gestalten deutlich erkennen konnte.

Zuerst kam Heather, die die EURs geleitete. Sie und die EURs gingen ohne irgendwelche erkennbaren Anzeichen von Panik, obwohl dies höchstwahrscheinlich das erste Mal war, daß die Unterrasse ihr Labor verließ. Heather trug in beiden Händen Taschen oder Koffer.

Hinter ihr und ihrer Herde ging Da Silva. Er schob einen schweren Karren, der mit Metallkästen beladen war. Ohne Zweifel enthielten sie Darts wertvolle Akten und Formeln. Zu guter Letzt, hinter Da Silva, kam Dart selbst.

Ich überlegte, weshalb sie sich so viel Zeit gelassen hatten, um das Gebäude zu verlassen — doch ganz bestimmt nicht, weil sie all die hilflosen Versuchstiere freigelassen hatten. Dart mußte einen viel praktischeren Grund gehabt haben — oder vielleicht hatte er sich einfach geweigert zu glauben, daß seine Zitadelle in Rauch und Flammen aufging. Jedenfalls lieferte er eine gute Show. Er war in seinen Kyborg-Anzug gestiegen und begann jetzt, auf das Unterseeboot zuzustapfen. Er sah aus wie bei unserem ersten Zusammentreffen, mehr ein massiver Roboter als ein Mensch.

Jetzt kam ihnen ein Marineinfanterist gestikulierend entgegengerannt. Die Eskorte hob ihre kurzläufigen Karabiner. Auf dem Dach des brennenden Gebäudes — eine Gestalt, ebenfalls bewaffnet! Ich wußte, wer es war, während ich darüber staunte, daß er nicht geflohen oder in den Flammen umgekommen war. Aber vielleicht schützte ihn die Dachneigung vor der größten Hitze.

Er zielte sorgfältig, vom Rauch etwas verwirrt. Die Marineinfanteristen eröffneten das Feuer auf ihn.

Alle anderen fingen zu rennen an. Dann schoß Rotfuchs. Der gigantische Roboter taumelte. Er blieb reglos stehen, kippte dann zur Seite und brach zusammen.

Mein Blick huschte zum Dach zurück. Von Rotfuchs war keine Spur mehr zu sehen. Eine Rauchwolke verdeckte alles. Es war zehn Minuten nach acht.

Ein Offizier der Marineinfanterie schrie durch ein Megaphon, so daß seine Stimme trotz des Brüllens der Flammen zu hören war.

„Okay, Leute, holt ihn euch. Ma'am, würden Sie und Ihre Leute bitte in diese Richtung weitergehen. Ins Schlauchboot, ehe es noch mehr Ärger gibt. Um Dr. Dart kümmern wir uns."

Die Marineinfanteristen hoben Dart vorsichtig aus seinem Panzer: dem Riesen entstieg ein kleines Kind. Vielleicht war es noch am Leben; ich konnte das nicht feststellen. Er wurde ins Boot und zum U-Boot getragen, das bereits Heather und den Rest seiner Gruppe verschlungen hatte, inklusive seiner Erfindung, der gnomähnlichen Unterrasse. Die letzte Abteilung Marineinfanteristen kehrte jetzt von ihrer Streife zurück. Ein letzter Schuß wurde in die Schatten gefeuert. Dann wurden auch jene Männer von der schwarzen Silhouette in der Lagune verschlungen.

Keine bewegte Gestalt von auch nur entfernter Menschenähnlichkeit blieb zurück. Die Feuer flammten über einer leeren Szene. Feuer und Dunkelheit, Feuer und Dunkelheit — die Elemente der menschlichen Psyche...

Eine Stimme in meiner Nähe sagte: „Calvery, du bist doch du, nicht wahr?"

Wie im Traum blickte ich nach unten, seewärts, zu den Gestalten, die über die Brandung auf mich zugeeilt kamen.

„Lorta, bist du das?"

„Ja, Calvary, ja! Wer sonst bin ich denn? Wir schwimmen, um dich zu sehen, alle, alle hier."

„Satsu?"

„Ich hier, Calvy! Deine kleine Satsu."

Ich beugte mich nach vorne und streckte den Arm aus, und die anderen halfen dem Mädchen zu mir herauf. Da es jetzt ungefährlich schien, mich zu zeigen, dirigierte ich sie, einen nach dem anderen, herüber. Selbst um jene Stunde lachten und kicherten sie und schworen, daß ich sie kitzelte, wozu ich doch gar kein Recht hatte. Bald kauerten wir alle dicht aneinander auf dem Felsen.

„Ich werde euch alle bald mit mir an einen anderen Ort nehmen", sagte ich.

„Das ist so gut", sagte einer der Männer. „Ist es ein besserer Ort?"

„Ein anderer Ort. Eigentlich nicht besser ... Aber mindestens mehr zu essen..." Ich konnte nicht mehr sagen.
Das Unterseeboot hatte sich in Bewegung gesetzt. Seine Motoren waren so leise, daß wir nichts außer dem Schlag der Wellen hörten. Es glitt über die Lagune hinweg ins tiefe Wasser, dann war es verschwunden, und mit ihm all sein gefährliches Wissen, auf dem Kurs in eine Welt, die glaubte, solches Wissen zu brauchen.
Die Feuer schienen weniger hell. Jedenfalls war der Flammenschein über dem Dorf fast erstorben, die anderen Flammen im Begriff zu ersterben.
Eine Gestalt hinkte aus dem Busch, hinunter ans Ufer. Sie wanderte an der Stelle vorbei, wo Maastricht ertrunken war, vor vielen langen Tagen. Dann ließ sie ein verzweifeltes Heulen erklingen, wie ein Hund, der sich verlaufen hat.
Ich hielt mich an Satsu fest und sah auf die Uhr.
Es war fast acht Uhr fünfundfünfzig.
Wie gewöhnlich, war das Ganze eine Frage des Wartens. Man mußte einfach sitzen bleiben und warten.

Das Licht erstarb, bis die Nacht selbst fast greifbar wirkte, wie ein Körper, in dem die immer noch glühenden Überreste von Darts Hauptquartier eine Wunde darstellten. Das stumpfe Purpurrot der Wunde beleuchtete den Bauch eines Helikopters.
Die Maschine sank tiefer. Sie suchte das Land mit Infrarotscheinwerfern ab. Der Winddruck ihrer Drehflügel zeichnete ein Muster ins Meer, einen Halbkreis, bis die aufgewühlten Wasser einem hastig abgeworfenen Schal glichen. Als die Maschine dann landete und die Motoren abschaltete, verschwand diese Illusion. Die Wellen schlugen wieder wie gewöhnlich gegen die Felsen.
Einige schattenhafte Gestalten wurden vom Strand von Moreau Island aufgesammelt. Und dann begannen die Drehflügel der Maschine sich erneut zu drehen. Der Helikopter erhob sich und wurde wieder kurz vom Glühen ersterbender Feuer erfaßt, ehe er in der Nacht verschwand.
Auf der verlassenen Insel tauchte eine einsame Gestalt, halb Mensch, halb Hund, aus ihrem Versteck auf und lief zum Ufer hinunter. Immer wieder rannte die Gestalt in die Wellen hinein und heulte, um gleich wieder heulend zurückzurennen. Schließlich blieb sie verwirrt auf den Felsen stehen und starrte über den Pazifik hinaus, als versuchte sie, ein Rätsel zu lösen, das sie kaum formulieren konnte.
Unter der Oberfläche des Ozeans waren Nacht und Tag weniger deutlich voneinander zu trennende Ereignisse als auf dem Rest des Planeten. Die Geschöpfe des Landes wurden durch Gegenwart oder Abwesenheit des direkten Sonnenlichts gelenkt; unter den Wellen galten andere Fakten. Auf dem Grund des Ozeans regierte dauerndes Zwielicht, aber auch in seinen höheren Regionen gestattete das Wasser es seinen Bewohnern, ihre Aktivitäten mit Gleichgültigkeit gegenüber der Tageszeit fortzusetzen.
Ein philosophischer Beobachter könnte hier eine Analogie zum menschlichen Gehirn sehen, zwischen den Teilen, die, weil es bequem, nicht weil es genau ist, bewußt und unbe-

wußt genannt werden. Das bewußte Gehirn ist an eine regelmäßige Folge von Zuständen des Wachens und Schlafens gewöhnt, die dem Licht und der Dunkelheit entsprechen. Im Unterbewußtsein sind die Dinge weniger klar voneinander getrennt; dort ticken andere Uhren. Das Unterbewußtsein hat sein eigenes unterseeisches Element, welches nicht von der Sonne geregelt wird. Der Unterschied herrscht zwischen der Vernunft, die die Vierundzwanzig-Stunden-Uhr erfand, und dem Instinkt, der seiner eigenen Zeit folgt. Bis die Menschheit einen Waffenstillstand zwischen diesen Yin-Yang-Faktoren erreicht, kann es auf Erden keinen Waffenstillstand geben. Die Bomben werden fallen. Die Bomben fielen. Der große Ozean enthielt viele Randseen, das Guatemala-Becken, die See von Tasman, das Korallenmeer, das Südchinesische Meer, das Gelbe Meer, das Japanische Meer, das Meer von Okhotsk, die Bering-See. Überall auf diesen Meeren flammte der Konflikt auf, als Ideologien aufeinanderprallten und eine Nation mit der anderen kämpfte.

Schutt und Wrackteile verschiedener Kämpfe fielen ins Meer, sanken und verschwanden im Schlamm weit unter der Oberfläche. Erschütternd wirksame Produkte chemischer Kriegsführung regneten herunter. Das Meer absorbierte sie alle. Das Meer bedeckte ein Drittel der Erdkugel; in einem Sinne war es das Mutterelement der Erdkugel und konnte die meisten Aktivitäten seiner Brut überleben. Aber einst würde kommen der Tag, an dem es nichts mehr absorbieren konnte. Dann würde es sterben, und mit ihm der Planet.

Die Frage war, ob der Überlebensinstinkt der Menschheit sie zwingen würde, einen Weg zu dauerhaftem Frieden zu finden. Wenn nicht, würde alles verloren sein. Denn am Ende war das Meer auch nicht dauerhafter als der Instinkt allein oder die Vernunft ohne Hilfe.